박제사의 사랑

일러두기 _____

하나, 모든 표기는 출판사 편집매뉴얼의 교정 규칙에 따르되, 작가의 의도에 따라 필요하다
　　판단될 경우 절충하여 표기하였습니다.

둘, 책 제목은《 》로, 그 외 저작물과 영화, 그림 등은〈 〉로 표기하였습니다.

셋, 화자가 바뀌는 부분이나 본문 속 인용문으로 쓰이는 경우 서체나 크기를 구분하여 표기
　　하였습니다.

넷, 전화통화나 TV 송출 등 통신매체를 통한 대화는 줄표(―)로 구분하여 표기하였습니다.

박제사의 사랑

사랑

이순원 장편소설

시공사

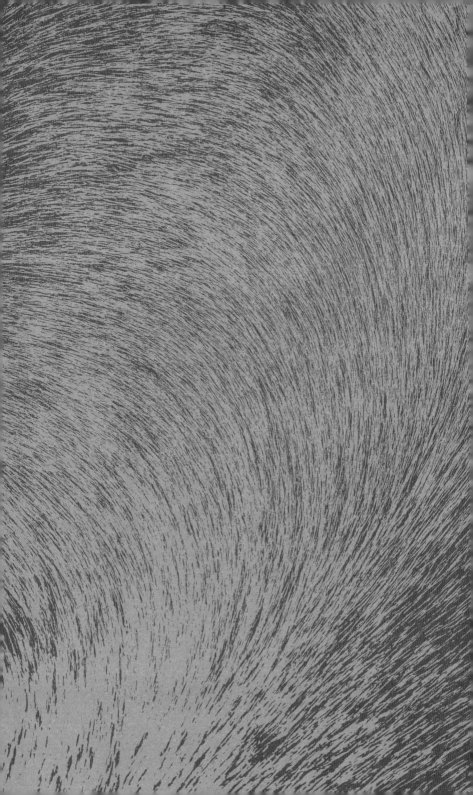

차례

1
장

그날 박인수는 아내의 장례를 치렀다.

서울에 개나리가 막 피어나기 시작하는 3월 마지막 주 금요일이
었다.

◇

그의 아내가 지상에서 마지막으로 머물다 간 곳은 서울 노원구
의 어느 장례식장이었다. 유족은 박인수와 두 아이, 조문객도 그냥
유족이라고 해도 좋을 아내의 여동생 내외뿐이었다. 혼자 사는 아
내의 남동생은 끝내 연락되지 않았다. 아침에 아내의 여동생이 한
번 더 전화했지만, 남동생은 3일 내내 응답이 없었다. 자살이라고
밝히지 않고 누나가 세상을 떠났다고만 알리는 문자에 대해서도 그
랬다. 매형인 박인수에게 돈을 좀 빌릴 수 없겠냐고 마지막으로 연
락했던 게 석 달 전의 일이었다.

스스로 목숨을 끊은 주검이고, 조문객도 없는 장례지만 발인제

마저 생략할 수는 없었다. 몸이 약간 마른 40대 후반의 장례지도사가 관을 실은 장의 버스의 문을 열고 그 앞에 간단하게 제상을 차렸다. 고등학교 3학년인 아들이 분향하고 절을 했다. 아들은 엄마를 떠나보내는 슬픔 속에서도 장례지도사가 알려주는 절차를 틀리지 않으려 애썼다. 영정 속의 아내는 그런 아들을 무심하고도 쓸쓸한 눈길로 바라보았다. 딸아이 초등학교 소풍 때 따라가서 찍은 사진이었다. 그때 사진을 찍으며 훗날 이런 상황이 오리라는 것을 1만분의 1이라도 예감했던 것일까. 아내의 눈빛은 저세상 너머 어딘가를 바라보는 듯했다. 자신의 장례를 지켜보는 눈길마저 무심해 보이는 것 역시 그런 분위기 때문이었다.

◊

엊그제 아내가 잘못되었다는 소리를 듣자마자 박인수는 경기도 연천의 드라마 촬영장에서 병원으로 달려와 내내 거기에 있었다.

"모두 앉아주십시오."

조금은 엄숙한 분위기로 장례지도사가 발인 축을 읽었다.

"영이기가 왕즉유택 재진견례 영결종천."

장례지도사는 마지막 '영결종천'을 읊을 때 고인의 넋을 하늘까지 인도하듯 길고도 높게 끌어올렸다. 풀이하자면 '혼령을 가마에 모셨으니 이제 가시는 곳은 무덤입니다. 보내드리는 예를 다하여 영원한 이별을 고합니다'라는 뜻이었다. 그 경황에도 박인수는 축문의 뜻을 따라 읽었다. 남보다 문자가 밝아서가 아니라 지금은 남의 손에 장례를 치르고 있지만, 3년 전까지만 해도 그것이 그의 보조 직업이었기 때문이다. 박인수는 어느 조류학 교수가 연구소 겸 개인 작업실로 운영하는 표본제작소에 나가 동물 박제를 하는 한편 그것만으로는 수입이 일정치 않아 한동안 어느 상조회사에 끈을 대고 틈틈이 장례지도사를 보조하는 일을 했다.

그러다 보니 하는 일이 죽은 짐승의 몸을 만지고 때로는 죽은 사람의 몸을 만지는 것이었다. 지금은 표본제작소의 실제 주인인 조류학 교수가 연로해 표본제작소의 일을 거의 혼자 맡아 하는 편이라 장례 일을 나가지 않고 있다. 그러지 않아도 되게 노교수가 배려하는 부분도 있었다.

동물 표본 박제사와 장례지도사.

전혀 상관이 없을 것 같아도 박인수의 경험으로는 두 직업 사이에 비슷한 부분이 많았다. 가장 큰 공통점은 목숨이 다한 주검을 수습한다는 점이었다. 박제사는 죽은 짐승에게 새 영혼을 불어넣고, 장례지도사는 죽은 사람의 영혼을 거두어 천도한다. 외에도 늘 일이 이어지지 않아 벌이가 시원찮다는 공통점이 있긴 하지만, 그냥 하는 일로만 보자면 그랬다.

"마지막 순서입니다. 모두 절을 두 번 올리시기 바랍니다."

이때에도 박인수는 절을 하지 않고 제 오빠 옆에 엎드려 가늘게 떨고 있는 딸의 어깨를 내려다보았다. 누구보다 딸이 많이 놀랐을 것이다. 처음 아내의 주검을 발견한 것도 그 시각 학교에서 돌아온 딸이었다. 박인수는 살아서도 아내에게 한 번 하지 않은 절을 죽어서 장의 버스에 대고 한다는 게 자신과 아내가 나눌 마지막 예가 아닌 것 같았다. 결혼식장에서 맞절의 예도 올리지 못했다. 박인수가 스물여덟, 아내가 스물세 살이던 해 아이가 생겨 다른 사정 돌아보지 않고 월계동 언덕 위에 반지하 단칸방을 구해 아이부터 낳고 살았다. 박인수는 자신의 몸이 건장해 상대적으로 조금 마르고 야위어 보이는 아내의 모습이 좋았다. 반대로 아내는 조각처럼 반듯해 보이는 그의 사내다움에 끌렸다. 덩치가 커도 우락부락하지 않았고, 알맞게 벌어져 보이는 가슴과 뒤돌아섰을 때 자신의 몸 두 개는 가려줄 넓은 등을 좋아했다. 그게 그들의 연이었다.

시내 웨딩하우스에서 뒤늦게 드레스와 예복을 빌려 입고 사진을 찍기는 했지만, 남들처럼 부모와 친지들 앞에 정식으로 예를 올리고 살아온 것은 아니었다. 박인수는 아내에게 그렇게 해주지 못한 미안함을 평생 마음속에 가졌어도 거기에 대한 후회는 없었다. 꼭 예를 갖춰 식부터 올리고 살아야 하는 것이라면, 그래서 그때 배 속의 아이를 지우기라도 했더라면 지금 아내의 영정 앞에 절을 올리고 있는 아들은 세상에 태어나지 못했을 것이다.

"그럼 고인을 좋은 곳에 잘 모시기 바랍니다."

장례지도사는 장의 버스의 뒷문을 닫고 이쪽을 향해 극진하게 고개를 숙여 인사했다. 박인수도 장례지도사를 향해 깊숙이 고개를 숙였다. 제상에 놓았던 영정은 아들이 들었다. 관을 실은 중형 버스에 박인수와 두 아이만 탔다. 처제는 동서와 함께 승용차를 타고 따라왔다. 장의 버스는 동부간선도로와 북부간선도로를 타고 8시 35분쯤 벽제 승화원에 도착했다. 가는 길 곳곳에 노란 개나리가 담장이고 산기슭이고 바라보는 사람의 가슴을 후려치듯 피어나고 있었다. 그렇게 말고는 달리 표현할 길 없는, 너무도 화창해 그것 때문에 오히려 무감각해지거나 눈물이 날 것 같은 봄날 아침 풍경이었다.

◇

화장장에 일찍 도착했어도 거기서부터는 시간이 지체되었다. 사전에 예약 시간을 조정했지만 아무래도 아침 시간대에 접수가 밀려 있는 듯했다. 아내를 화장하는 일을 남편이 직접 나서서 처리하는 것도 이상한 노릇이어서 박인수는 동서에게 진행을 부탁했다.

"형님…… 이건 처형을 마지막으로 보내는 절차인데…… 제가 못하겠어요."

동서는 평소 과묵한 모습과 다르게 갑자기 맡긴 일을 당황스러워했다. 그는 양주에 있는 축산센터에서 축산 기사로 일하는 사람이었다. 박제사인 박인수도 동물과 함께 일하지만, 동서야말로 살아 있는 동물과 함께 일했다. 하는 수 없이 약간의 사례와 함께 장의차 기사에게 접수를 맡겼다. 박인수는 대기실 유리창 앞에 서서 대체 이 일이 어디에서부터 잘못되었는지를 되짚으며 창밖의 풍경을 바라보았다. 꽃은 다투듯 피었어도 아내는 이제 저 꽃을 바라보지 못한다.

아내의 여동생은 화장장에서 누군가의 눈치를 살피듯 다시 조심스럽게 남동생에게 전화를 걸었다. 당연히 와야 할 자리에 동생이 오지 않은 게 떠나는 언니에게도 옆에 있는 형부에게도 내내 신경 쓰이는 듯했다. 박인수도 최근 아내의 남동생과는 다소 불편한 데가 있어 첫날 한 번 전화해보곤 다시 하지 않았다.

아내의 관이 화구로 들어간 것은 10시 10분, 제7번로였다. 관이 레일에 얹어져 화구로 들어가기 전 잠시 멈춘 상태로 가족과 마지막 대면이 있었다. 박인수는 비로소 아내의 관 앞에 아까 발인제 때 하지 못한 큰절을 했다. 이제까지 아내에게 한 번도 해보지 않은 절이었다. 엊그제까지도 아내에게 당신을 이렇게 만든 사람이 누구인지 어서 말을 하라고, 왜 말을 하지 않느냐고 따져 물었지만, 이제 모든 것이 다 소용없어졌다. 아이들도 안으로 울음을 삼켰다. 아내의 여동생만 "언니가 왜 이렇게 가? 언니가 왜 이렇게 가야 하냐고!"라고 외치며 소리 내어 울었다. 장례식장에서도 그랬다. 그 소리는 자신에게 하는 말일 거라고 박인수는 생각했다. 동서가 나서서 이제 좀 그만하라거나, 그러지 말라는 뜻으로 얼굴을 찡그리면 그제야 눈치를 보듯 뒤로 물러섰다.

이제 소각로의 불꽃 속에서 아내는 41년간 지상에 살아왔던 육신의 흔적조차 사라지고 말 것이다. 아내가 죽기 전 그가 꼭 듣고 싶어 했던 말도 침묵 속으로 영원히 사라졌다. 그 사람이 누군지 감추지 않고 말했더라면 아내는 지금 살아 있을까. 도대체 무엇 때문에 그걸 끝까지 감추었을까. 이렇게 두 아이의 곁을 떠나 자신의 목숨까지 내놓고서라도 아내에게 그것은 꼭 지키지 않으면 안 될 비밀이었을까. 수도 없이 물었지만 아내는 끝내 그 말을 입 밖으로 내지 않았다. 아내가 대체 왜 이렇게 떠나야 했는지 진심으로 그걸 알고 싶은 사람은 처제가 아니라 박인수였다.

◇

골분이 나온 건 11시 10분이었다. 세상 모든 일이 빠른 쪽으로 발전하고 변화하듯 여기에도 시간 단축을 위한 새로운 기술과 공정이 적용되는 듯했다. 그가 3년 전 이따금 장례지도사로 일할 때보다 시신 연소 시간이 20분이나 더 빨라져 있었다. 3일 전까지 살아 있던 사람의 몸이 완전연소하여 재가 되는 데 걸리는 시간이 불과 한 시간도 되지 않았다. 50분 연소하여 10분 동안 식힌 골분이 유족에게 전달됐다. 아들이 제 엄마의 골분을 받았다.

박인수는 이제 아내의 골분을 어디에 가서 뿌리면 좋을지 생각했다. 전날 빈소에서도 화장한다는 것과 따로 납골하지 않는다는 것만 결정했지, 어디에 뿌릴지는 구체적으로 생각해두지 않았다. 산이라도 좋고, 강이라도 좋겠다는 생각만 하고 있었다.

"언니를 어디에 모셔드리면 좋을까?"

박인수가 어렵게 운을 떼자 처제는 너무도 당연하다는 듯 "여강이요"라고 답했다.

'그래, 여강이 있었지.'

박인수는 뒤늦게 그곳을 떠올렸다. 장의 버스는 진즉에 돌아가고 모두 주차장에 세워둔 동서의 차를 탔다. 처제는 뒷자리에 아이들과 함께 타겠다고 했지만, 박인수가 동서 옆에 앉아 길 안내를 하라고 억지로 앞자리에 밀어 넣었다. 동서도 처제에게 "그래, 여기는 당신 앉아"라고 말했다. 뒤에 앉으면 아이들에게 "너희 엄마가 왜 이렇게 되었니?" 하고 이미 열 번도 더 한 말을 하고 또 할 것이다. 실랑이 끝에 앞자리에 오른 처제는 "언니야, 이제 우리 여강으로 가자"라고 말했다.

그곳은 아내의 고향이었다. 아내는 경기도 여주시 북내면 한배미 들에서 태어나 그곳의 북내초등학교와 여강중학교를 졸업한 다음 여주의 고등학교에 1년 반 다녔다. 중학교 1학년 때 경운기 사고로 아버지가 돌아가신 다음 재산도 벌이도 없는 집안에 3남매가 줄줄 이 중·고등학교에 다닐 형편이 아니었다고 했다. 나이는 두 살 차이 지만 처제에게 아내는 절반쯤 어머니와 같은 사람이었다. 장례식에 참석하지 않은 남동생에게도 그랬다.

아내도 고향을 말할 때 여주보다 여강이라는 말을 썼다.

우리 여강에는…….

우리 여강에 가면…….

그럴 때마다 박인수는 꿈결 속의 어느 지명을 듣는 것처럼 마음 이 아득해지곤 했다. 왠지 여강에 가면 아내의 지난 추억과 아름다 운 날들이 그곳 강가에 그림처럼 그대로 펼쳐져 있을 것 같았다. 어 렵게 살았어도 아내는 어린 시절 그곳에서 동생들과 함께 지낼 때 가 인생에서 가장 꽃 같고 아름다웠다고 했다.

아내는 열여덟 살이던 고등학교 2학년 때 여강에서 다니던 학교 도 그만두고 서울로 왔다. 아버지가 돌아가시고 동네 방앗간에 나 가 일하던 엄마도 다른 삶을 찾아갔다. 아내는 서울에 와 당장 먹고 잘 수 있는 식당의 홀 서빙과 옷가게 점원, 미용실 보조를 거쳐 낮 에는 마트의 캐셔로 일하고 저녁과 밤에는 편의점 아르바이트를 하 던 중 박인수를 만났다. 서울에서 돈을 벌어 여강에 있는 동생들의 생활비를 챙기던 시기에 박인수를 만난 것이었다. 함께 살기 시작한 것은 큰아이를 임신한 스물세 살 때부터였다. 아내는 여강을 떠나던 때의 일에 대해서는 거의 입에 올리지 않았다. 아프고 힘든 시절을 짐작해 박인수도 묻지 않았다.

처제가 안내한 곳은 남한강에서도 여강의 지류를 이루는 백로 번식지 앞 강변이었다. 아직 보이지는 않았지만 떠났던 새들이 곧 돌아올 철이었다. 박인수는 아들에게 골분 뿌리는 법을 간단하게 일러주었다. 아들은 신발을 벗은 채 골분 상자를 안고 마른 강을 한참 걸어 들어가 무릎까지 몸을 적시며 상자 속의 뼈를 한 줌씩 느리게 강에 뿌렸다. 연하게 바람이 불어오자 하얀 뼛가루가 물이 흘러가는 방향과는 반대로 하류에서 상류로 티끌처럼 날렸다.

"형부, 나 좀 봐요."

처제가 이제는 시간이 얼마 없다고 생각했는지 박인수의 옷깃을 잡았다.

"언니가 정말 왜 그런 거예요?"

아내가 남긴 유서엔 이렇게 먼저 세상을 떠나게 되어 남편에게도 미안하고 아이들에게도 미안하며, 엄마가 먼저 떠나더라도 부디 이렇게 떠나는 엄마를 용서하고 잘 자라달라는 말만 적혀 있었다. 또 한 장의 유서에는 동생에게 자기 대신 이제 엄마 없는 아이들을 잘 보살펴달라는 부탁을 남겼다. 남동생에게는 어릴 때 집을 나온 다음 누나가 잘해주지 못해 정말 미안하며 앞으로 누구에게 무얼 의지하지 말고 열심히 잘 살아가달라는 말을 남겼다. 누구를 원망하는 말도, 운명을 하소연하는 말도, 왜 떠나는지에 대해서도 한 줄

쓰지 않았다. 처제는 엊그제 전화할 때까지도 멀쩡하던 사람이 그냥 그럴 리가 없다고 했다.

"말해봐요. 언니에게 무슨 일이 있었던 건지."

처제는 박인수에게 은근히 책임을 추궁하듯 말했다.

"나도 언니가 왜 그랬는지 알고 싶어. 대체 무슨 일이 있었는지."

"그래도 형부는 짚이는 게 있을 거 아녜요. 유서엔 안 썼다 해도."

박인수는 한참 대답하지 않고 섰다가 그 말을 처제에게 그대로 되물었다.

"처제는 왜 그랬을 거 같아?"

"참, 그걸 지금 저에게 묻는 거예요?"

처제가 얼굴을 바꾸며 그를 쳐다보았다. 먼저 빈소에서 얘기할 때도 처제는 처제대로 그가 모르는 어떤 부분을 짐작하고 있는 것처럼 보이기도 했다. 그럴 때마다 동서가 박인수에게 미안하고도 난감해하는 얼굴로 처제에게 이제 좀 그만하라고 했다. 예전 같으면 그래도 자기주장을 펴고 말했을 텐데 장례 분위기 때문인지 처제도 동서가 뭐라고 하면 다소곳이 뒤로 물러섰다.

아들이 골분을 다 뿌리고 이쪽을 돌아보았다. 박인수는 아들에게 나오라고 손짓했다. 어느새 강 건너편 산 그림자가 강 중간까지 검은 몸을 밀고 들어왔다. 박인수는 문득 생각난 듯 손목을 틀어 시계를 바라보았다. 발인에서 화장과 뼈를 뿌리는 일까지 장례의 모든 절차를 끝낸 시각이 오후 3시 33분이었다. 우연의 일치처럼 세 개의 숫자가 겹쳐진 이 시간을 박인수는 앞으로 자신의 일생에서 영원히 잊을 수 없을 것 같다고 생각했다. 어느 곳에서 무슨 일을 하다가도 문득 그 시각이 오후 3시 33분인 걸 알게 되면, 혹은 다가오거나 막 지난 것을 알게 되면 그는 어느 봄날 바로 그 시간 아내의 뼈를 뿌린 여강의 투명할 만큼 맑고도 고즈넉한 봄 풍경을 떠올리게 될 것이다.

아내의 고향 여강…….

돌아오는 길에 아까 왔던 여강의 긴 다리를 다시 건너며 박인수는 창밖으로 아내의 뼈를 뿌린 강의 하류 쪽을 바라보았다. 강 위에 비친 오후 햇빛도 무심하고, 바람에 비늘처럼 반짝이며 흘러가는 강물도 그저 하나의 정물처럼 무심하게 보였다. 아내는 열여덟 살에 여강을 떠나 서울에 왔다. 스물두 살에 그를 만나 다음 해 임신을 해 예식도 올리지 못한 채 두 아이를 낳고, 마흔두 살 봄에 다시 여강으로 한 줌의 티끌처럼 돌아갔다. 박인수는 아내의 몸을 안고 일렁이며 흘러가는 강물 위로 가만히 아내의 이름을 불러보았다.

채수인…….

당신과 함께했던 날들을 잊지 않을 것이다.

당신을 이렇게 만든 사람을 나는 꼭 찾아낼 것이다.

찾아내 오늘의 일을 돌려줄 것이다.

◊

집은 전날 동서가 처제를 데리고 와서 어지러운 흔적들을 깨끗하게 정리해놓았다. 이때도 처제는 언니가 죽은 곳에 다시 가기 무섭다고 했지만, 동서가 구급대원들이 몰려가 처리를 하느라 집 안이

어수선해졌을 텐데 누가 가서 미리 정리해놔야 장례 후 가족이 들어갈 때 그래도 덜 심란하지 않겠느냐고 했다. 거실에서 베란다로 우왕좌왕 사람들이 오고 간 흔적도 말끔히 지워졌다. 밖에서 들어온 사람이 셋이면 안에 한 사람이 더 있어야 하는데, 그게 바로 보낼 때는 잘 모르다가 집으로 돌아온 다음에야 비로소 느끼게 되는 아내의 빈자리인가 싶어 박인수는 현관에 들어선 다음 한참 그 자리에 서 있었다. 아이들도 뒤에 가만히 섰다.

"무서워."

딸이 작은 소리로 말했다. 아내는 밖에서 안을 들여다볼 수 없게 버티컬 블라인드를 치고 베란다에서 목을 맸다. 발견한 사람은 제 오빠보다 먼저 학교에서 돌아온 딸이었다. 박인수는 출장을 나가 있던 연천 촬영장에서 딸의 전화를 받고 119와 처제에게 연락했다. 그는 그 모습을 보지 못했다.

한참을 현관에 서 있다가 박인수는 아이들을 데리고 방으로 들어갔다. 아들은 자기 방으로 건너가 금방 옷을 갈아입고 왔다. 딸은 안방에서 검은 상복을 학교 체육복으로 갈아입었다. 그는 아이들을 위로할 말을 찾았으나 어떤 말도 떠오르지 않았다. 며칠 비웠던 집에 보일러를 켜자 방바닥부터 조금씩 온기가 돌았다. 아이들은 두려움과 슬픔 속에서도 밀려오는 졸음으로 벽에 기대 꾸벅꾸벅 졸다가 둘 다 쓰러지듯 잠이 들었다. 그는 아이들이 잠든 다음 방을 나와 냉장고에서 소주와 멸치 한 줌을 꺼내 들고 아내가 목을 맨 베란다로 나갔다.

"그렇게 떠나야 이 일을 마무리할 수 있다고 생각한 거냐고."

박인수는 나지막한 소리로 아내에게 물었다. 화장장에서 인사를 할 때는 거기에 대해서 다시 묻지 않겠다고 했지만, 저절로 그 말부터 흘러나왔다. 아내는 무엇으로도 대답하지 않았다. 이제 그 일은 이승과 저승의 허공을 가르는 바람조차 알 수 없는 일이 되고 말았다. 이른 봄밤 박인수는 아주 먼 곳에 있는, 몸에 살짝 스치기만 해도 바늘처럼 따가운 노간주나무 숲을 떠올렸다. 봄이어도 아직 눈이 녹지 않은 노간주나무 숲에서 불어온 것 같은 따갑고도 음랭한 한기가 목덜미로 스며들었다. 도시의 불빛 속으로 지금까지 그의 생에서 가장 긴 하루가 지나가고 있었다. 낮에 보았던 여강의 물빛만 하루의 잔영처럼 머릿속에 일렁거렸다.

◊

　아내는 입을 열지 않고 떠났지만, 박인수는 아내가 말없이 떠난 의미를 깊이 받아들였다. 이제 자신이 그 일에 대한 모든 걸 감싸 안고 가는 게 아내의 영혼을 편안하게 하는 길이라고 생각했다. 달리 할 수 있는 일도 없었다. 아내가 왜 죽었는지, 죽기 전에 집 안에서 어떤 일이 있었는지는 설사 그 이상의 것을 새롭게 알게 된다 하더라도 이 세상에 절대 발설되어서는 안 될, 그 혼자만 알고 있어야 할 비밀이 되었다. 아이들을 위해서도 그랬고, 아내의 마지막 명예를 위해서도 그랬다.
　강하게든 약하게든 그것을 흔드는 일은 언제나 가장 가까운 데서부터 시작되었다. 아내의 장례를 치르고 열흘쯤 지난 밤이었다.

"아빠……."

"……."

"엄마가 왜 죽은 거야?"

박인수는 언뜻 꿈결에 딸이 말하는 소리를 들었다. 아내의 장례를 치른 지 사흘이 지나고 나흘째 되던 날부터 아들은 전처럼 자기 방에 건너가 잠을 잤다. 부엌과 붙은 좁은 거실에 방 두 칸짜리 집이라 전에는 조금 넓은 안방을 그와 아내와 딸이 함께 썼다. 딸은 책상을 거실 한쪽에 놓아두고 공부를 하거나 컴퓨터를 하다가 잠을 잘 때 안방으로 들어왔다. 아내가 떠난 다음 딸은 거실로 잘 나가지 않았다. 학교 갈 때와 다녀와서 책가방을 정리할 때만 잠시 거실로 나갔다가 얼른 방으로 들어왔다. 박인수도 베란다 쪽만 보면 거기에 아내의 모습이 어른거렸다. 아이들을 위해서도 이사를 하는 수밖에 없었다. 집은 이미 며칠 전에 내놓았다.

"엄마가 왜 죽은 거냐고?"

다시 딸이 재촉하듯 물었다. 처음엔 딸이 자신의 꿈속에서 말하는 줄 알았다. 꿈속에서 박인수는 45킬로그램쯤 나가는 검은 산양을 작업실 크레인에 매달고 가죽과 몸통을 분리하느라 땀을 뻘뻘 흘렸다. 폭설이 내렸을 때 절벽 아래에 먹이와 함께 놓아둔 올무에 걸려 죽은 산양이었다. 사체의 무게가 45킬로그램이면 산양치고는 일찍이 보지 못한 크기였다. 우리나라에 서식하는 산양은 아주 크다고 해도 35킬로그램 정도였다. 이제까지 박인수가 본 가장 큰 산양도 올무에 묶여 죽은 다음 무게를 달았을 때 36킬로그램이었다. 그는 송곳처럼 길고 예리한 칼로 가죽과 살 사이를 찔러 틈을 내고 짐승의 옷을 벗기듯 산양의 가죽을 벗겨나갔다.

"아빠……."

"……."

"말 좀 해봐."

그가 열심히 칼을 움직여 작업을 하고 있는 옆에서 다시 딸이 말했다.

"느…… 엄마는……."

딸의 재촉을 받고 그가 천천히 입을 열었다.

"엄마는 뭐?"

"엄……마는…… 그래……서는…… 안…… 될…… 일이…… 있……었어……."

박인수는 칼을 멈추고, 나무 그림자처럼 느린 목소리로 대답했다. 그러다 뭔가 이상한 느낌에 설핏 눈을 뜨다가 깜짝 놀라고 말았다. 산양의 가죽을 벗기는 작업은 꿈속에서 했지만, 딸이 제 엄마에 대해 물은 것은 꿈속의 일이 아니었다. 옆에 누운 딸이 제 꿈속에서 잠꼬대하듯 말하고는 저쪽으로 고개를 돌렸다. 아내의 장례를 치르고 와 며칠 동안 박인수도 아이들도 혼을 거의 빼놓고 살았다. 밖에서도 집에서도 늘 아내를 생각하고 엄마를 생각하며 일상생활에 필요한 말만 주고받았다. 혼자 자기 무서워하는 딸과 같이 잠을 자다가 둘 다 각자의 잠꼬대로 그런 대화를 주고받았다는 게 눈을 뜨고도 영 마음이 좋지 않았다. 겨드랑이와 등에 땀이 축축했다.

대체 이 상황을 어떻게 받아들여야 할지 박인수는 잠시 정신이 멍했다. 그냥 어느 하루 꿈속의 얘기로 끝날 일이 아니었다. 장례를 치르는 동안 처제가 수시로 그에게 다가와 언니의 죽음에 대해 물을 때도 그랬다. 그렇게 묻는 말속엔 언니의 죽음에 대한 그의 책임을 묻고 싶은 마음이 가장 컸을 것이다. 아이들도 앞으로 끊임없이 엄마가 왜 죽었을까, 저희끼리 곰곰이 생각하다가 언젠가는 더 참지 못하고 이제는 아빠가 대답할 차례가 되었다며 물어올 것이다. 아이들로서는 엄마의 죽음이 사전에 어떤 암시나 징후가 있었던 것도 아니었다. 납득할 수 없으면 그것은 전적으로 아빠가 저질렀거나 그러지 않았다는 것을 알더라도 아빠가 엄마를 죽음 속으로 밀어 넣은 것이라고 생각할 수도 있는 일이었다.

아내가 왜 그런 극단적인 선택을 했는지 가장 납득할 수 없는 사람은 오히려 박인수 자신이었다. 아내에게 무슨 일이 있었던 것인지, 아내는 끝내 입을 다물고 그 비밀을 자신의 목숨과 바꾸어버렸다. 처제에게라면 그가 형부로서의 자존심을 버리고 말할 수 있을지 몰라도 아이들에게는 절대 말할 수 없는 일들이 아내에게 있었다. 여강에서 처제가 마지막으로 그의 옷깃을 잡았을 때도 차마 그 얘기만은 할 수 없었다.

박인수는 자리에서 일어나 딸의 베개를 바로잡아주고 부엌으로 갔다. 이렇게 한 번 일어나면 다시 잠을 이룰 수 없었다. 그는 냉장고의 소주병을 들고 베란다로 나갔다. 그즈음 매일 밤이 그런 식이었다. 이 집에서 이사할 때까지, 어쩌면 이사를 해서도 계속 그럴지 모를 일이었다. 마음에 분노가 일다가도 끝에 가서는 언제나 아내에 대해 한없이 미안하고 안타까운 마음뿐이었다.

◊

    아내의 죽음과 관련하여 괴이한 일은 아내가 스스로 목숨을 끊기 이틀 전에 있었다.

    그날 박인수는 서울에서 그리 멀지 않은 곳에 위치한 경기도 북쪽 어느 도시의 자연과학관에서 의뢰한 물개 박제품의 보수 작업으로 꼬박 밤을 새웠다. 새 학기 행사로 육지와 바다와 하늘의 동물 표본을 한자리에 전시한다고 했다. 다음 날 오픈 행사를 앞두고 실무자들이 마지막 점검을 하다가 물개 박제품의 옆구리가 10센티미터 정도 터진 것을 발견하곤 박인수가 일하는 표본제작소로 급히 연락했다. 곰이나 양 같으면 약간 터진 부분이 있어도 우선 급한 대로 그 부분의 털을 터진 쪽으로 부숭하게 빗어 올리거나 다른 털을 덧대 임시로 가릴 수 있지만, 털이 짧고 매끄러운 물개는 그럴 수 없었다.

    "아이들 손님이 제일 무섭지요. 오픈할 때 도교육청에서 교육감이 오기로 했는데, 학부모까지 가세하면 난리가 납니다."

    과학관으로서는 행사 중에 전시품의 훼손 상태가 알려지고, 그런 걸 제대로 점검하지 않은 채 아이들에게 보여주었다는 게 드러나면 차라리 전시하지 않은 것만 못한 일이 될 거라고 했다. 연락받고 나가보니 벌어진 가죽을 그냥 당겨 붙일 수 없을 만큼 박제품이 많이 손상되어 있었다. 현장에서는 도저히 손을 쓸 수 없는 상태였다. 박인수는 손상된 표본을 작업장으로 실어와 물기 없는 낙엽처럼 바싹 말라 갈라진 가죽을 살아 있을 때처럼 탄력을 유지시켜 밤새 새것처럼 보수한 다음 새벽에 다시 가져다주었다.

과학관 관리자도 전시를 앞두고 새벽같이 출근해 물개 표본이 돌아오기를 기다렸다. 보수한 표본을 과학관에 넘긴 시각이 5시 40분이었다. 과학관 전시실장은 6시까지 가져다 달라고 했지만, 그날 숙직인 현장 직원이 그보다 조금이라도 일찍 자신이 먼저 살펴볼 수 있게 해달라고 했다. 수리한 표본을 넘겨받으며 과학관 직원은 보수 상태를 흡족하게 여겼다.

"감쪽같군요. 죽었던 놈이 살아온 것 같은데요."

나중에 나온 전시실장도 이래서 전문가가 필요한 것이라며 놀라워했다. 밤새 애쓴 것에 비해 사례비는 많지 않았지만, 박인수는 밤을 새워 고생한 보람을 느꼈다. 문제라면 과학관에서 집으로 올 때 전화를 하지 않은 것이었다. 아직 동도 트기 전 아내가 자고 있을 텐데 집에 들어간다고 전화하기도 애매한 시간이었다. 전날 박인수는 야근을 하며 아내에게 물건을 보수해 가져다주고 나면 아침에 좀 늦을 거라고 말했다.

서울 북쪽에 위치한 곳이라 집까지는 훤히 뚫린 새벽 도로를 달려 20분이면 충분했다. 박인수는 얼른 집에 돌아가 따뜻한 물로 목욕한 다음 한나절 잠을 잘 생각이었다. 가죽이 찢어진 표본을 작업장으로 실어와 밤새 보수해 다시 과학관에 가져다주기까지 쌓인 피로가 한꺼번에 몰려오는 듯했다. 박인수가 연립주택 앞 주차장에 도착했을 때 트럭 계기판의 시계가 6시 22분을 가리켰다. 이제 막 해가 떠오를 시간이어도 날이 흐려 거리는 새벽처럼 어둑했다. 한 달 전만 해도 동쪽 하늘에 샛별이 희미하게 빛날 시간이었다. 아내는 자리에서 막 일어나 밥을 짓기 시작하고, 아이들은 아직 깊이 잠 들어 있을 것이다.

저녁 퇴근 때라면 주차할 자리를 단번에 찾기 어려웠을 것이다. 일찍 일을 하러 나가는 사람이 있어 수월하게 그 자리에 차를 댔다. 박인수는 트럭에서 내려 연립주택 출입문 쪽으로 걸어갔다. 그냥 보수 작업만 한 게 아니라 그걸 싣고 이동하느라 더 피곤한 것 같았다. 차에 몸을 구부리고 앉아 운전하는 동안엔 느끼지 못한 요의까지 갑자기 밀려왔다.

집으로 들어가기 전 그때라도 지금 막 도착했다고 전화를 했더라면 아내가 목숨을 잃는 일까지는 없었을 것이다. 아내가 떠난 다음 그날의 일을 다시 촘촘히 떠올려 생각할 때마다 가장 아쉽고 안타깝게 여겨지는 게 바로 그 부분이었다. 표본제작소에서 일을 마치고 들어갈 때면 출발할 때거나 중간에 신호로 멈출 때 보통은 짧게 전화를 걸었다. 그날은 그러지 않았다. 출발할 때는 너무 이른 시간이어도 도착했을 때는 아내가 일어났을 시간인데 전화를 하지 않은 것도 금방 들어가면 되지 무얼 전화해, 하는 생각보다 그때 갑자기 밀려든 요의 때문이었다. 모든 비극은 예정된 순서처럼 차곡차곡 빈자리를 채워가는 중에 어떤 절차 하나를 빼거나 더하는 틈 사이로 파고드는 법이었다. 단순히 그렇게만 놓고 보면 그날의 비극은 갑자기 찾아온 새벽 요의 때문일 수도 있고, 그다음에 다시 하나를 빼거나 더한 어떤 절차 탓일 수도 있었다.

다른 때보다 성급한 마음으로 박인수는 2층 계단을 두 칸씩 성큼성큼 올라가 바로 비밀번호를 눌러 현관문을 열었다. 아내는 현관문을 열고 들어오는 그를 충분히 볼 수 있었는데 보지 못했다. 그때 아내는 화장실에 들어갔다가 막 나오던 참으로 문을 열고 집 안으로 들어오는 그의 모습을 보기만 했더라도, 그래서 집 안에 들어오자마자 화장실로 가려는 그를 황급히 불러세우고 자신이 나왔던 화장실에 다시 들어가 조금 전 자신이 만졌던 물건의 뒤처리를 제대로 하기만 했더라도 목숨까지 버려야 하는 비극은 없었을 것이다.

박인수가 문을 열고 들어섰을 때 아내는 잠옷 차림으로 화장실에서 막 나와 뭔가 허둥거리는 모습으로 다시 안방으로 들어갔다. 박인수는 그런 아내의 옆모습과 뒷모습을 조금은 의아하게 바라보며 화장실로 들어섰다. 그러는 동안 아무 소리를 내지 않은 것도 아닌데 아내는 다른 데에 온통 신경이 붙잡혀 그가 집에 들어온 것을 알지 못했다.

박인수는 바지 지퍼를 내리고 밤새 몸속에 쌓였던 피로감을 배출하듯 아랫배에 힘을 주며 길게 오줌을 누었다. 밤샘 작업을 한 탓에 오줌 빛깔도 평소보다 누런색을 띠었다. 입안까지 까끌까끌한 느낌이 들어 박인수는 혀끝으로 이물감을 밀어내듯 침을 모아 변기에 뱉었다. 허리를 굽혀 물을 내리고 나서 고개를 들어 거울에 비친 자신의 모습을 보다가 세면기 바로 옆 비눗갑 뒤에 놓인 칫솔 자루같이 생긴 낯선 물건에 눈길이 닿았다.

이건…….

거기까지는 무심했지만, 그다음은 무심할 수 없었다. 어쩌면 그것은 이른 아침 아내의 부주의로 그곳에 놓여 있었던 것이 아니라 그날 두 사람 사이에 이미 예정된 비극의 발단처럼 박인수의 눈에 띄웠던 것인지 모른다. 박인수는 직감적으로 그것이 무엇인지 알았다. 그것은 아침 일찍 자리에서 일어난 아내가 밤새 참았던 하루의 첫 소변을 묻혀 반응을 살핀 임신 테스트기였다. 남편은 아침에 늦게 들어온다고 했고, 한 시간쯤 후 몇 번이나 몸을 흔들어 깨워야 겨우 눈을 뜨는 아이들은 이 시간에 절대 화장실에 올 일이 없었다. 아내는 그걸 잠시 비눗갑 뒤에 놓아두고 좀 더 확실한 결과를 살피고 싶었을 것이다.

박인수는 갑자기 땀이 나고 떨리는 손으로 그것을 집어 들었다. 칫솔 자루보다 납작하게 생긴 테스트기 중간에 검은 글씨로 C자와 T자가 쓰여 있고, 거기에 두 줄의 붉은 금이 그어져 있었다. C자의 붉은 줄은 테스트기에 견본으로 처음부터 표시된 것이고, T자의 붉은 줄은 소변을 묻힌 다음 나타난 것이라는 것도 보는 순간 알 수 있었다. 두 줄의 붉은 금 옆으로 그것의 바른 판정법을 알려주듯 작은 사각형 안에 임신은 두 줄, 비임신은 한 줄이라는 설명이 그림으로 그려져 있었다.

박인수는 젊은 시절 아들에 이어 연년생으로 딸을 낳은 다음 터울도 없이 둘째를 낳은 것에 대해 아내에게 미안한 마음으로 바로 정관수술을 했다. 처음엔 17년이나 시간이 지난 다음인데 그것이 저절로 풀렸나, 하는 생각이 먼저 머리를 스치고 지나갔다. 이내 그런 상황이 아닐 거라는 생각이 먼저 든 생각을 파도처럼 밀어냈다. 온몸이 후들거렸지만 그는 가까스로 흥분을 가라앉혔다. 아직 아이들이 일어나기 전이었고, 학교 가기 전이었다. 박인수는 그걸 점퍼 주머니에 넣었다가 다시 처음처럼 비눗갑 뒤에 그대로 놓아두었다. 물증을 잡을 일도 아니고, 이미 그의 눈에 들어온 다음엔 어디에 있든 상관없는 물건이었다. 그로서는 봐서는 안 될 것을 본 다음이 일을 어떻게 해야 하나 싶어 거울에 비친 자신의 굳은 얼굴을 다시 한번 낯설게 바라본 다음 화장실을 나왔다. 아까 잠옷 차림에서 셔츠와 트레이닝 바지를 입은 아내가 안방에서 나와 화장실 쪽으로 걸어오다가 남편을 발견하고는 얼어붙듯 걸음을 멈추었다.

아내는 얼굴이 하얗게 질린 채 말을 하지 못했다. 박인수도 뭐라고 말해야 할지 당혹스러워 돌처럼 굳은 얼굴로 아내를 스쳐지나 방으로 들어갔다. 아이들 앞에서 큰소리를 내지 말자. 박인수는 스스로 진정시키듯 그 생각만 했다. 곧이어 아내가 화장실 문을 여는 소리가 들렸다. 그것이 그대로 비눗갑 위에 있어도 그사이 남편의 눈과 손을 거친 물건이라는 걸 아내도 바로 알았을 것이다. 아내는 자리에서 일어나자마자 그걸 들고 화장실로 갔을 것이고, 소변을 묻혀 비눗갑 뒤에 놓은 뒤 제발 아무 탈 없길 바라는 마음으로 다시 살피려 했는지 모른다.

◊

아이들이 학교로 간 다음 박인수는 같은 말을 묻고 또 물었다. 아내는 끝까지 대답하지 않았다. 다음날도 박인수는 일을 하러 가지 않았다. 아내도 나가지 않았다. 가사 도우미로 요일마다 일하러 가는 곳이 다른 아내의 전화에 계속 연락이 들어오고 박인수의 전화에도 몇 번 신호가 들어왔다. 사흘째 되는 날, 박인수는 도저히 일을 하러 나가지 않을 수 없었다. 경기도 연천에 있는 사슴농장에 나가 어느 드라마 제작사의 사극 촬영을 돕는 일이었다. 미리 일을 약속한 그가 나가지 않으면 배우와 스태프 등 열다섯 명도 넘는 사람이 촬영 준비 미비로 하루 일을 공치게 되는 상황이었다. 무엇보다 그렇게 해서 생기는 손해배상액이 그의 1년 치 수입만큼 큰 금액이었다.

예전에는 드라마나 영화에 야생동물이 필요한 경우 박제된 소품을 숲속에 가져다 놓고 찍었다. 풀과 나뭇잎을 흔들고 소품을 공중에 끈으로 연결해 그네처럼 흔들어 살아 움직이는 듯한 효과를 내도 그게 죽은 짐승이라는 걸 보는 사람들이 먼저 알아차렸다. 화면의 생동감이 없으면 이야기의 생동감도 떨어지기 마련이었다. 암수두 마리의 사슴이 필요했다. 주인공 여자가 숲속에 한 쌍의 꽃사슴과 함께 서 있고, 말을 타고 사냥 나온 남자가 멀찌감치 그 모습을 바라보다가 다가와 말을 거는 장면이었다. 이때 여자는 온화한 미소를 띠며 사슴의 목덜미를 부드럽게 어루만진다. 대본엔 그렇게 쓰여 있다 해도 사슴은 아무리 오랫동안 사람 손으로 키워도 주변을 조심하고 경계하는 야생의 습성을 그대로 가지고 있어 사람이 곁으로 다가갈 수 없었다. 몸에 손을 대는 건 더욱 불가능했다. 그냥은 촬영할 수 없는 장면이라 살아 있는 사슴을 살짝 마취시켜 네 다리로 일어서 있게 해놓고 찍었다.

원래는 수의사가 나와 사슴을 마취시켜야 했다. 마취된 사슴을 자동차와 들것에 실어 숲으로 옮기는 일은 농장 일꾼과 촬영 스태프들이 하더라도 촬영 시간이 길어져 추가로 조치를 해야 한다면

29

그것도 현장에 대기하고 있는 수의사가 판단해서 할 일이었다. 실제로는 농장에서 사슴뿔을 자를 때도, 드물게 촬영을 위해 몇 시간 동안 반 마취 상태를 유지할 때도 일일이 수의사를 부르지 않았다. 뿔을 자르는 일은 농장 주인과 일꾼들이 블로우건을 사용해 직접 하고, 영화나 드라마 촬영처럼 아주 드물게 부분 마취를 몇 시간 정교하게 유지해야 할 때는 자격증이 없어도 이 방면의 일을 프로처럼 해내는 박인수 같은 사람들이 알음알음 그것을 담당했다. 동물을 마취시키는 것도 그랬지만 그걸 몇 시간 동안 반 마취 상태로 유지해 네 발로 서 있게 하는 것과 촬영이 끝난 다음 마취를 푸는 일도 짐승의 신체 구조와 골격, 신경계를 제 몸처럼 알아야 했다.

박인수는 아내에게 이따가 들어와서 얘기하자고 말한 다음 9시쯤 집을 나왔다. 그렇게만 말한 것은 아니었다. 그는 계단을 중간쯤 내려오다가 걸음을 멈추고 한참을 생각하다가 다시 올라가 현관문을 열었다. 이틀을 같은 말을 물었는데도 저렇게 끝까지 대답하지 않을 때는 그것이 상대방을 보호하기 위해서든 아니면 다른 이유 때문이든 정말 누구라고 말하지 못할 어떤 사정이 있기에 그럴 거라는 생각이 한 발짝 한 발짝 계단을 내려오던 중에 들었다. 아내는 거의 넋을 놓은 듯한 얼굴을 하고 그대로 방에 앉아 있었다.

"정말 말하기 어려우면 하지 않아도 돼. 저녁에 돌아와서도 이제는 당신이 말하기 전에는 더 묻지 않을 거니까. 이건 그냥 하는 말이 아니고 내가 당신에게 전하는 진심이니까 당신도 세수하고 정신 차리고 오후 일을 나가. 힘들어도 아이들을 생각하자. 나도 아이들 생각할 테니까. 꼭 그렇게 해."

"다녀와요."

그게 그가 살아서 본 아내의 마지막 모습과 들은 마지막 말이었다. 거의 넋을 놓은 듯 보이는 것 말고는 특별한 조짐도 없었다.

박인수는 10시쯤 사슴농장에 도착했다. 촬영팀은 오후에 산으로 바로 올 것이고, 사전 준비를 위해 조감독 한 사람만 농장에 와 있었다. 박인수는 대롱에 주사기를 넣어 사용하는 블로우건으로 꽃사슴 두 마리를 마취시켰다. 사육장 바깥에서 철망 안으로 힘껏 블로우건을 불며 그는 누군지도 모를, 이틀 전 아내에게 임신 테스트기를 사용하게 한 상대를 떠올렸다. 식욕도 없는 상태에서 점심을 먹고 조감독과 일꾼들과 같이 옆으로 쓰러져 누운 사슴을 들것에 실어 숲으로 이동했다. 촬영은 1시부터 이루어졌다. 그가 마사지하듯 온몸을 주무르자 사슴도 그때쯤 비몽사몽 간의 어리벙벙한 모습으로 네 발을 딛고 일어섰다. 옆에 다가오는 사람들이 무섭고 두려웠을 텐데, 사슴은 도망갈 생각도 못 하고 땅에 발이 얼어붙은 채 엉거주춤한 모습으로 커다란 눈만 슴벅거렸다.

딸에게서 전화가 온 것은 촬영이 한창 진행 중이던 4시쯤이었다. 전화를 받고 박인수야말로 옆에 선 사슴처럼 아무 생각도 떠올릴 수 없었다. 가까스로 정신을 차리고, 촬영장에서 조금 벗어나 처제와 119에 차례로 전화를 했다. 감독에게는 아내가 집에서 감전사고를 당해 얼른 병원으로 가봐야 할 것 같다고 말했다. 애초엔 사슴과 함께하는 달빛 아래의 야간 촬영까지 잡혀 있었다. 박인수는 농장 일꾼에게 뒷일을 맡기고 산에서 내려왔다.

병원에 도착하자 그보다 먼저 경찰이 와 기다리고 있었다. 그는 경찰의 질문에 몇 가지 간단하게 대답했다. 경찰도 119의 연락으로 바로 현장을 둘러보았으며 병원의 소견도 외부의 완력이나 저항 흔적 없이 사망자 스스로 목을 맨 것 같다고 했다. 아내가 왜 자살한 것 같으냐는 질문에 대해서는 차마 바르게 대답하지 못했다. 그건 아내뿐 아니라 자신과 아이들의 명예까지 걸려 있는 일이어서 박인수는 아내가 그간 경제생활의 어려움을 자주 하소연했다고 말했다. 경찰은 그것을 '생활 비관'이라고 적었다. 그게 아내의 죽음과 관련하여 진행된 일의 전부였다.

◊

충돌이라고 할 것까지는 없지만, 아내에 대해 처음으로 박인수와 아이들의 생각이 달랐던 것은 이삿짐을 싸면서였다. 박인수는 아내의 물건을 자기 생각대로 한꺼번에 처리하려다가 그래도 그중에 딸이 쓸 만한 게 없는지 물었다.

"버리지 마, 아무것도."

딸은 완강하게 말했다.

"여기서 엄마 물건 버리고 가면 엄마 놔두고 우리끼리만 가는 것 같잖아."

박인수는 딸의 마음을 충분히 이해했다. 어느 부분 박인수의 마음이기도 했다. 오히려 짐 싸는 것을 도우러 온 처제가 딸을 말렸다. 박인수가 마주치면 불편한 가운데서도 처제를 부른 것 역시 아내의 물건 가운데 어떤 것을 버리고 어떤 것을 가져가야 할지 같은 여자로서, 또 자매로서 살펴봐달라는 뜻이었다. 아내에 대한 예의로도 그랬다. 알리지 않고 이사를 하면 마치 도망간 듯한 인상을 줄 수도 있었다. 딸은 제 엄마가 안 신던 신발까지 이삿짐에 포함했다. 그러자 처제가 나서서 말렸다.

"미진아. 이모도 네 마음 알아. 그렇지만 다 버리고 가는 거 아니야. 엄마가 있다 해도 엄마 손으로 버리고 갈 것들만 버리는 거지."

"나도 이 집이 싫고 무서워. 그렇지만 엄마 혼자 여기에 두고 가는 건 더 싫단 말이야."

"여기서 물건 버린다고 엄마 두고 가는 거 아니야."

처제도 딸의 마음을 짐작해 아내의 짐을 이사 가서 풀어야 할 것들과 이사 가서 버려야 할 것들 두 가지로 정리했다. 너무 오래 안 신어 형태까지 뒤틀려 발을 넣을 수 없는 신발 몇 켤레와 낡고 소매가 늘어진 옷가지들은 이곳에서 버리기로 했다.

"새로 가는 집에 이런 거 싸 들고 가면 엄마도 좋아하지 않아. 그동안 미처 버리지 못했던 거지 엄마라면 더 많이 버렸을 거야. 너는 누가 네가 버리려 했던 것까지 다 싸 들고 가면 좋겠니?"

그 말에 딸도 마지못해 절반쯤 양보했다. 아내의 짐은 새것이어도 이제 누구도 입지 않을 웃옷 몇 가지만 남았다. 이불도 무겁고 오래된 것들을 버려 짐을 최대한 줄였다. 아내의 내의와 속옷도 딸의 생각대로 이곳에서 버리지 않고 이사하는 곳으로 가져가기로 했다. 정리하던 중에 속옷을 넣어둔 장롱 서랍에서 아내의 이름으로 된 통장이 나왔다.

그것을 발견한 사람은 처제였다. 아내도 매일 일을 나갔으니 따로 통장을 가지고 있는 게 당연했다. 아내가 가사 도우미로 일을 시작한 것은 둘째인 딸이 다섯 살이 되어 아이가 둘 다 유치원에 들어가면서부터였다. 그전에는 다섯 살 네 살 연년생 아이에게 붙잡혀 집에서 물건을 받아서 하는 일 말고는 다른 일을 할 수 없었다. 그러다 두 아이를 유치원에 보내고 막상 집 바깥으로 일을 하러 나왔을 때는 특별하게 자격증과 기술을 가진 게 없어 마트의 시간제 캐셔나 요일마다 집을 바꾸어 일을 나가는 가사 도우미 말고는 따로 할 수 있는 게 없었다. 아이들이 초등학교 고학년이 되어 방과 후 스스로 시간 관리를 할 수 있게 된 다음부터는 일주일간 일정 관리에 쉬는 시간이 없어 오히려 남편보다 벌이가 나을 때가 많았다.

속옷 서랍에서 나온 통장은 이제까지 박인수가 알지 못하던 것이었다. 그와 아내가 이용하던 은행과는 다른 은행의 통장이었다. 살림 통장이 아닌 아내만의 비밀 통장이 뒤늦게 나온 셈이었다. 박인수는 처제로부터 통장을 건네받아 마지막 잔액과 거래내역을 살폈다. 5년 전부터 사용하기 시작한 통장은 중간중간 적게는 10만, 20만 원에서 많게는 2, 3백만 원이 한 번에 입금된 적도 있었다. 입금 방식도 부정기적이고, 금액도 그날그날 가사 도우미 일을 하러 나간 곳으로부터 받은 돈이 아닌 듯했다. 그런 돈은 아내의 살림 통장으로 수시로 입금되었다. 출금내역도 3, 4개월이나 6개월 사이로 1, 2백만 원씩 출금되기도 했다.

박인수는 자신도 모르는 아내의 비밀 통장에 들어 있는 저 돈이 과연 아내가 모두 벌어서 입금한 것일까, 하는 생각부터 먼저 들었다. 예전 같으면 그러지 않았을 것이다. 이럴 때면 그의 머릿속에 화

살처럼 빠르게 지나가는 물건이 있었다. 그게 아니었다면 금액이 얼마가 되든 아내가 일해서 번 돈과 집안 살림을 하며 쥐어짜서 마련한 돈들이 저쪽 살림 통장에서 조금씩 모여 이쪽 통장으로 옮겨졌을 거라고 생각했을 것이다. 한꺼번에 2, 3백만 원 입금한 돈들의 출처가 왠지 그렇게 모여진 돈들과는 다른 경로를 통해 들어온 것 같은 의심이 들었다. 처제는 돈이 들고난 내역을 보고, "언니가 살림을 참 맵게 했네"라고 말했다. 그런 다음 "한 푼 두 푼 모으느라 자기는 쓰지도 못하고⋯⋯"라며 말끝을 흐렸다. 아주 틀린 말은 아니겠지만, 박인수에게는 어떤 해명도 위로도 되지 않았다.

거래내역 중에는 돈을 직접 찾지 않고 1, 2백만 원 단위로 처남에게 직접 이체한 것도 있었다. 주기가 짧든 길든 처남이 요구하는 액수도 항상 그만큼이었다. 많지도 않은, 그렇다고 전혀 부담이 없는 것도 아닌 1, 2백만 원 얘기를 서너 달 주기로 했다. 쌓이면 살림살이에 구멍이 남는 돈이었다. 석 달 전의 일도 그랬다. 금액이 많든 적든 박인수는 고등학생인 아이들에게 들어가는 비용이 많아 이제는 그럴 형편이 되지 않는다고 잘라 거절했다. 처남은 이쪽 사정은 알지만 자신에게 급한 일이 생겨서라고 거듭 요청하다가 끝에 가서는 다시는 이런 전화를 하지 않을 거라고 마치 의절을 선언하듯 전화를 끊었다. 뒤로 아내에게 같은 요청을 했다는 걸 박인수도 알고 있었다. 그런데도 누나가 죽었다는 소식에 연락도 없고 장례에도 나타나지 않은 사람이었다.

"이러니 언니는 또 얼마나 힘들었겠어? 어디 누구한테 말도 못하고."

박인수가 처제에게 말했다.

통장에 찍힌 마지막 거래일은 아내가 죽기 21일 전이었다. 그날 입금된 돈은 38만 원이었고, 그걸 포함해 전체 잔고는 313만 원이었다. 처남에게 준 돈도 있겠지만, 모두 그러지는 않았을 것이다. 그걸로 사고 싶은 것도 사고, 때로는 아이들 때문에 그 돈을 살림 통장으로 옮기기도 했을 것이다. 실제 그렇게 보이는 거래도 있었다. 거래내용 중에는 7개월 전 처제 앞으로 3백만 원이 이체된 것도 있었다. 아마 그건 처남에게 간 것과는 달리 자매간의 거래였거나 자매만 아는 어떤 일이었을 것이다. 알고 싶었지만, 처남이나 처제와의 입출금은 이제 알아도 소용없는 일이라 묻지 않았다.

"그래도 이사 비용은 언니가 대네요."

박인수가 먼저 한 말이 처남을 염두에 두고 한 소리였다면 뒤에 처제가 한 그 말은 통장 안에 적혀 있는 모든 내역을 뭉뚱그려 그것을 상쇄시키고자 하는 말이었다.

집으로 돌아갈 때 처제는 박인수가 포장 작업을 하는 곳으로 와 언니가 죽기 전 무슨 일이 있었던 것이냐고 다시 물었다. 박인수는 장례 때와 마찬가지로 자신이 정말 알고 싶은 일이 그것이며, 처제야말로 조금이라도 알고 있거나 짐작 가는 일이 있으면 알려달라고 했다. 잠시 전 통장을 보고 나서는 부쩍 더 그런 마음이 들었다. 내일 이삿짐 정리는 자신과 아이들이 하면 될 테고, 그러면 또 언제 처제를 만날 수 있을지 모를 일이었다.

◇

이사한 다음 날 박인수는 아내가 남긴 통장의 돈을 찾기 위해 은행으로 갔다. 사망신고 전이라면 비밀번호만 알면 바로 인출할 수 있지만, 지금은 그럴 수 없다는 것을 먼저 사용하던 살림 통장의 잔액을 인출할 때 이미 경험해 알고 있었다.

박인수는 은행 창구에 통장과 함께 아내의 사망진단서와 가족관계증명서, 자신의 신분증을 내밀고 간단하게 사정을 설명했다. 통장과 함께 디밀어진 사망진단서 때문인지 창구의 남자 은행원도 이쪽을 향해 애도의 뜻을 전하듯 살짝 고개를 숙여 보였다.

"잔고가 좀 있군요."

창구를 사이에 두고 모니터를 살펴보던 은행원이 말했다. 박인수는 먼저 찍혀 있던 통장의 313만 원을 두고 하는 말일 거라고 생각했다.

"1천 313만 원이 남아 있습니다."

"예?"

그건 뜻밖의 소리였다. 없던 돈이 갑자기 생겨서 다행스럽다거나 횡재를 했다기보다 엊그제 통장을 발견했을 때처럼 이건 또 뭐지? 하는 당혹스러움이 먼저 그의 머릿속을 스쳐 지나갔다.

"통장엔 찍혀 있지 않아도 추가로 1천만 원 입금된 게 있습니다."

박인수는 잠시 눈을 껌뻑이며 천장을 쳐다보았다.

"잔고가 2천만 원이 넘으면 찾는 게 조금 복잡해지겠지만, 지금은 그럴 것도 없는 것 같군요. 잠깐만 살펴보겠습니다."

은행원은 그가 제출한 가족관계증명서를 다시 찾아 들었다.

"2천만 원 이상이면 다른 가족의 동의서가 필요한데, 그것도 뭐 자녀들이 미성년이고 금액도 미달하니 상관없을 것 같습니다. 오신 분이 사망하신 분의 배우자 본인이시니 지금이라도 돈을 찾는 데 문제가 없습니다."

박인수는 추가로 입금되었다는 1천만 원의 내역이 궁금했다. 누가 언제 어떻게 입금한 것인지 알고 싶었다. 아내가 직접 입금한 것이면 통장에도 기록되었을 것이다.

"찾으시는 금액을 현금으로 드릴까요? 아니면 배우자분의 다른 통장이나 새로 통장을 만들어 옮겨드릴까요?"

다시 은행원이 물었다.

"아니, 그보다 1천만 원이 입금된 게 언제입니까?"

창구 직원은 대답 대신 자신이 정리한 통장을 이쪽으로 내밀었다. 박인수는 조심스럽게 통장을 살펴보았다. 다른 날도 아닌, 바로 아내가 스스로 목숨을 끊은 날이었다. 아내가 죽기 전 밖으로 나가서 그 돈을 입금하지는 않았을 것이다.

"누가 입금한 것인지 알 수 있는지요?"

"본인이 입금한 것으로 나오는데요."

"그럴 리가……."

없지 않으냐는 소리는 하지도 못했고, 나오지도 않았다. 말을 하지 않아도 그의 태도가 이상했는지 은행원도 다시 사망진단서를 들여다보고는 고개를 갸웃거렸다.

"본인인지 아닌지는 알 수 없지만, 역삼동 중앙지점에서 이 통장에 직접 현금으로 입금한 것으로 나옵니다."

"누가 입금한 것인지…… 입금한 사람이 누군지…… 알 수 있습니까?"

박인수의 목소리가 미세하게 떨렸다. 그는 직감적으로 이 사람이 아내의 죽음과 관련된 사람일 거라고 생각했다.

"계좌 이체를 했다면 누가 보낸 것인지 알 수 있겠지만, ATM기에서 본인 통장에 현금으로 입금한 것이라 알 수 없습니다."

"CCTV 같은 거로도 알 수 없는 건가요?"

"돈을 입금한 날짜와 시간을 아니까 창구든 ATM기든 CCTV를 돌려 그 시각에 돈을 입금한 사람이 누군지 알 수는 있겠지요. 그렇지만 그건 도난이나 보이스 피싱 같은 특별한 사건이 아니면 저희도 마음대로 들여다볼 수 없습니다. 더구나 타 지점 ATM기라 정해진 절차가 필요합니다."

"그날 아내가…… 목숨을 잃었습니다. 그런 사람이 노원구에서 강남까지 찾아가서 자기 통장에 돈 1천만 원을 입금할 리가 없잖습니까?"

"누가 입금한 것인지 꼭 알고 싶으면 경찰에 의뢰해야 합니다. 그냥은 안 되고, 거기에도 어떤 범죄 소명 같은 절차가 필요합니다."

"그 지점에 가서 사정 얘기를 해도 안 될까요?"

"이게 벌써 한 달 전의 일이라 그때의 CCTV가 있는지 모르겠습니다. 은행마다 조금씩 차이가 있긴 하지만, 어느 은행이든 CCTV를 열흘 이상 보관하지 않습니다."

"이런 경우는 돈을 보낸 사람이 자신의 정보가 드러나지 않게 하려고 일부러 그렇게 입금한 것이겠지요?"

그때쯤에야 박인수는 자기 뒤에 대기하고 있는 손님들이 저 창구는 무슨 일을 처리하는데 저렇게 늦나, 하고 짜증스러운 시선으로 이쪽을 바라보는 분위기를 느낄 수 있었다.

"그건 저희가 알 수 없고, 단정 지어 말씀드릴 수도 없습니다. 저희는 찾으시는 돈을 현금으로 드리거나, 고객님의 다른 통장으로 이체해드리거나, 저희 쪽에 새로 통장을 만들어드리거나 그것만 할 수 있습니다."

은행원은 이 일에 자신과 은행이 할 수 있는 일은 그것뿐이라는 것을 선을 긋듯 말했다. 또 그만큼 친절히 응대했으면 사망한 배우자의 통장을 정리하러 온 사람에 대한 예의도 충분히 갖추었다고 여기는 듯했다.

"먼저 쓰던 통장은 저에게 주는 거지요?"

"물론입니다."

"그럼 저의 다른 은행 통장으로 옮겨주십시오."

박인수는 그 자리에서 자신이 거래하는 은행으로 입금전표를 썼다. 대체 아내가 스스로 목숨을 끊은 날 누가 어떤 일로 아내의 통장으로 그 많은 돈을 입금한 것인지 박인수로서는 아무리 생각해도 알 수 없었다. 단지 그것이 아내의 죽음과 연관되어 있을 거라는 것만 어떤 확신처럼 짐작될 뿐이었다.

◊

표본제작소로 돌아온 박인수는 자신의 작업 일지를 넣어두는 서랍 제일 아래에 아내의 비밀 통장을 넣어두었다. 전에 두 사람 사이에 어떤 일이 있었는지는 모르지만, 가장 확실한 사실은 아내가 스스로 목숨을 끊은 날 누군가 아내의 통장으로 1천만 원을 입금했다는 것이었다. 그날 박인수는 연천 사슴농장으로 촬영 준비를 나갔다. 아내는 목숨을 끊기 전 박인수가 화장실에서 보았던 물건의 상대와 일의 선후를 알리는 마지막 통화를 했을 것이다. 남편이 그 일에 대해 알고 있다고, 그러니 이제 자신에게 어떤 연락도 하지 말라고 했을 것이다. 거기까지는 누구라도 짐작할 수 있는 일이었다.

그런데도 그날 1천만 원이라는 돈이 아내의 통장에 입금되었다. 돈을 보낸 사람은 그날 아내가 자신과 통화한 다음 스스로 목숨을 끊을 거라는 걸 알고 입금했을까, 모르고 입금했을까. 그걸 안다면 절대 입금하지 않았을 것이다. 아내는 임신 테스트기에 나타난 결과와 남편이 그걸 알게 되었다는 것을 말하며 죽고 싶다는 얘기도 했을 것이다. 그 말을 상대는 '당신의 아이를 임신했다, 이제 어쩔 거냐? 그쪽으로 피해가 가지 않을 처리를 원한다면 돈을 달라'는 협박처럼 들었는지도 모른다. 암만 임신 테스트기에 대한 얘기를 듣고, 또 당장이라도 죽고 싶다는 말을 들었다 해도 아내가 곧 목숨을 끊을 거라는 걸 알면서 돈을 입금할 사람은 없을 것이다. 왠지 그러지는 않았을 것 같다. 통장 번호도 그날 죽음을 앞두고 주고받지는 않았을 것이다. 전에도 비슷한 거래가 있었거나, 아니면 전혀 다른 곳에서 들어온 돈일 수도 있었다. 그렇다면 대체 저 돈은 누가 어떤 뜻으로 입금한 것일까. 지금은 아무리 열려고 애써도 열리지 않는

문이었다. 어쩌면 시간이 해결해줄지도 모른다. 그가 아내의 핸드폰
을 해지하지 않고 그대로 보관하고 있는 이유이기도 했다.

2 / 장

　박인수에게는 아내의 장례 후 밀린 일이 많았다. 일이 많아서라기보다 그때그때 처리해야 할 일을 아직 현실 적응이 되지 않아 뒤로 미룬 까닭이었다. 그는 매일 표본제작소로 출근했지만 일이 손에 붙지 않았다. 그 가운데 가장 먼저 해야 할 일은 서울 어느 대학교 자연박물관에 전시·보관되어 있는 포유류·조류·어류·양서파충류 박제품 700여 점의 도장·도색 상태를 살피고 소독하는 일이었다. 그 일은 오래전부터 박인수가 일하는 표본제작소가 대행해왔다. 지금은 제작소의 일을 박인수에게 맡기고 거의 출근하지 않는, 나이로는 팔순이 넘은 소장이 예전부터 따내온 일이었다.

　학교나 교육센터, 박물관의 박제품들은 전시 케이스 안에 보관되어 있어 오래된 것이든 새것이든 비교적 관리 상태가 좋았다. 같은 학교여도 물품의 상태가 가장 엉망으로 관리되는 곳은 미술대학 실습관 같은 곳에 비치된 박제품들이었다. 수업 교재로 쓰이다가 말만 자료실이지 창고나 다름없는 공간에 다른 미술 수업 자재들과 함께 다시 방치되기도 했다.

관리야 어떻게 하든 그것이 물품 대장에 기재되어 있는 것이면 어느 곳에 보관되어 있든 1년에 한 번씩 상태를 점검하고 약품 소독을 했다. 그런 일을 나갈 때는 작업에 필요한 소독기와 청소기, 소독약, 비닐 막을 준비했다. 살아 있는 화석 고기라고 불리는 실러캔스와 같은 희귀 표본을 1년에 한 번 다시 만나는 날이기도 했다. 현장에 도착하면 미리 불러둔 아르바이트생과 함께 완전무장을 하듯 외부와 공기가 통하지 않는 소독복을 갖춰 입는다. 전시장에 진열되어 있는 크고 작은 박제품을 유리 상자 밖으로 꺼내 비닐로 감싼 다음 그 안에 질소와 이산화탄소를 주입하고 살충제로 미세균을 죽이는 작업을 하는 것이다.

수리가 급하면서도 시간과 공을 들여 해결해야 할 일은 그다음 일정으로 잡힌 강원도 봉평에 있는 개인 민속 박물관에서 의뢰한 박제품 보수 작업이었다. 사진으로 본 그곳 민속 박물관 입구에 서 있는 나귀의 상태는 어쩌다 이 지경이 되도록 방치했나 싶을 정도로 엉망이었다. 의뢰자 말로는 이효석의 소설 〈메밀꽃 필 무렵〉 속 허 생원의 나귀로 제작한 지 20년이 넘는 박제품이라고 했다. 그거야 문제 될 게 없었다. 국내엔 드물지만 해외엔 200년도 넘는 더 오래된 박제품도 많았다. 문제는 그동안 수리든 점검이든 단 한 번도 관리를 받지 않았다는 점이었다.

박인수는 박물관 주인에게 전체적으로 좀 더 많은 사진을 찍어 보내달라고 했다. 상태를 자세히 살펴야 이곳에서 미리 준비할 물품과 장비를 제대로 갖추어 갈 수 있었다. 열 장쯤 되는 사진이 추가로 왔다. 어느 박제사가 제작했는지 나귀의 양쪽 어깨 균형이라든

가 허벅지의 근육 표현으로 볼 때 당시에는 아주 잘 만든 박제품이었다. 시간이 지나며 항문과 두 엉덩이 사이에 골을 타고 내려가는 부분이 찢어지며 양쪽 엉덩이가 서로 어긋난 방향으로 가죽을 잡아당겨 나귀의 뒤태도 틀어지고, 속을 채운 내용물은 금방이라도 배설물처럼 밖으로 쏟아져나올 듯한 모습이었다. 그걸 일차적으로 검은색 실리콘으로 바르고, 터지면 다시 바른 자리가 이제는 실리콘으로 해결할 수도 없을 만큼 넓게 벌어져 내용물이 욕창처럼 흘러나오고 있었다.

"이게 어떻게 된 거냐면 말이오."

애초 박물관 시설은 20여 년 전 어느 돈 많은 사업가가 그곳 벌판에 너른 땅을 매입해 한쪽은 지역 향토 음식점으로, 한쪽은 손님을 끌기 위해 민속 박물관으로 꾸민 것이라고 했다.

"처음엔 장사가 좀 됐지요. 드라마 촬영장에서 소품도 몇 개 얻어놓으니 제법 그럴듯해 보였거든요. 그렇지만 여기보다 더 좋은 데가 계속 생겨나면서 박물관도 음식점도 특색이 없어졌지요. 중간에 두 번 주인이 바뀌고, 지난해 내가 뭘 모르고 맡지 말아야 할 걸 덜컥 맡아버린 거지요. 두 군데가 붙어 있어도 음식점은 어차피 장사를 하는 곳이니 신경 안 쓸 수 없고, 이쪽 박물관은 따로 돈을 받는 것도 아니니 그냥 문만 열어두고 거의 내버려 뒀거든요."

모양이 그런데도 박물관 주인은 자신과 전혀 상관없는 시설과 물건에 대해 말하듯 했다.

"그럼 이 시커먼 실리콘은 누가 바른 겁니까?"

"첫 번째 주인 때는 아직 망가지지 않았고, 아마 두 번째거나 세 번째 주인이 임시방편으로 발라놓았을 겁니다."

"그럼 사장님 때는요?"

"내가 맡을 때 이미 이 모양이었어요. 수리한다고 제 모습으로 돌아올 것 같지도 않고, 그래서 아예 더 망가지면 통째로 내다 버릴 생각으로 일부러 손 안 대고 그냥 두었던 거지요."

얼마 전에 군수가 서울의 중요한 손님들을 데리고 식당에 왔다. 군수는 식사 전 박물관 입구에 전시된 나귀 앞에서 손님들에게 〈메밀꽃 필 무렵〉 한 대목을 멋지게 외워 보였다. 작품 속에서 허 생원과 조 선달과 동이가 봉평에서 대화로 가는 80리 산길을 걷는 장면이었다. 일부러 그러려고 읍내 다른 음식점으로 가지 않고 허 생원의 나귀가 있는 민속 박물관 음식점으로 손님을 데리고 온 것이었다. 군수는 "산허리는 온통 메밀밭이어서 피기 시작한 꽃이 소금을 뿌린 듯이 흐뭇한 달빛에 숨이 막힐 지경이다"라는 대목을 앞뒤 부분까지 멋지게 외워 낭송했다. 거기까지는 좋았는데 군수가 허 생원처럼 말고삐를 비스듬히 틀어잡은 나귀의 엉덩이가 내용물까지 쏟아져 나올 정도로 참혹한 모습이었다. 군수도 나귀가 그 지경인 것까지는 모르고, 나귀가 있는 집을 찾아 손님을 데리고 왔을 것이다. 군수의 낭송을 들은 사람이 전에 문화 총리 소리를 듣다가 차기 대권을 위해 당으로 복귀한 중앙 정계의 실력자였다. 그 사람이 군수의 낭송 솜씨를 칭찬하며 마음만이 아니라 현장에서도 물심양면으로 문화 군수가 되어달라고 나귀의 상태에 대해 한마디 지적했다.

"그러니 군수도 민망했겠지요."

그곳이 음식점이 운영하는 사립 박물관이긴 하지만, 나중에 군청에서도 음식점 주인에게 웬만하면 유지 비용을 지원할 방도를 마련할 테니 전체 전시품을 좀 청결하게 관리해달라고 말했다는 것이었다.

"박제품 관리 때문에 민망한 거면 괜찮아요. 박제를 잘못해서 감옥에 간 사람도 있는데요."

앞서 핸드폰으로 사진을 주고받으며 나눈 이야기도 있고, 현장에 와서 느낀 주인의 편한 응대 때문인지 박인수는 자신도 모르게 그동안 닫고 있던 농담의 서두를 꺼냈다. 아내와 그 일이 있고 나서는 누구에게도 우스갯소리를 꺼내지 않았다. 그동안 마음 편하게 누굴 만나 얘기한 적도 없었다.

"박제를 어떻게 했길래 감옥에 갑니까?"

"우리나라 얘기는 아니고, 300년 전 스웨덴 얘기입니다. 그 나라 어느 성에 가면 사자 박제품이 사자 같지 않고 개처럼 보이는 게 있다고 합니다. 그게 세계적으로 소문이 나서 사자 개를 보려고 사람들이 일부러 그 성을 찾아간다는군요."

"사람 심리라는 게 그렇지요. 멀쩡한 건 구경거리가 안 돼도 이상하면 구경거리가 되거든요. 군수가 총리 앞에서 저것 때문에 망신스러웠다니까 다음 날과 그다음 날 군청 사람들과 봉평 장바닥 사람들이 다 한 번씩 여기 와서 뒤가 터진 나귀를 보고 갔다니까요."

음식점 주인이자 박물관 주인이 박인수를 부른 이유였다.

"박제사님 전화번호도 군청에서 알려줬어요. 사실 나는 〈양들의 침묵〉이라는 영화에서 말고는 박제사를 본 적이 없으니 전화를 하면서도 좀 그런 분위기가 아닐까 생각했거든요."

"아이구⋯⋯."

"트럭에서 내려 식당으로 들어올 때 저 사람이 정말 박제사가 맞나 깜짝 놀랐지요. 틀도 좋으시고 얼굴도 좋으시고."

"요즘은 남자뿐 아니라 여자 박제사도 있어요."

식당 주인은 그것도 놀랍다는 얼굴을 했다.

◇

개를 닮은 박제 사자는 애초 스웨덴 국왕 프레데리크 1세의 애완동물이었다. 왕은 알제리로부터 귀한 사자 한 마리를 선물 받았다. 왕은 특히나 사자를 좋아해 자신의 분신처럼 애지중지했다. 수년후 사자가 늙어 송곳니가 빠지고 기력이 다해 죽자 왕은 사자를 좋은 곳에 묻어주라고 했다.

시간이 흘러도 왕은 사자를 잊을 수 없어 땅에 묻은 사자를 꺼내 생전의 모습과 똑같이 박제하라고 명령했다. 무덤에서 꺼낸 사자의 사체는 이미 부패할 대로 부패해 생전의 형체를 알아보기 힘들었다. 박제사는 형체도 없이 부패한 사자에게서 힘들게 가죽을 얻어냈지만, 애석하게도 그는 살아 있는 사자를 본 적이 없었다.

그렇다고 왕명을 거역할 수도 없는 노릇이어서 일단 사자 박제를 만들기 시작했다. 사람들에게 살아 있는 사자의 모습에 대해 물었지만, 아무도 사자를 본 사람이 없었다. 사자를 돌보던 사육사도 궁을 떠나 찾을 길이 없었다. 그때 누군가 박제사에게 왕궁 옆 교회에 가면 목조 부조로 새긴 사자 문양이 있다고 알려주었다. 사자의 앞

모습이 아니라 옆모습을 새긴 부조였다. 문양 속의 사자는 왕의 상징처럼 머리에 왕관을 쓰고 앞으로 길게 혀를 내밀고 있었다.

부조를 본 박제사는 실물로는 한 번도 본 적이 없는 사자를 머릿속에 그렸다. 사자는 개처럼 길게 혀를 내밀고 혀를 비틀 듯 꼬부린다. 얼굴도 개처럼 오밀조밀하고 납작하다. 눈을 동그랗게 뜨고, 두 눈 사이가 좁다. 박제사는 목조 부조에 새겨진 모습을 바탕으로 새롭게 사자를 재현했다. 다 만들고 보니 모습이 영 이상했다. 옆모습은 교회 부조에 새겨진 사자와 비슷한데, 앞모습은 호기심 많은 표정으로 두 눈을 동그랗게 뜨고, 귀를 쫑긋 세우고, 입맛을 다시듯 혀를 길게 내민 것이 영락없는 개의 모습이었다. 턱 아래 갈기만 사자였다. 박제사로서는 사자가 입을 벌리고 으르렁거리는 모습을 본 적이 없으니 이빨도 죽기 전 이미 빠져버린 송곳니 대신 치열을 고르게 만들어 박아 마치 말 이빨과 비슷했다. 왕은 박제사가 자신의 용맹스러운 사자를 개처럼 우스꽝스러운 모습으로 만들어놓은 것에 진노했다. 그 자리에서 바로 명령해 박제사를 왕실 모욕죄로 감옥에 가두어 버렸다. 사자 박제 역시 궁전에 놓이지 못하고 창고로 보내졌다.

그랬던 사자 박제품이 지금은 우스꽝스러운 모습으로 또 다른 생명력을 얻어 스웨덴 왕궁 박물관의 인기 전시물이 되었다. 자신을 보러 오는 관광객들을 향해 여전히 호기심 많고 장난기 가득한 얼굴로 길게 혀를 꼬아 내밀고 있다. 300년 동안이나 이 우스꽝스러운 모습의 박제품을 버리지 않고 보관해온 이유도 사자 가죽이 부르는 게 값이어서 왕의 명령 없이는 누구도 함부로 그것을 버릴 수 없었기 때문이라고 했다.

박인수는 군에서 제대한 다음 처음 박제 일을 배울 때 이 얘기를 들었다. 그는 동물 표본제작소의 조류학 교수가 자신에게 해주었던 얘기를 봉평 민속박물관 주인에게 해주었다.

"허허, 재미있네요. 사자를 본 적이 없으니 더 잘 만들 수도 없었 겠군요."

"실물을 보지 못한 채 가죽만 가지고 박제를 하면 목이 긴 기린 을 악어처럼 엉금엉금 기어 다니는 동물로 만들 수도 있는 거지요. 자연사 박물관의 걸어 다니는 공룡을 기어 다니는 공룡으로 만들 수도 있고요."

"그럴 수도 있겠네요. 몇 살 때부터 이 일을 하신 겁니까?"

"오래됐죠. 군대 제대한 다음 시골에서 서울로 올라올 수 있던 계 기가 바로 이거였으니까요."

"그럼 그동안 이런 거 정말 많이 만들었겠네요. 작품 같은 것도 있을 테고."

"그림을 그리거나 조각을 하는 사람에겐 그것이 팔려나간 다음 에도 작품에 그 사람 이름이 남지만, 박제사에게는 처음부터 끝까 지 이걸 누가 의뢰했다거나 누구의 것이다 하는 것만 있지, 자기 것 이라는 게 없습니다."

"아니, 왜요?"

"지금 이 나귀 박제 역시 그렇지요. 이걸 처음 박제한 사람이 있 겠지만, 그 사람 이름이나 기록은 어디에도 없는 거죠. 처음부터 지 금까지 주인이 언제 어떻게 바뀌든 이곳 박물관과 박물관 사장님 소유로 남아 있는 것이지요. 스웨덴의 사자 박제 역시 그걸 의뢰한 왕과 그게 전시되어 있는 성의 이름만 남아 있지 만든 사람의 이름은 그가 박제를 잘못해 감옥에 갔다고 전해지는 말 말고는 어디에도 없는 것처럼요."

"요즘은 이런 식으로 안 만들지요?"

엉덩이 사이의 터진 내용을 정리하는 박인수에게 박물관 주인이 물었다.

아주 예전에는 골격을 만든 다음 박제품 내부를 대팻밥 같은 것으로 채웠다. 지금 보수 작업을 하고 있는 나귀 박제 역시 온갖 폐기물로 속이 채워져 있었다. 그런데도 뼈마디의 골격을 살리고, 근육을 살린 것을 보면 이 박제품을 처음 만든 사람의 솜씨가 보통이 아님을 알 수 있었다. 자격증을 가지고 작업을 한 것 같지는 않았다. 이 바닥에 막 들어섰을 때의 자신처럼 오직 솜씨 하나로만 나귀 한 마리를 살아 있을 때의 모습으로 박제해낸 듯 보였다.

"요즘은 이런 걸로 속을 채우지 않지요. 방수 공사나 단열 공사 같은 데 많이 쓰는 우레탄이라고 아시는지요?"

"물 새고, 틈 막는 데 쓰는 거 말인가요?"

"그게 액체 상태로 있다가 커다란 비닐봉지에 넣어 발포하여 굳히면 가벼우면서도 아주 단단하거든요. 돌 같으면서도 잘 깎이기 때문에 그런 우레탄폼*으로 동물 모형을 만들어 거기에 가죽을 씩

---

* 폴리우레탄에 프레온과 같은 휘발성 용제를 발포제로 섞어서 만든다. 겉모양을 비교적 자유롭게 조절할 수 있으며, 유연성과 경도를 조절할 수 있다. 가벼우면서도 재질이 단단해 박제품 몸통으로 제작하기 좋다.

우는 거지요. 말로 하면 쉽지만 제대로 하자면 이런 나귀 한 마리 가죽을 벗겨 표본을 만드는 데 아무리 빨라도 두세 달은 걸리죠."

"그럼 이건 어떻게 만든 건가요?"

"그렇게 만들면 좋다는 건 알지만, 박제사가 잘못 만든 건 아닙니다. 우레탄폼으로 나귀 마네킹을 만들고, 마네킹의 머리와 몸뚱이가 안 맞는 데를 조금씩 깎아가며 수십 번 가죽을 씌웠다가 벗겼다가 할 만큼 제대로 제작비를 주는 것도 아니지요. 공장에서 만들어내는 제품 식으로 말하면 정품 방식으로 만들지 않은 게 아니라 애초 정품 방식으로 만들 수 없었던 거지요. 가죽을 얇게 간도질*해 씌운 솜씨를 보면 누가 처음 만들었는지 제법 솜씨 있게 만들었네요."

작업의 양이 많다기보다는 시간이 걸리는 일이라 박인수는 이틀 동안 보수 작업을 진행했다. 밥은 민속 박물관 옆 향토 음식점에서 먹고 잠은 박물관 주인이 잡아주는 모텔에서 잤다. 아내가 떠난 다음 아이들과 처음 떨어져 자는 날이었다.

틈틈이 군청 문화예술과 직원이 나와 그의 작업을 살폈다. 군청 직원이 박물관 주인에게 한 말로는 군수가 문화 총리에게 잘 보이려고 〈메밀꽃 필 무렵〉의 그 부분을 3일이나 직원들 앞에서 외워 보였다고 했다. 그런저런 소문 때문인지 그가 보수 작업을 하는 동안에도 제법 많은 사람이 식당 옆 민속 박물관으로 와 나귀도 구경하고, 나귀 박제를 보수하는 그의 모습도 구경했다. 나귀의 항문 아래 엉덩이골 부분은 표본제작소에 자투리로 남아 있던 다른 동물의 가

---

* 간도(刊刀)질. 박제하기 위해 죽은 동물의 몸통에서 벗겨낸 가죽에 붙어 있는 살점과 지방층을 깎아내듯 최대한 긁어내고 손질하는 작업.

죽을 솜씨 있게 양쪽 엉덩이와 이어붙인 다음 봉제선이 드러나지 않게 털을 붙여 위장 처리했다. 이미 여러 번 싸 바른 것이 터진 부분이라 다른 가죽을 대지 않고는 달리 방법이 없었다. 다행히 풍성한 말총을 길게 늘어뜨린 꼬리가 그 부분을 가려주었다.

"이런 일도 그냥 배운다고 되는 게 아니라 타고난 재주가 있어야겠지요?"

"글쎄요."

그게 재준지 아닌지 알 수 없지만, 박인수가 박제와 처음 인연을 맺은 건 고등학교 1학년 겨울방학 때였다. 친구 집에 놀러 갔는데 마루에 죽은 꿩 한 마리가 놓여 있었다. 친구 아버지가 봄동 배추밭에 나갔다가 주워온 것이었다. 누군가 싸이나*를 탄 물에 불린 콩으로 잡은 꿩이었다. 바로 잡은 것이면 내장만 긁어내고 끓여 먹어도 된다지만, 친구의 어머니가 께름칙하다며 내다 버리라고 했다.

박인수는 이 아름다운 깃털을 가진 새가 그냥 버려진다는 것이 견딜 수 없었다. 형형색색의 보석처럼 빛나는 무늬를 가진 잔 깃털로 덮인 목덜미와 몸길이보다 길게 뒤로 빠진 자연의 선물과도 같은 긴 깃털이 버려지는 것이 아까웠다. 중간 깃털을 은근한 힘으로 잡아당겨 봐도 뽑혀 나오지 않았다. 상하지 않았다는 뜻이었다. 박인수는 친구의 문구용 칼로 꿩의 배를 가르고, 꿩의 무릎 위 다리부터 머리까지 살을 모조리 발라냈다. 더러 꿩을 박제해 놓아둔 모습

---

* 사이안화칼륨, 일명 청산가리. 극소량을 섭취해도 사망할 수 있는 매우 강한 독극물이다. 설탕과 유사하게 보이는 무색무취의 결정이며, 표본 제작과 관련해서는 곤충을 재빨리 죽여 손상을 최소화해 곤충 표본을 만들 때 사용하기도 한다.

은 보긴 했지만 직접 해보는 것은 처음이었다. 몸통을 발라낸 곳을 솜으로 채우고, 속에 철심을 박아 먼저 떼어놓았던 다리와 연결해 살아 있는 꿩처럼 손질해 친구에게 선물했다. 박인수는 이미 목숨을 잃고 쓰러진 그것을 살아 있을 때의 빛나는 모습으로 만들어보는 것으로 족했다.

친구가 선생님에게 자랑처럼 선물하고, 선생님은 또 그걸 교장실에 놓아두었다. 교장실을 방문한 누군가가 꿩을 가져가 약품 처리를 하고 새롭게 눈알을 박아 왔다. 그 꿩은 박인수가 졸업할 때까지도 교장실 선반에 놓여 있었다. 그게 누구에게 배우지도 않고 만들어낸 박인수의 첫 박제품이자 박제와의 인연이었다.

거기에 비해 두 번째 인연은 보다 삶의 구체성을 가지고 다가왔다. 군대 선임 중에 대학 조류학과를 다니다가 온 사람이 있었다. 자신은 나중에 꼭 조류학자가 되겠다고 말하는 사람이었다. 박인수는 고졸이고, 선임은 대학을 다니다 왔는데도 서로 맞는 부분이 많았다. 함께 보초를 나갈 때도, 훈련을 나가서도 그는 박인수에게 새에 대해 많은 이야기를 해주었다.

"사람들은 생태계 소비 정점에 인간과 맹수가 있는 줄 알지. 그건 생태계 지배 정점일지 몰라도 실제 소비 정점엔 조류가 있어. 우리 눈에 보이는 걸로만 얘기하면 코끼리고 사자고 초원에서 다른 동물이 죽은 거 거의 다 새가 먹어치워. 히말라야에 가면 조장, 천장이라고 해서 사람 시체도 새가 먹고. 새는 또 사람이 먹는 거 짐승이 먹는 거 다 먹어. 사람은 음식을 가려도 새는 안 가리니 생태계 소비 정점에 있는 게 맞지."

자신이 조류학자가 되려는 이유에 대해서는 이렇게 말했다.

"호랑이, 멧돼지, 사슴, 하다못해 산토끼, 이런 것들은 숲속에 숨기도 잘하고 눈에도 잘 안 떠. 새들은 앉아 있을 때 말고는 하늘을 날아다니니 눈에도 잘 띄고, 크게 애 안 써도 종류별로 모여드는 데만 잘 알면 관찰하기 쉽지. 거기에 지구 생태와 환경 연구의 시작이 바로 조류란 말이지."

선임은 우스갯소리도 잘했다. 자기가 다니는 학과의 한 교수가 실습 시험을 볼 때 가느다란 새 다리 몇 개를 붙여놓은 다음 그게 무슨 새인지 이름을 맞춰보라고 했다. 몸통이 붙어 있으면 그런대로 구분하지만, 다리만 가지고는 솔새인지 박새인지 참새인지 작은 새일수록 구분하기가 쉽지 않았다. 수십 년 전공자들도 모르는 게 더 많았다. 보통 사람들은 닭발과 오리발 정도를 구분하고, 날카로운 매의 발톱 정도를 구분했다. 한 학생이 "교수님. 이건 정말 너무하시는 거 아닙니까?" 항의했고 교수가 "너, 몇 학년 누구야? 이름이 뭐야?" 하고 물었다고 한다. 그러자 이 학생이 교수 앞으로 성큼성큼 걸어가 한쪽 발의 양말을 벗고 바지를 걷어 보이며 이렇게 말했다고 한다. "어디 한 번 알아맞혀 보시죠."

"실제로요?"

"교수가 하도 전문성, 전문성 하니 학생들이 만들어낸 농담이지."

그 사람과 제대로 인연이 되려고 그랬는지, 고등학교 때처럼 부대에서도 한 번 꿩으로 주목을 받은 적이 있었다. 한겨울에 훈련을 나간 부대원들이 무슨 재주를 부려선지 살아 있는 꿩을 붙잡아 왔다. 그걸 취사장 옆에 작은 닭장 같은 걸 만들어 넣어두었는데, 꼬리 긴

장끼가 제 성질을 못 이겨 낮은 천장에 머리를 부딪치고 철망에도 부딪치다가 이틀 만에 죽어버리고 말았다. 실제 육용으로 사육하는 곳에서는 꿩의 그런 성질 때문에 부리 앞부분을 자르고 눈을 가려 준다고 했다.

박인수는 예전 솜씨를 발휘해 죽은 꿩을 살아 있을 때의 모습으로 박제한 후 중대장실 철제 캐비닛 위에 놓아두었다. 선임이 코치를 하며 도와주었다. 자기가 다닌 학과 교수 중에 박제를 제대로 하는 사람이 있다고 했다. 박제도 제대로 하자면 조류든 포유류든 사체를 깨끗이 한 다음 몸통과 다리 등 치수부터 재야 한다는 걸 그때 처음 알았다. 그래야 벗긴 가죽 속에 들어갈 마네킹을 제대로 만들어 씌울 수 있다. 1차 박피한 껍질 속에 남아 있는 물기와 기름기를 소금과 벤젠으로 씻어내고, 한겨울에도 선풍기를 틀어 최대한 빨리 건조시켰다. 몸통 보정물도 굵은 철사를 이용해 선임의 도움으로 제대로 만들었다.

만들 때 약품 처리와 몸통 안쪽 방부 처리는 군수병이 의무대와 화학대에 있던 포르말린과 나프탈렌을 얻어 와서 했다. 가장 중요한 게 눈이었다. 사람도 눈 모양에 따라 인상과 표정이 달라지듯 박제품도 조류든 포유류든 눈이 중요했다. 예전 고등학교 교장실의 꿩도 그랬다. 이번 박제품 눈알은 서울로 나가는 휴가병에게 부탁해 제대로 된 꿩의 의안을 사 와서 박았다. 박제 꿩을 놓아두는 좌대역시 검은색이 도는 야생 쪽동백나무를 베어와 마치 그 위에 꿩이 앉아 있는 것처럼 보이게 철심을 박아 고정했다. 중대장실에 놓아둔 꿩은 소문을 타고 얼마 후 연대장실로 옮겨졌다. 덕분에 박인수와 선임도 일주일 포상 휴가를 다녀왔다.

그 일로 더욱 가까워진 선임은 반년쯤 먼저 제대했다. 박인수에게 나중에 제대하면 꼭 찾아오라고 했다. 박인수는 제대할 때까지 이따금 선임과 편지를 주고받았다. 제대해서는 노는 것도 아니고 제대로 일하는 것도 아니게 집안의 농사일을 1년쯤 거들었다. 따로 익히거나 배운 기술이 없어 읍내로 막일도 다녔다. 건장한 것은 몸뿐이어서 힘으로 하는 일은 어떤 일도 할 수 있었다.

그럴 때 예전의 선임이 서울로 한번 오라고 했다. 선임은 새 연구의 석사과정 마지막 학기인데 끝나면 계속 조류연구소에 남아 박사과정 공부를 할 거라고 했다. 찾아갔을 때 선임은 언제까지 별로 하는 일도 없이 시골에만 있을 수 없을 테고 서울에 다른 일자리와 거처를 구할 수 있느냐고 물었다. 없다고 대답하자 자기가 전에 얘기했던 교수의 표본제작소에서 일하는 것은 어떻겠느냐고 물었다. 아마도 그 말을 하기 위해 일부러 오라고 한 것 같았다. 교수에게도 그쪽 일을 전혀 배우지 않았는데도 새의 골격에 대해서 잘 알고 박제를 잘하는 친구가 있다는 얘기를 미리 해두었다고 했다. 그때는 그냥 그것이 한없이 고마웠다.

교수는 국내에서 이름난 조류생태학자였다. 학교에서만 연구하는 것이 아니라 자신의 연구를 넓히기 위해 따로 충남 당진에 조류연구소를 세우고 그곳에 100여 종의 새를 기르고 있었다. 거기에 서울 근교에 새뿐 아니라 멸종위기 동물 보존과 동물 응용연구를 위해 사재를 들여 표본제작소를 운영했다. 선임의 소개로 박인수가 인사했을 때 교수는 정년 바로 직전이었다. 선임이 그의 일자리를 먼저 주선하여 찾아주었다기보다 어쩌면 교수가 연구보다는 표본제작소에서 자신을 도와 오래 일할 박제사 조수를 찾았던 것인지 모른다.

"표본제작소가 아니라 영화 촬영소로 가야 할 사람 데려온 거 아니야?"

"예?"

"인상이 반듯해 보기 좋다는 얘기일세. 배우지 않았는데도 박제 잘한다는 얘기는 들었다. 그걸로 군에서 휴가도 가고."

"예, 그렇습니다."

"씩씩해서 좋다. 체격도 좋아 소가죽 말가죽을 크레인에 매달지 않고도 벗겨내겠어. 일은 지금부터 배우면 되는 거고, 나하고 여기서 일해보겠나?"

그는 선뜻 대답하지 않았다.

"먹고사는 것 때문이라면 걱정하지 마라. 큰돈이야 못 벌겠지만, 먹고사는 거 정도는 여기 표본제작소에서 해도 된다. 여기 방도 있고 부엌도 있다. 정 먹을 거 없으면 표본 아무거나 솥에 물 붓고 삶아 먹어도 된다."

그건 교수 방식의 농담이었을 것이다. 당장 벌이보다 먹고 자고 일할 데만 있다면 시골을 떠나 서울로 오고 싶었다. 읍내 공사판에 나가도 늘 몸과 발이 근질거렸다. 막상 제의를 받자 그쪽 일을 제대로 배우고 싶다는 생각도 들었다.

"일은 내가 제대로 가르칠 거다."

선임의 말대로 소장은 학계에 권위 있는 교수이면서도 멸종위기

종의 생태 연구를 위해 스스로 칼을 잡아 죽은 짐승의 배를 가르고, 가죽을 벗기고, 그것을 손질하고 간도질해 다시 살아 있을 때의 모습처럼 박제까지 해내는, 학자이면서도 작은 거인과 같은 사람이었다.

박인수는 그 밑의 현장 조수처럼 표본제작소의 직원으로 들어갔다. 학문적 연구와는 다른 분야였다. 당진에 있는 조류연구소에는 교수 밑에서 공부하는 학교 사람들이 저마다의 연구를 위해 제집처럼 드나들었지만, 죽은 동물의 박제 작업을 하는 표본제작소는 학교 사람들이 특별히 어떤 물건을 전할 때 말고는 거의 드나들지 않았다. 표본제작소에서 그는 교수이자 주인이며 선생인 소장의 가르침 아래에서 거의 혼자 박제 기술을 배워나갔다.

무엇보다 박인수는 그 일이 재미있었다. 그게 10년이 되고 20년이 되었다. 거기에 세월이 더 흘러 소장은 여든여섯 살이 되고, 박인수는 마흔일곱 살이 되었다.

"어쩌면 바보 같았던 거지요."

어떤 일이든 일을 배울 때는 장래성 같은 걸 먼저 생각해야 하는데, 그런 건 전혀 생각하지 않고 그쪽 방면으로 소질이 있으니 적성에 맞는다고 여겼다. 한 10년 일을 배우고 나서는 이제 이 일 말고는 다른 일을 할 줄 아는 게 없으니 발을 빼지 못하게 되었던 것인지도 모른다.

소장은 박인수에게 다른 사람보다 일찍 국가자격증으로 문화재수리기능사 자격증의 한 분야인 박제및표본제작공 자격을 따도록 했다. 박제 일이라는 게 시설 규모가 큰 자연사 박물관이나 연구소,

대공원 같은 곳에 정규직원으로 들어가는 게 아닌 다음엔 독립적으로는 여전히 생계를 걱정해야 할 직업이었다. 어쨌거나 자격증을 딴 다음 10년의 시간이 더 흐르자 여건은 더욱 빡빡해져 어느 결에 실력이 있고 없고보다 그런 자격증이 있고 없고가 그나마 이쪽 생계 전선에서는 더 중요한 항목이 되어버린 것이었다.

그게 박제사로서 박인수의 사자와 개의 시간이었다.

◇

아내의 핸드폰이 의미 있는 신호를 보내온 것은 박인수가 봉평의 일을 마치고 영동고속도로를 따라 서울로 가던 중이었다. 그는 이사를 한 다음 아내의 핸드폰으로 오는 모든 메시지와 전화를 자신의 핸드폰으로 돌려놓았다.

아내의 뼈를 뿌린 여강의 긴 다리를 건널 때였다.

누군가 아내의 번호로 전화를 걸었다. 박인수는 발신번호를 바라보며 어쩌면 이 전화가 자신의 시간을 사자와 개의 시간에서 늑대의 시간으로 바꾸는 전화일지도 모르겠다고 생각했다. 봉평에서 서울로 돌아가는 오후 3시 30분의 일이었다. 장례 날 여강에서 아들이 아내의 뼛가루를 뿌리던 시간이었다.

그는 전화를 받지 않았다. 받을 수 없었다.

◇

가을에 이동하는 새는 모여서 날아간다. 깊은 소에 사는 물고기도 해 질 녘 떼를 지어 물 위로 뛰어오른다. 하나가 날고 하나가 뛰면 따라 날고 따라 뛴다. 어디 짐승들만 그런가. 어떤 일들은 전혀 상관없는 것처럼 보이는데도 연관성을 가지고 일어난다. 박인수에게 박제의 기초를 가르쳐준 나이든 조류학자는 서로 상관있든 없든 어떤 일이 연달아 일어나면 꼭 가을 새와 깊은 소의 물고기 얘기를 비유처럼 들었다.

생각해보면 아내의 죽음도 그렇다. 이른 봄날 어느 과학관의 물개 박제품이 전시회를 앞두고 훼손되었다. 아내와 상관없는 일이었다. 그것을 밤새 수리해 가져다주었던 일 역시 아내와 상관없는 일이었다. 잘못이라면 자신이 새벽 일찍 집으로 돌아온 것이었다. 화장실에서 아내가 사용한 임신 테스트기를 보았다. 그날 물개 박제품을 수리하지 않았다면 보지 않았을 물건이었다. 상관없던 일에 상관이 생기고, 박인수로서는 상대가 누구냐고 묻지 않을 수 없었다. 이틀 추궁 끝에 아내는 대답 대신 자신의 목숨을 내놓았다. 더 묻지 않을 거라고 했는데도 이미 질문이 시작된 일이라 그렇게 끝이 나버린 것이었다.

죽으면 다 없어지고 덮어지는 것일까. 아내에게는 끝인지 모르지만 살아 있는 사람에게는 끝이 아니라 새로운 시작일 수 있었다. 대체 어떤 사람이었을까. 아내는 누구를 보호하기 위해 스스로 목숨을 버린 것일까. 자신의 목숨까지 내놓으면서 보호하지 않을 수 없는 사람은 누구일까. 그 사람은 그만큼 아내 인생에 중요한 사람이었을까. 박인수로서는 그냥 가만히 넋을 놓고 앉아 있어도 자꾸만 눈앞에 그날 아내가 사용한 임신 테스트기가 떠올랐다. 그곳에 붉은 줄 두 개가 그어져 있었다. 검사를 할 때 아내에게는 그 줄이 한 줄이냐 두 줄이냐가 중요했을 것이다. 남편인 자신이 알게 된 다음에도 그 줄이 한 줄이냐 두 줄이냐가 아내의 목숨에 영향을 미쳤을지 모른다. 한 줄이면 상대가 누구인지 고백하기가 좀 더 쉬웠을지 모른다. 두 줄은 상대가 누군지 고백하는 것으로만 문제가 끝나지 않는다. 뱃속에 든 생명의 처리 문제가 남는다. 박인수에게는 한 줄 두 줄이 중요한 게 아니라 아내가 그것을 사용한 것 자체가 문제인 것이었다.

아내의 장례를 치른 다음 박인수는 그 물건이 언제 어느 때 사용되는 것인지 작업실 컴퓨터를 통해 알아보았다. 임신 테스트기는 수정 후 약 7~10일이 지난 다음 나오는 HCG*라는 호르몬 여부를 확인하여 임신 여부를 알려주는 것이라고 했다. 대체 누구였을까. 누구이기에 아내는 자신의 목숨을 던져가면서 그의 이름을 영원히 묻어버리는 방법을 선택했을까. 아내가 떠난 후 그 의문은 점점 커져만 갔다.

아내가 처제를 만나 늦게 들어온다고 했던 날일까. 아니면 가사도우미 일을 나가 있던 중 그 집에서 일어난 일일까. 자동차를 운전할 때에도 박인수는 이 생각만 하면 마음을 안정시킬 수 없었다. 시내 주행 때 스쿨존에서조차도 속도를 올리다가 신호등 앞에서 급정거할 때가 한두 번이 아니었다. 고속도로로 나오게 되면 속도 계기

---

* 임신 중인 포유류의 태반에서 분비되는 생식선 자극 호르몬. 사람의 배반포나 태반에서 생산되는 호르몬으로 오줌과 함께 배설되어 조기 임신 판정에 이용된다.

판의 숫자가 100에서 120, 130을 그냥 넘나들었다. 봉평으로 가는 길에도 서울로 돌아오는 길에도 그랬다.

◇

그 길목 어느 곳에 또 한 마리의 새가 날고 물고기가 뛰어오르듯 마장휴게소를 막 지날 무렵 또 한 통의 전화가 걸려왔다. 먼저 것은 아내의 번호로 걸려온 것이었지만 이번 것은 서울 표본제작소 작업실로 걸려온 전화가 박인수의 핸드폰으로 연결되어 온 것이었다.

—여보세요.

첫 음성부터 어딘가 자기주장이 강해 보이는 30대 후반쯤 될 것 같은 여성의 목소리였다.

"예. 동물 표본연구소입니다."

박인수는 트럭 운전석에 앉아 속도를 줄이며 서울 작업실로 걸려온 전화를 받았다. 어느결에 속도가 130킬로미터를 넘고 있었다.

—연구소요? 표본제작소가 아닌가요?

상호랄 것까지는 없지만, 작업실의 정식 명칭은 연구소가 아닌 '동물 표본제작소'였다. 전화를 받을 때면 박인수는 늘 '동물 표본연구소'라고 말했다. 단 한 번도 그것에 대해 지적을 받은 적이 없었다. 제작소의 실제 주인인 조류학과의 노교수와 통화할 때에도 그랬다. 제작소를 연구소로 사칭하고 싶은 마음은 없었다. 세상에 없는 물건을 새롭게 만들어내는 것도 아니어서 박인수는 그냥 제작소라는 말보다는 연구소라는 말이 더 맞고 어울린다고 여겼다. 공부하는 사람들은 동물 표본으로 생김새와 생태를 연구하고, 그 자신은 펜 대신 칼을 들고 표본의 원래 모습에 가장 가깝게 박제하는 기술을 연구하는 곳. 이곳에서 일하며 처음으로 그 말에 대해 지적받은 것이었다.

"예. 동물 표본제작소가 맞습니다."

—그러면 제가 바로 전화한 게 맞네요.

그 말도 똑 부러지게 들렸다.

"그렇습니다."

—표본 제작이 동물 박제하는 것이 맞나요?

"예. 어떤 동물인지 여쭤봐도 되겠습니까?"

—말, 입니다.

그 대답 역시 뜻밖이었다. 간명하다는 것은 이럴 때 쓰는 말일 것이다. 간명하면서도 무거워 이쪽의 말문을 닫게 하는 한 어절의 말이었다. 여자는 '말'이라고 말하고, 숨을 끊었다가 '입니다'라고 말했다. 그 말을 듣기 전까지 박인수는 여자가 키우던 강아지거나 고양이에 대한 전화일 거라고 생각했다. 목소리로 예단해봤을 때는 강아지보다는 고양이 쪽이었다.

"어떤 말인지요?"

얼결에 묻지 않을 수 없었다.

—경주마입니다.

다시 여자가 말했다.

말이라면, 그중에서도 경주마라면……

그 말만으로도 박인수는 조금 전과는 다르게 피돌기가 달라지는 기분이었다. 노새나 나귀가 아닌 말이었다. 이제까지 숱하게 박제를 해왔어도 키와 몸집이 작은 조랑말이나 나귀가 아니라 말을, 그것도 질주 본능의 경주마를 박제할 기회를 가져보지 못했다. 언젠가 그런 기회가 왔으면 하고 관심만 가지고 있었다. 경주마의 경우 마사회에 등록된 말이라면 마사회가 정한 방식에 따라 폐사 처리했다. 경주마 등록이 말소된 말들도 저마다 목장에서 정한 방식에 따라 처리했다. 박제사로서 박인수가 경주마에 대해 알고 있는 지식이었다.

말을 박제하는 것은 아주 드문 경우였다. 전성기엔 달릴 때뿐 아니라 걷는 모습까지 주목받아도 죽어서는 봐둘 데가 마땅찮은 동물이 말이었다. 굳이 박제품으로 전시하지 않아도 살아 있는 실물을 흔하게 볼 수 있는 동물이었다. 10여 년 전 노교수의 조수로 교수와 함께 제주로 가서 연자방아를 돌리는 조랑말의 가죽을 얻어내고 그것을 서울로 가져와 박제해본 것이 말에 대해서는 유일한 경험이었다.

─지금 운전 중이신가요?

이제 겨우 두세 마디 주고받았을 뿐인데 여자는 이쪽의 상황까지 머릿속에 그려내고 있었다. 자동차 소리보다는 좁은 공간에서 울려 나오는 말소리 때문일 것이다.

"아닙니다. 안전한 곳에 차를 댔습니다."

박인수는 운전하고 있는 트럭을 갓길 널찍한 곳에 대었다.

─제가 아끼는 말이 오늘 아침 심정지로 죽었습니다.

화려한 겉모습과는 달리 무리한 달리기가 관절의 병을 불러 시름시름 앓다가 죽는 말도 있지만, 어느 날 갑자기 그렇게 죽는 말도 있다는 소리를 들었다. 여자는 자신의 경주마를 살아 있을 때의 모습 그대로 보존하고자 동물 표본제작소로 연락한 것이라고 말했다. 이곳으로 전화를 하게 된 것도 조류든 포유류든 가리지 않고 박제를 잘하는 노교수가 운영하는 동물 표본제작소의 명성을 익히 들어서라고 했다.

이곳 말고도 박제를 할 수 있는 곳은 몇 곳 더 있지만, 과천에 있는 대공원이나 국가기관인 자연생태연구소와 기념관들은 외부 동물 반입이 금지되어 그 일을 할 수 없고 과외로도 그런 일을 맡아 사익을 추구할 수 없었다. 그런 데를 빼면 실질적으로 가장 믿을 만한 곳이 조류학과 교수가 20여 년 전에 설립한 이곳 동물 표본제작소였다. 더구나 말은, 특히나 경주마는 전성기 시절엔 한 마리 한 마리가 고가여도 법으로 정한 천연기념물이나 보호종이 아니어서 그런 기관에서 개인적인 일로 의뢰받을 수 없었다.

"전화를 주신 곳은 어디신지요?"

박인수도 여자에게 전염된 듯 묵직한 목소리로 되물었다.

—경기도 파주에 있는 사파리 승마장입니다.

"아주 멀지는 않군요."

—제가 그쪽 일을 잘 모릅니다.

"박제 작업 말씀인가요?"

—네.

"그건 이쪽 일을 하는 사람이 아니면 누구도 잘 모릅니다. 죽은 동물을 살아 있을 때와 똑같은 모습으로 표본을 만드는 것이라……."

　―사파리에 오는 손님들과 어린이를 위해 체험관에 전시하기로
만 결정했지, 그러기 위해서 뭘 해야 하는지, 어떤 절차를 거쳐야 하
는지도 잘 모릅니다.

　약간의 설명이 필요한 부분이었다. 예전에 노교수를 도와 박제했
던 제주도 조랑말은 천연기념물이라 여러 절차가 뒤따랐다. 경주마
는 실제 귀하긴 해도 말 주인만 그렇게 하기로 결정하면 개나 고양
이처럼 별다른 신고와 허가 없이도 박제할 수 있었다. 올빼미나 황
조롱이, 산양과 같은 천연기념물을 표본으로 박제하는 것이라면 우
선 야생동물 치료센터 같은 곳에서 폐사 확인부터 받아야 하고, 그
것을 박제하는 것도 해당 기관에 신고 절차를 거쳐야 했다. 아무리
박제 기술이 뛰어나도 국가가 인정한 박제및표본제작공 자격증이
없으면 절대 박제할 수 없었다. 기술이 아니라 자격증 유무가 직업
을 가르고 생계를 갈랐다. 말은 그런 행정적인 절차를 거치지 않아
도 된다는 것을 설명하고 박인수는 다음 질문을 이었다.

　"말은 지금 어떤 상태로 있습니까?"

　―마사에 죽은 채 누워 있습니다.

　"어떤 색의 말인가요?"

　일할 때 특별히 고려해야 할 사항은 아니었다. 흰말이면 털의 오
염 상태를 걱정할 수 있겠지만 설명을 들어도 아직 말의 실체가 잡
히지 않아 던진 질문이었다. 박인수는 경주마라는 말에 말의 나이
나, 다른 질병을 앓았는지보다 그것이 더 궁금했다.

　―흑갈색입니다.

그 한 마디로 머릿속의 그림이 완성되는 것 같았다. 마사에 네 다리를 뻗고 누워 있는 말이 아니라 아주 먼 초원에서 불어오는 바람에 흑갈색 갈기를 휘날리는 영화 속의 명마와 같은 말이었다. 여자는 그것으로 설명이 부족했던지 다시 한마디 덧붙였다.

―경주에서 우승도 여러 번 한 준마 중의 준마입니다.

그것은 야전에서 전사한 병사의 무공과 같은 것으로 여자의 말속에 자신의 말에 대한 애정과 예우, 마주로서의 긍지 같은 게 함께 느껴졌다. 박제를 하기로 마음먹은 것도 그래서일 것이다. 서두르고 조심해야 할 것이 있었다. 5월 25일, 날씨로는 초여름이었다. 봉평은 그렇지 않았지만 서울은 벌써 낮 기온이 30도 가까이 되었다. 지금 바로 말을 받는다 해도 박피 작업만도 혼자서는 이틀이 부족할 것이다. 이런 기온에 가장 염려되는 게 부패였다. 부패가 시작되면 가죽이 상하는 것은 물론이고 냄새가 말할 수 없을 정도였다. 박인수는 여자에게 그곳 사파리에 동물 사료를 싣고 다니거나 비슷한 용도로 쓰는, 죽은 말을 넣어 이동시킬 수 있는 냉장 탑차나 냉장 트럭이 있느냐고 물었다. 여자는 옆에 있는 누군가에게 묻더니 그런 것은 없고, 말을 수송할 때 쓰는 화물 트레일러가 있다고 했다.

"그러면 지금 바로 냉장 탑차나 냉장 트럭을 빌려 거기에 말을 실어 내일 아침까지 보관할 수 있습니까?"

―그렇게까지 말인가요?

"박제는 가죽이 생명입니다. 털이 있는 가죽은 더 그렇지요. 가죽을 좋은 상태로 유지하자면 내일 아침이 아니라 지금 그렇게 해야 합니다."

자칫하면 털이 손에 밀리듯 빠질 수 있었다. 여자가 주변에 박인수의 말을 전하는 것 같았다. 어쩌면 회의를 하며 전화를 하는 것인지도 몰랐다. 한참 만에야 여자는 그렇게 하는 게 가능하다고 했다.

"그럼 그 일을 하실 분을 바꿔주십시오."

전화를 바꾼 사람은 사파리의 사무국장이라고 했다. 박인수는 그에게 말을 냉장차에 신되 냉장차 바닥에 매트를 충분히 깔고, 죽은 상태 그대로 몸을 접거나 구부리지 말고 실으라고 했다. 저쪽 사무국장은 말의 사체가 뻣뻣하게 경직되어 구부리려 해도 쉽게 구부릴 수 없을 것 같다고 말했다. 그는 다시 전화를 바꾸어 여자에게 전체 작업 일정에 대해 설명했다. 하루 스물네 시간 꼬박 거기에만 매달리는 건 아니지만 전체 공정이 조수 한 사람 붙여서도 두 달 이상 걸리는 작업이었다. 더구나 날이 무더워지고 있었다. 의뢰자가 기본적인 작업 공정과 기간을 알아야 전체 비용을 이해할 수 있었다.

예전 조류학과 교수와 제주로 조랑말을 박피하러 갔을 때 듣기로 30년 전 실제로 경마장의 경주마 한 마리를 박제하는 데 300만 원을 받았다고 했다. 죽은 동물의 가죽을 벗겨 살아 있을 때와 똑같은 모습으로 만들어내는 작업이었다. 경주마의 전성 시절의 값과는 비교할 수 없겠지만, 퇴역마 시절의 말 가격보다는 높을 수도 있었다. 박인수는 그때 노교수에게 들은 얘기를 바탕으로 여자에게 경주마 한 마리를 박제하는 데 드는 품에 대해 말했다. 앞으로 작업은 틈틈이 조수를 쓰든 혼자 하든 아무리 빠르게 해도 90일 정도 걸릴 것이다. 그중에서 작업에만 꼬박 매달려야 하는 날이 절반 이상 될 것이다. 재료는 그쪽에서 제공하는 것이긴 하지만 박제전문가 한 사람의 60일간의 공임을 계산해주는 게 피차 합리적일 거라고 말했다. 여자도 앞에서는 이 일에 대해서 아무것도 모른다고 했지만 자신이 아끼는 말을 박제하기로 결정하기까지 여러 사정을 어느 정도 들어 알고 있는 듯했다.

—대충 얘기는 들었는데 정말 그 정도 시간이 걸리는군요.

"더 걸릴 수도 있습니다. 그나마 서두르지 않고 제대로 작업하는 데 드는 최소한의 시간이기도 하고 죽은 말이 새로 태어나는 시간이기도 하지요."

여자는 이쪽에서 계산해 제시하는 가격에 대해서는 크게 까탈을 부리지 않았다. 어쩌면 그런 태도 역시 아끼던 말에 대한 애정과 자부심으로 여기는 듯했다. 말은 이미 죽었다는데 박인수의 머릿속에서는 등과 엉덩이에 기름이 자르르 흐르는 초원의 흑갈색 말 한 마리가 검은 갈기를 휘날렸다.

—그럼 내일 오전 제가 다시 전화를 드리고, 말을 싣고서 직접 방문하도록 하겠습니다. 저도 표본을 만드는 제작소 현장을 봐야 하니까요.

당당함이 느껴졌다. 여자의 그런 모습에서 박인수는 다시 아내를 생각했다. 일생 저런 당당함이 아내에게는 없었다. 저만큼은 아니더라도 저 한 부분만큼의 당당함만 가졌더라면 스스로 목숨을 던지는 일 같은 것은 하지 않았을 것이다. "그래, 나 이렇게 되었어"라고 말할 수는 없었던 것일까. 용서를 구하지 않아도 좋다. "나 그렇게 되었어. 그러니 어쩔래?"라고 할 수는 없었을까. 같은 자매라도 처제와 아내는 또 달랐다. 아내는 언제나 희생적이고 수동적이었

다. 남편에게도 아이들에게도 동생들에게도 그랬다. 스스로 목숨을
버린 것 역시 누구를 위하고 말고가 아닌, 그런 일을 저지른 자기
자신에 대해 아내가 할 수 있는 가장 소극적인 방어를 가장 극단적
인 방법으로 한 것인지도 모른다.

아내를 생각하면 그것이 가장 아쉽고 안타까웠다. 배신의 분노
와 안타까움과 연민이 함께 남는 사람이었다. 어느 순간 불쌍하다
가도 분노가 치밀고, 용서 못 할 배신감이 치밀다가도 다시 한없이
불쌍해 저절로 미안한 마음이 들게 했다. 옆에 있으면 어깨라도 붙
잡고 펑펑 울고 싶을 만큼 마음이 여리고 아픈 사람이었다. 그러면
서도 스스로의 책임에 대해 단호한 부분이 있었다.

박인수는 다시 가라앉은 기분을 돌려세우려 갓길에 세운 트럭의
시동을 걸었다. 돌아가면 박제사로서 자신의 일생에 의미 있는 박
제품을 만들어낼 기회를 만날지 모른다. 더불어 한동안은 생활비
를 걱정하지 않아도 될 약간의 돈도 들어오게 될 것이다. 가을에 이
동하는 새들의 비유대로라면 봉평 민속 박물관의 엉덩이 터진 나귀
가 자기와는 급이 다른 흑갈색 경주마를 부른 것인지도 모른다.

그는 서울 작업실로 돌아가면 노교수 댁으로 전화를 드려야겠다
고 생각했다. 아직 교수에게는 아내의 죽음을 알리지 않았다. 사정
을 아무리 잘 설명한다 해도 아내를 자살하게 한 남편으로 그간 쌓
아온 인간적인 친밀도와 신뢰만 떨어뜨릴 것이다. 그건 교수뿐 아니
라 누구에게도 그랬다. 아직은 언제까지 숨겨야 하는지도 알 수 없
었다.

◇

    박인수는 표본제작소로 돌아와 봉평으로 가져갔던 작업 도구를 정리했다. 아내가 떠난 다음 한동안 표본제작소에서는 일을 하지 않았다. 일이 많지 않아도 늘 어수선하던 작업실이 말끔하게 정리되어 마치 다른 사람의 일터처럼 낯설게 느껴질 정도였다. 익숙한 공간의 낯섦이 그동안 작업다운 작업을 하지 않아서일까 싶어 박인수는 작업실 한편에 큰 동물의 가죽을 벗길 때 사용하는 오버헤드 크레인을 한참 동안 바라보았다. 이제 곧 저기에 체중 450킬로그램의 경주마가 걸릴 것이다.

    지금까지 저 크레인에 작은 짐승으로는 산양을 매달고, 고라니를 매달았다. 보다 큰 짐승으로 노루와 사슴, 야생 멧돼지를 매달기도 했다. 그 위의 급으로 사람 손으로 사육한 곰과 물개와 나귀를 매달았고, 가장 큰 짐승으로 소를 매달았다. 죽어서 축 처진 짐승의 다리와 머리에 체인을 걸어 공중으로 들어 올리는 기계였다. 그래야 박제하려는 짐승의 몸을 이쪽저쪽으로 돌려가며 가죽을 벗겨낼 수 있었다. 박인수는 낯설고 무심한 눈길로 작업실 한쪽 벽 가까이 설치해놓은 크레인을 바라보다가 저기에 최근 어떤 짐승의 몸뚱이를 걸었는지 떠올렸다.

    지난겨울 지역 상품으로 새롭게 각광받고 있는 충남의 한 한우고기 판매장에서 그리 크지도 작지도 않은 중간치 소의 박제를 의뢰했다. 박피 과정에서 가죽과 육질이 쉽게 분리되지 않아 애를 먹었다. 꼬박 이틀 동안 박피 작업을 끝내자 바로 몸살이 났다. 작업하는 동안 지방층이 그대로 붙어 있는 소가죽이 부패하면 안 될 일이었다. 작업실 난방을 모두 끄고 한겨울 냉동고 같은 작업실에서 사람이 아니라 야생의 짐승이 또 한 마리의 야생 짐승과 칼 한 자루만 들고 싸우듯 하얀 입김을 쏟아내며 소가죽을 벗겨냈다. 저쪽의 재촉으로 50일가량의 전체 공정을 마쳤을 때 작업의 힘듦과는 달리 소의 얼굴이 이제까지 그가 보았던 어떤 소보다 친근하고 순하게 나왔다. 의뢰자들까지 '고기 맛을 부르는 미남 소가 만들어졌다고 좋아했다. 살집도 일부러 몸체를 줄이는 대신 통통하게 하여 동물원이나 자연학습관보다 한우 판매장 같은 곳에 판촉 도우미로 놓아두면 딱 제격인 소를 만들어냈다.

그 작업의 연상인지, 아니면 최근 그의 머릿속을 지배하고 있는 생각 때문인지 크레인에 매달려 절반가량 가죽이 벗겨진 소의 모습이 환영처럼 어렸다. 내일 들어올 경주마 작업이 끝나면 한동안 거기에서 흑갈색 말의 모습을 보게 될지도 모른다. 그런 생각 속에 저쪽 창문 쪽으로 기울어가는 해의 마지막 빛이 들어오는가 싶더니 오버헤드 크레인에 한순간 스쳐 지나가듯 건장하고 체격 좋은 사내의 몸이 푸줏간의 정육처럼 거꾸로 매달린 모습으로 눈앞에 어른거리다가 사라졌다. 순간 그는 이게 무슨 일인가 싶어 깜짝 놀라 환영을 털어내듯 머리를 흔들었다. 아무리 험한 일을 겪고 울분을 품게 되어도 그런 생각을 하면 안 되는 것이었다. 이제까지 저 기계를 사용하는 동안 단 한 번도 그런 상상을 해본 적이 없었다. 그것은 박제사로서 가져야 할 직업윤리 이전의 문제였다.

요즘은 모든 사물과 사물로부터 연상되는 생각이 아내로 연결되었다. 아내의 일이 아니라면 그곳에 낯선 남자의 환영이 어릴 이유가 없었다. '이러다 정말 큰일 나지. 결국 무슨 일이 나고 말지' 하는 생각이 그것에 대한 반작용처럼 들었다.

"일을 하다가 사고를 당하기도 하지만, 일과 사고는 다르지. 기계가 위험한 것은 그것의 속성이 차갑고 냉정해 기계 스스로는 일과 사고를 구분하지 않기 때문이야. 우리가 기계를 잘 쓰고 바르게 쓰고 조심해서 써야 하는 이유이기도 하지. 저런 기계 하나하나가 일을 돕기도 하지만 일을 하던 중 나를 다치게 하고, 또 고약한 마음을 가지면 누군가를 다치게 할 수 있는 흉기들이란 얘기야."

지금은 작업실에 잘 나오지 않는, 노교수가 언젠가 오버헤드 크레인과 짐승의 가죽을 얇게 갈아내는 전동 그라인더 앞에서 한 말이었다. 그런 기계 앞에서 어떤 이유로든 잘못된 그림을 떠올렸다는 건 최근 자신의 정신세계가 매우 불안해졌다는 뜻이기도 했다.

바로 그때 박인수가 의미 있게 여기는 전화가 아내의 핸드폰으로 걸려왔다. 봉평에서 서울로 오던 중에도 한 번 울렸던 010-3303-49XX번이었다. 발신번호가 뜨자 손바닥에 전해지는 진동만으로도 온몸의 솜털까지 일어서는 듯한 긴장감이 느껴졌다. 박인수로서는 누군지 궁금하여도 받을 수 없는 전화였다.

◇

아내가 스스로 목숨을 끊던 날, 딸이 박인수에게 엄마가 잘못되었다고 전화한 시간이 4시 3분이었다. 그런 다음 4시 26분과 4시

32분 아내의 핸드폰에 010-3303-49XX번으로 두 번 부재중 전화가 찍혀 있었다. 아내의 죽음 직후 걸려온 첫 전화였다.

아내는 스스로 목숨을 끊기 전 이제까지 자신이 나누었던 모든 통화 기록과 몇몇 연락처를 자신의 핸드폰에서 말끔히 삭제해놓았다. 그날 오후 두 번의 부재중 전화 역시 아내가 그간의 통화 기록을 정리하며 연락처 정보를 삭제해 다시 걸려왔을 때는 처음 걸려온 전화처럼 번호만 남았다. 다음 날에 걸려온, 순전히 일과 관계된 전화들은 연락처 정보가 삭제되지 않고 남아 있었다.

아내의 주검을 수습할 때부터 장례가 끝날 때까지 핸드폰은 처제가 맡아 가지고 있었다. 핸드폰을 돌려줄 때 처제는 자기도 아는 어떤 번호의 기록은 몰래 지우고 건네주었다. 저 번호는 지우지 않았다. 나중에 돌려받은 핸드폰에 기록되어 있던 장례식장에 있던 날과 장례 날에 온 전화와 문자는 다음과 같았다.

3월 25일 목요일

〈아데나B동 3604〉
부재중 전화 두 번
오전 9시 10분
오전 9시 13분
문자
오전 9시 14분 '오늘 일하러 오지 않아요?'
오전 9시 20분 '무슨 일 있어요? 전화 부탁해요'

〈김 실장〉

부재중 전화 두 번

오전 9시 22분

오전 9시 24분

문자

오전 9시 26분 '며칠 전부터 계속 통화가 안 되는데 고객님들 항의가 많아요 채수인 님이 우리 청수 일 나가는 곳 모두 교체하기로 했음 마지막 통보임 연락 바람'

〈아크로운 103동 1702〉

부재중 전화

오후 2시 21분

문자

오후 2시 25분 '연락 바람'

3월 26일 금요일(장례 날)

〈반포 재석 엄마〉

부재중 전화

오전 10시 10분

문자

오전 10시 12분 '새로 온 사람 서툴러서 안 되겠어 미진 엄마 전화 부탁해'

〈김 실장〉

부재중 전화

오전 10시 43분

문자

오전 10시 45분 '무슨 일이 있는데 이렇게 연락이 안 되지 고객들 난리인데 정말 우리하고 다시는 일 안 할 거예요?'

〈조은숙〉

부재중 전화

오전 10시 48분

문자

오전 10시 49분 '무슨 일 있어? 김 실장님이 나한테도 전화해 뭐라고 하는데 나도 무슨 일인지 궁금 이거 보면 연락해줘'

〈010-7684-49XX〉

부재중 전화

오후 2시 10분

문자

오후 2시 16분 '사람도 오지 않고 연락도 안 되는군..'

이 전화들은 아내가 가사 도우미 일을 나가는 곳에서 온 것이었다. 아마도 도우미 회사의 관리자인 듯한 김 실장의 전화 역시 전날 사람 교체는 했지만, 항의 전화가 잇따르자 마지막 통보처럼 다시 전화를 하고 문자를 보냈을 것이다.

장례일 아침 10시 이후 집중적으로 걸려온 이 전화와 문자들은 아내의 몸이 화장장 화로 안에 들어가 있는 동안 도착한 것이었다. 800~900도의 고온 속에서 아내의 영혼은 그때 자신을 찾는 저들의 말을 들었을까. 조은숙의 문자를 받은 다음 이쪽 일의 시스템을 잘 아는 처제는 화장장 대기실에서 "언니가 그동안 어떻게 일했는지 알겠네" 하는 특유의 어법으로 "이러다가는 계속 전화 오겠네"라고 말하고는 10시 51분 김 실장에게 전화했다. 처제는 아내가 스스로 목숨을 끊은 이쪽 사정은 말하지 않고, 거듭 미안하다는 말과 함께 언니가 앞으로 일을 나갈 수 없게 되었음을 알렸다. 이 통화기록은 '통화 시간 1분 12초'로 남아 있었다.

여강에서 아내의 골분을 뿌리고 서울로 돌아오기 직전 처제는 그에게 넘겨주고 싶지 않은 물건을 넘겨주듯 마지못한 모습으로 아내의 핸드폰을 돌려주었다. 전날과 장례 날에도 처제는 처남에게 여러 차례 전화를 걸었다. 통화가 되지 않자 처제는 박인수가 보는 앞에서 아내의 핸드폰으로 다시 처남에게 전화하고 문자를 보냈다. 그 기록은 남아 있지 않고 삭제되었다. 남매들 간의 일로 처형이나 조카들에 대해 좋지 않은 모습을 보인 기록을 삭제한 것은 충분히 이해할 수 있었다. 처제는 핸드폰을 돌려주며 핸드폰은 사망 후 사용하지 않을 때에도 날짜를 계산해 약정 요금이 나오는 것이니 내일 사망진단서를 가지고 가서 아내의 핸드폰과 은행카드를 해지하라고 했다. 박인수로서는 은행카드는 몰라도 핸드폰은 해지하고 싶은 마음이 없었다. 앞으로 하나하나 알아내야 할 것이 그 안에 너무 많이 남아 있었다.

◊

당장 그날 처제로부터 핸드폰을 돌려받은 다음 또 한 통의 의미 있는 전화가 있었다.

3월 26일 오후 4시 3분

부재중 전화 010-5782-26XX

여강 백로 번식지 앞 강변에서 처제로부터 핸드폰을 돌려받은 다음 몇 분 뒤 걸려온 번호가 저장되어 있지 않은 이 전화도 박인수가 유심히 살펴보는 연락처 중 하나였다.

그날 이후 박인수가 의미 있게 여기는 두 번호로 온 전화와 문자 기록은 다음과 같았다.

010-3303-49XX

부재중 전화 일곱 번

3월 29일 오후 2시 20분

3월 31일 오후 3시 29분, 3시 31분

4월 4일 오전 11시 56분

4월 5일 오후 2시 26분

4월 16일 오후 3시 36분

4월 27일 오전 9시 3분

문자

3월 29일 오후 2시 32분 '이제 안 오는가.. 지난주도 안 오고 아주 안 오기로 한 건가..'

3월 29일 오후 2시 35분 '보낸 걸 확인했는지..'

4월 4일 오전 11시 59분 '신호는 가는데 받지는 않고 알 수가 없네.. 내일은 와주게..'

4월 5일 오후 3시 1분 '이젠 안 오기로 작정한 건가.. 오늘이 아니더라도 보세.. 전화도 하고..'

4월 12일 오후 5시 30분 '연락이 없어도 기다렸는데 대체 무슨 일인지..'

4월 16일 오후 6시 2분 '연락이 안 되니 궁금하네..'

4월 19일 오후 5시 7분 '안 오는 줄 알면서도 기다렸네..'

4월 19일 오후 5시 23분 '노여운 일 있는 건 아닌지.. 노여운 일이 있더라도 풀고 연락하시게..'

4월 27일 오전 7시 13분 '잠이 없으니 일찍 문자를 하네.. 어제가 늘 오던 날인데 건강에 문제가 있는 건 아닌지 걱정스럽네..'

5월 14일 오후 1시 36분 '점심 드셨는가. 전화도 가고 문자도 읽는데 답답하군..'

그는 문장 끝에 마침표를 하나가 아니라 꼭 두 개씩 찍었다.

010-5782-26XX

부재중 전화 세 번

3월 26일(장례 날) 오후 4시 3분

3월 27일(장례 다음 날) 오후 3시 18분, 3시 21분
문자
3월 28일 오후 4시 31분 '……'
3월 28일 오후 4시 45분 '**수인**…'
3월 28일 오후 5시 11분 '**수인 수정**…'

수인은 아내의 이름이고, 수정은 처제의 이름이다. 누군지는 알
수 없지만 아내도 알고 처제도 아는 사람의 문자였다. 고향 여강의
친구이거나, 다른 인연으로 자매를 아는 사람일 수도 있었다.

조은숙을 포함해 친구거나 일하면서 만난 동료로 보이는, 실명이
찍힌 몇 개의 부재중 전화와 사채 광고로 보이는 스팸 전화나 문자
도 있었다. 그 중엔 처제가 보낸 문자와 걸어온 전화도 있었다. 처제
는 3월 29일 17시 43분과 44분에 '**언니**', '**언니 핸드폰 해지 안 했네**',
'**이거 얼른 해지해야 돈 안 나가는데**'라는 문자를 보냈고, 17시 50분
에 전화를 걸었다. 박인수는 당연히 전화를 받지 않았다. 그러자 처
제는 곧바로 박인수의 핸드폰으로 전화를 걸어왔다. 아내의 장례를
치른 다음 사흘째 되는 날이었다.

—뭐 하세요? 형부.

"그냥 집에 있어."

—애들은요?

"애들도 집에 있고."

—언니 핸드폰은 왜 해지 안 해요?

"차차 나가서 하지 뭐."

—할 거면 얼른 하세요. 그것도 하루하루가 요금인데.

이삿짐을 싸던 날에 와서도 한 달이 지났는데 아직도 핸드폰을 해지하지 않은 거냐며 그것을 확인하며 재촉했다. 박인수는 더 알아볼 것이 있어서 그런다고 말하지 않고, 그나마 그거라도 옆에 없으면 이 세상에서 아내의 흔적이 아주 사라져버리는 것 같아서 그런다고 했다. 그 후 '언니' 하고 부르는 문자가 두 번 더 왔다. 물으면 자신도 언니를 불러보고 싶어서 그랬다고 하겠지만, 어쩌면 전화가 해지되었는지 안 되었는지 알아보기 위한 문자 같기도 했다.

◇

여러 신호와 문자 중에 제일 의심이 가고 신경 쓰이는 번호는 010-3303-49XX번이었다. 3월 29일에 온 '보낸 걸 확인했는지'라는 문자를 박인수는 처음에 저쪽에서 보낸 어떤 문자를 확인했느냐는 뜻으로 읽었다. 이사한 다음 날 은행에서 아내의 통장을 확인하며 박인수는 '보낸 걸 확인했는지'가 어쩌면 아내가 스스로 목숨을 끊던 날 아내의 통장에 입금된 돈 얘기일지 모르겠다고 생각했다. 아닐 수 있지만 심증이 대번에 그쪽으로 굳어졌다.

봉평에 다녀오던 날인 5월 25일 오후 3시 30분 길 위에 있을 때에도 전화가 걸려오고, 표본제작소에 도착한 다음인 5시 10분에 다시 같은 번호로 전화가 걸려왔다. 전화가 걸려온 걸로 따지면 4월 27일 부재중 전화 이후 거의 한 달만이었고, 문자를 보내온 걸로는 일주일만의 연락이었다. 박인수는 이제 이 번호의 주인이 누구인지 확인할 때가 되었다고 생각했다. 더 일찍 확인하고 싶은 조급한 마음도 있었지만, 그동안 더 많은 것이 쌓이길 바랐다. 이 정도면 충분히 기다려왔다. 섣불리 서두르거나 서툴게 접근하지 않을 것이다.

◇

박인수는 우선 노교수 집으로 전화를 걸었다. 전화는 부인이 받았다. 근래엔 대부분 그랬다. 같은 안부를 두 번 묻는 절차이기도 했다. 그도 부인의 안부를 물었고, 부인도 그의 아내와 아이들의 성장 안부를 묻고 교수를 바꾸어주었다.

"선생님, 박인수입니다."

─그래. 별일 없지?

"예. 여기는 별일 없습니다. 선생님은 어떻게 지내십니까?"

─나도 썩 건강하지는 못해도 잘 지낸다. 이따금 나가보기도 해야 하는데, 요즘은 당진(조류 연구소)도 그렇고 거기도 나가면 괜히 일하는 사람 간섭하는 것 같고 방해하는 것 같아 잘 나가지 않는다.

말은 그렇게 해도 이동이 예전보다 여의치 않다는 뜻이었다. 지난해 가을 시내 도로에서 앞차를 추돌하는 사고를 낸 다음 운전면허증을 반납했다는 말을 들었다.

"그래도 가끔 나오셔야죠."

─내가 거기 가본 지 꽤 되지?

"3월에 철원에서 가져온 두루미 두 마리를 박제할 때 나오셨습니다."

—그래. 농약 중독된 거…….

그때는 당진 조류 생태 연구소의 젊은 박사가 냉동된 두루미를 싣고 교수를 모시고 왔다.

"선생님, 자주 나오세요."

—그래. 그래야 하는데 말이지.

다른 사람들은 노교수를 다 교수라고 불러도 박인수는 꼭 선생님이라고 불렀다. 20여 년 전 군대 선임의 소개로 대학 조류학과 교수를 처음 만났을 때부터 그랬다. 그때까지 박인수는 교수라는 직업을 가진 사람을 만난 적도 없고, 불러본 적도 없었다. 선생님이라고 자연스럽게 호칭하던 것이 지금까지 이어졌다. 표본제작소에 들어와 몇 달 지난 다음 이곳에 출입하는 사람들 모두 교수님, 교수님하여 박인수도 그때쯤 교수님이라는 호칭이 익숙해져 그렇게 부르자 오히려 노교수가 "그냥 부르던 대로 불러라. 나도 여기서 자네하고 표본 만질 때는 선생님 소리를 듣는 게 더 좋다"고 했다. 그게 왜더 좋으냐고 묻자 그건 같은 급의 기술자들끼리 부르는 말이어서 그렇다고 했다.

"선생님."

—왜? 무슨 일이 있나?

"예, 선생님. 내일 여기 작업실로 말이 들어옵니다."

—아, 아. 그 얘기는 조금 전에 들었다. 이거 말하지 않으려고 했는데, 집안 아이가 가지고 있던 말이 죽었다고. 그 아이한테도 표본제작소로 전화하더라도 내 얘기는 하지 말고 전화하라고 했는데.

"아니, 왜요?"

─자네 일솜씨는 내가 잘 아니 따로 일에 대해서는 부탁할 게 없
는 거고, 서로 모르고 말해야 일하는 사람과 일 맡기는 사람 간에
가격 얘기가 제대로 되지 않겠나? 내가 사이에서 이쪽저쪽 말을 넣
으면 흥정이 박해지지.

"선생님 친척분이셨어요?"

─그래. 정이 많이 들어 폐사 처리하고 싶지는 않고 본인도 박제
품으로 남겨 사파리에 보관하고 싶다고 해서 내가 이별이 안 되고
오래 곁에 두고 싶거든 돈이 좀 들더라도 그렇게 하는 게 좋다고 시
켰다. 그래야 가죽이 남든 뭐가 남든 남는 거지.

그냥 동물 표본제작소의 명성만으로 들어온 의뢰가 아니었다. 가
격 흥정이 이쪽의 뜻대로 쉬웠던 것도 노교수가 먼저 해둔 얘기가
있어서였을 거라는 생각이 들었다. 그런 가운데 조금은 서글픈 생
각이 스쳐 지나갔다. 박제에 대해 코치하면서도 노교수가 이제는
이 일을 지난 시절 함께 제주로 말가죽을 얻으러 갔던 때만큼 뜨겁
게 여기지 않는 듯했다. 박인수는 이제 선생님이 정말 나이가 들었
구나, 하는 것을 느꼈다. 10여 년 전 제주로 조랑말 가죽을 얻으러
갈 때 가졌던 열정 같은 게 지금은 선생의 말 속에 남아 있지 않았
다. 작업 대상이 천연기념물이거나 보호종이 아니기 때문만은 아니
었다.

─잘 만들어라. 크기가 제법 될 텐데 그거 다 만들어졌을 때 한
번 나가보지. 거기 제작소도 궁금하고.

"예. 건강히 지내십시오. 또 전화 드리겠습니다."

아내 얘기는 하지 않았다. 할 상황도 아니었다. 이번에는 딸 얘기가 있어서 조금 길어졌지만 노교수와의 통화도 점점 짧아져 가고 있었다. 이러다가 갑자기 교수가 돌아가시고, 유족이 동물 표본제작소를 폐쇄한다고 하면 그때는 어떻게 해야 하나, 하는 막막함이 갑자기 눈앞의 벽처럼 막아섰다. 최근 교수와 통화할 때마다 어쩔 수 없이 느끼게 되는 현실의 벽이자 미래의 암울함이었다. 한 주의 숙제를 끝내듯 전화를 하고 나서도 조금도 개운하지 않은 이유이기도 했다.

전화와 관련된 보다 큰 숙제가 남았다.

◊

010-3303-49XX

이제 박인수 자신이 아내 대신 이 번호의 신호에 응답해야 할 시간이 다가온 것이다. 언제든 할 수 있지만 방금처럼 저쪽에서 먼저 전화를 걸어온 지금이 가장 좋은 때였다. 지금 놓치면 자연스러운 응답을 위해 다시 저쪽에서 신호를 보내올 때를 기다려야 했다. 두 달 넘게 침묵하다가 응답하는 첫 문자를 뭐라고 써야 할지, 그걸 쓰는 것도 박인수로서는 쉬운 일이 아니었다. 무엇보다 그와 아내가 어떤 사이인 줄 알아야 하는데 그걸 모르니 첫 응대가 어려운 것이었다.

지금은 이 번호의 주인과 아내가 어떤 사이인지를 알기 위해 이쪽에서 역으로 굴을 파듯 비밀리에 접근해가야 했다. 죽은 아내도 속이고 저쪽 상대도 속이고 자신도 속여야 하는 일이었다. 아내에게 당신을 임신시킨 상대가 누군지 대답하라고 이틀 밤낮으로 물었다. 아내는 대답 대신 목숨을 내놓았다. 원인이야 따로 있는 일이지만 결과적으로 박인수 자신이 목숨을 내놓으라고 압박한 셈이었다. 끝까지 그것만은 대답하지 않고 떠난 아내 입장에서 보아도 그랬다. 대체 왜 대답을 하지 못했던 것일까. 누구를 보호하려 했던 것일까.

이제까지 저쪽에서 보내온 문자를 보면 처음엔 **'안 오는가'**, **'확인했는지'**, **'얼굴 보세'** 하고 '하게'를 쓰다가 뒤에 가서는 **'연락하시게'**, **'점심 드셨는가'** 같은 '하시게'를 썼다. 무슨 일이 있든 일주일에 한 번 당연히 오는 것으로 여기던 사람이 안 올 수도 있다는 것을 알게 된 다음 뒤늦은 예우와 아쉬움을 그렇게 표시한 것일 수도 있었다.

이 번호의 주인에게 특히 신경 쓰이는 것이 있었다. 아무리 오랜 기간 일하던 도우미라 하더라도 사람이 바뀌면 잠시 서운하고 말 일인데 두 달이 넘도록 미련을 보인다는 것이었다. 가사 도우미를 부르는 것도 보통은 주부들이 했다. 이 사람은 나이든 남자였다. 아내가 목숨을 끊던 날 돈 1천만 원을 입금한 사람이기도 했다. 먼저 온 문자 메시지의 어투도 그렇고 아침 7시 13분에 보내온 **'잠이 없으니 일찍 문자를 한다'**는 메시지도 상대의 나이가 젊지 않다는 것을 말해주었다.

가사 도우미 일을 했던 아내는 요일마다 일하러 나가는 곳이 달랐다. 보통은 한 집에서 오전 혹은 오후에 네 시간 일했다. 저 집은 매주 월요일 오후에 나갔다. 박인수도 저녁에 퇴근해 집에 가면 낮에 작업실에서 있었던 얘기를 거의 하지 않았지만, 아내도 자신이 일을 다니는 곳의 얘기를 잘 하지 않았다.

박인수는 일단 작업실로 나가면 일이 있을 때나 없을 때나 거의 모든 시간을 죽은 동물과 함께 보냈다. 크게 할 얘기가 없었다. 아내는 나이가 많든 적든 자신을 부리는 사람과 함께 시간을 보내다가 들어왔다. 가사 도우미라고도 부르고 하우스 메이드라고도 불렀다. 메이드라는 말이 어떤 뜻인지 그도 아내도 잘 알고 있었다.

메이드 회사에서도 가사 도우미들에게 자신이 일하는 곳의 정보를 바깥에는 물론 가정에도 시시콜콜히 말하지 말라고 당부하는 걸 박인수도 잘 알고 있었다. 고객의 개인정보 보호 문제만이 아니었다. 고객의 가정에 문제를 일으키는 사람이 그 집에 일을 나가는 가사 도우미 당사자일 때도 있지만 가사 도우미의 가족일 경우도 있었다. 어쩌다 불미스러운 일이 생겼을 때의 일이겠지만 서로 가정의 평화를 위해 적당히 모르고 지내는 게 이 바닥에도 예외 없이 필요하고 적용되었다.

그래도 서로 얘기하게 되는 경우가 있었다. 박인수는 실수 없이 전달되어야 할 희귀 앵무와 같은 박제 의뢰품이 비닐에만 꽁꽁 싸인 채 전혀 냉동 냉장 처리되지 않은 상태로 와서 벌어지는 어처구니없는 일을 얘기했다. 예전에 박제 일이 많지 않아 장례지도사 일을 잠시 겸할 때도 망자가 살아온 내력과 유족들의 모습을 보고 "사람이 죽는다고 다 끝나는 게 아니더라. 남 앞이고 자식 앞이고 잘 살아야겠더라" 하고 말할 때가 있었다.

아내도 그들 부부로서는 이해할 수 없는 일에 대해서 이따금 얘기할 때가 있었다. 자신에게 집안일을 시킨 다음 아직 환갑도 되지 않은 주인 여자가 매주 그 요일 그 시간에만 그러는지는 모르겠지만 거실 소파에 커피 한 잔을 들고 앉아 한 시간 넘게 며느리의 진을 빼며 통화하는 모습에 대해서였다. 그것은 아크로운 103동 사모님 얘기로 아내가 일을 나갈 때마다 그 집 안주인은 며느리에게 전화를 걸어 매번 한 시간 넘게, 어떤 때는 두 시간 넘게 통화할 때도 있다고 했다.

그건 남의 집 사정들이고, 현실로 돌아와 박인수는 생각했다. 전에는 왜 전혀 눈치를 채지 못하고, 그날 화장실에서 임신 테스트기를 보게 되어 이제는 더 어떻게 해볼 수 없는 지경에 이른 다음에야 아내에게 다른 남자가 있다는 것을 알게 되었을까. 자신이 그만큼 집안일에 어두웠던 것일까. 아니면 아내가 그만큼 용의주도했던 것일까.

바로 3월 9일 이날이었던 것은 아닐까?

'오늘 수정이 만나고 늦게 들어가'

아내는 밖에서 따로 만나는 사람도 없었다. 사람을 만나 늦게 들어온다면 거의 처제였다. 처남을 만나고 올 때도 처제를 만나고 온다고 했다. 박인수가 처남과 사이가 그다지 서먹하지 않을 때에도 그랬다.

어쩌면 이날이었는지도 모른다.

'김 실장이 오늘 일하는 사람 다 보자고 해'

회사 일이라면 부림을 받는 사람 입장에서는 소극적일 수밖에 없다. 당연히 일이 있으니 회사 상급자가 보자고 했을 것이다. 돌아와 아내는 회사가 연결해준 일의 수수료를 내지 않으려고 집주인과 일

89

대일로 일하려는 사람들을 단속하는 자리라고 했다. 아내가 죽기 전 한 달 사이에 저녁 늦게 들어온 날은 그 이틀뿐이었다. 뒤늦게 눈치채게 되는 이상 징후 같은 것도 없었다.

회사 일에 대해서만이 아니라 아내는 밖에서 있었던 일을 잘 말하지 않는 사람이었다. 여강에서 자라던 시절의 얘기도 아내한테 들은 얘기보다 자주 보지도 못하는 처제한테 들은 얘기가 더 많았다. 중간에 그만둔 학교 얘기 같은 것도, 학교 다닐 때 친구 얘기 같은 것도 아내는 거의 하지 않았다. 희생을 많이 하고 자기주장이 적은 사람이라 누구에게도 먼저 다가가는 사람이 아니었다. 그런 사람에게 남자가 생겼고, 그걸로 목숨을 버린 것이었다.

'안녕하세요? 오랜만에 연락드려요.'

틀린 말은 아니지만, 쓰고 보니 이상했다. 박인수는 방금 쓴 문자를 지웠다.

'안녕하세요? 그동안 전화도 받지 못하고 문자도 드리지 못해 죄송합니다.'

이 말도 썼다가 지웠다. 쓸 때는 괜찮은 것 같았는데 써놓고 보니 어딘지 사무적인 느낌이 들었다. 아내가 그를 부르던 호칭을 알면 이어지는 말이 좀 더 자연스러울 것이다. 그런 호칭 없이도 두 달 만에 하는 문자 대답이 그간의 서먹함을 모두 지워낼 만큼 자연스러위 저쪽에서 어떤 의심도 하지 않도록 만들어야 했다. 그래야 앞으로 주고받는 대화 역시 아무런 의심도 주지 않고 자연스럽게 이어질 수 있었다.

첫인사로 그간 안녕하시냐? 그동안 연락을 하지 못해 죄송하다고만 쓰면 대관절 무슨 일이 있었길래 연락이 없었느냐고 바로 전화가 걸려올 수 있었다. 전화가 오지 않게 하면서도 나중에는 상대를 밖으로 불러내 어떤 사람인지 실체를 살펴볼 수 있어야 한다. 지금 연락은 그러기 위한 첫 발판일 수도 있고, 그를 불러낼 미끼일 수도 있었다. 앞으로 상대에게 직접 다가가야 할 일이 있다면 신체적으로도 접근해야 한다. 아내는 누군가와의 관계로 임신했고, 그것을 비밀에 부치고 목숨을 끊었다. 궁극적으로 그걸 알아내야 하는 일이었다. 지금으로선 가장 의심 가는 게 이 사람이었다.

박인수는 다시 더듬더듬 문자 내용을 적어보았다.

'안녕하시죠? 그동안 연락 못 드려 죄송해요. 아직 자세한 말씀은 드릴 수 없고 제가 지금은 전화를 받을 수 없고 문자만 할 수 있어요.'

나쁘지는 않지만 뭔가 조금은 부족하고 어색한 느낌이었다. 박인수는 한 번 더 문자를 다듬었다.

'안녕하시죠? 그동안 연락 못 드려 죄송해요. 자세한 건 다음에 얘기할게요. 지금은 전화를 받을 수 없고 문자만 할 수 있어요. 또 연락 드릴게요.'

전송 버튼을 누르는 순간 그의 손가락이 가늘게 떨렸다. 핸드폰 자판에서 손끝을 타고 심장으로 미세한 떨림이 그대로 전해졌다. 손끝 안쪽에도 촉촉하게 땀이 묻어났다. 박인수는 어쩌면 이 미세한 떨림이 자신을 지금으로서는 진행 방향도 결과도 알 수 없는 어떤 범죄 한가운데로 이끄는 운명의 끈과도 같은 것이 될지도 모르겠다고 생각했다. 아까 오버헤드 크레인에 순간적으로 어렸던 낯선 남자의 환영도, 거기에 대해 소스라치듯 놀랐던 것도 어쩌면 그 전조와 같은 것인지 모른다.

그는 핸드폰으로 시간을 확인하지 않고, 의도적으로 벽시계를 바라보았다. 오후 6시 24분이었다. 저 시계가 그렇게 가리키면 정확하게는 6시 19분이었다. 작업실의 시계를 5분 빠르게 해놓을 것. 자신이 처음 이곳에 왔을 때 5분 빨리 가는 시계를 원래 시간으로 돌리려 하자 노교수가 말했다.

"여기서는 늘 5분 앞서 산다고 생각해라. 사람 일이라는 게 차 시간이든 뭐든 1분이라도 늦으면 철렁 가슴이 내려앉을 때가 있지만 5분 빨라서 낭패 볼 일은 없다. 일도 그렇지만 사람을 만나기로 한 약속도 윗사람이든 아랫사람이든 5분 먼저 나가 숨을 고르면서 내가 이 사람과 왜 만나는지 무엇 때문에 만나는지 생각하면 그게 다 사는 데 도움이 된다."

그는 아내가 목숨을 버리던 날 자신의 시간이 5분 빨랐다면 아내가 죽지 않고 살았을까를 생각해보았다. 그건 알 수 없는 일이고, 지금으로선 어떻게 해볼 수 없는 지나간 시간의 일이었다. 상대는 아직 문자를 보지 않고 있었다. 다시 한번 문자를 읽다가 그는 자신이 많은 생각을 했음에도 성급하게 전송 버튼을 눌렀다는 것을 알았다. 편지든 문자든 그런 것은 언제나 보내고 난 다음에야 떠오르는 법이었다. 전화는 받을 수 없고 문자만 할 수 있는 상황은 상대를 안심시킬 수 있는 상황이 아니었다.

그는 다시 한 줄의 문자를 추가했다. 핸드폰에 표시된 시각은 오후 6시 24분이었다.

'저는 괜찮으니까 걱정하지 마세요.'

이 말은 이쪽의 신변뿐 아니라 당신과 연관된 일도 그렇다는 뜻이었다. 상대가 이쪽 일과 관련하여 불안감을 가지고 있다면 그것도 풀어줄 필요가 있었다.

돈도, 임신 테스트기의 붉은 두 줄도…….

스스로 목숨을 끊기 전 아내가 그에게 돈을 달라고 얘기하지는 않았을 것이다. 죽고 싶은 심정으로, 아니 곧 목숨을 끊을 결심으로 돈 얘기를 하는 사람은 없다. 아내는 그에게 어떤 얘기를 했을까. 상대의 문자를 기다리는 동안 생각이 자꾸 자라나 가지를 쳤다.

◊

그날 박인수는 8시가 넘어 작업실의 문을 걸고 나왔다. 저쪽에서 무슨 말이든 답신이 오기를 기다리다가 퇴근이 늦어졌다. 무슨 일 때문인지 상대는 이쪽에서 보낸 문자를 읽지 않고 있었다. 그는 저쪽에서 답신이 오면 거기에 대한 첫 답이라도 하고 가야겠다는 생각으로 늦게까지 작업실에 남아 있었다. 길지 않은 시간인데도 저쪽의 침묵이 까닭 없이 사람을 불안하게 만들었다.

문을 걸고 나오기 전 박인수는 또다시 오버헤드 크레인 쪽에 어떤 건장한 사내의 몸이 거꾸로 매달려 있는 환영을 보았다. 내일이면 육중하고 건장한 말이 매달릴 자리였다. 처음과 두 번째의 차이인지 이번엔 박인수도 사내의 환영에 놀라지 않았다. 사내는 박인수가 불을 끌 때까지도 그 자리에 있었다. 박인수도 사내를 길게 응시했다. 문자 속의 남자는 자신보다 훨씬 나이 든 이미지인데 환영 속의 남자는 말을 연상시키는 모습이었다.

◊

저쪽에서 답이 온 건 박인수가 집에 들어가 샤워를 한 다음 아이들이 남긴 반찬으로 저녁을 먹고 그것을 치우려 할 때였다. 주방 개수대 앞에 섰을 때 주머니의 핸드폰이 부르르 신호를 보내왔다.

'이런.. 반가운 소식이 와 있는 걸 퇴직자 모임에 나갔다가 와서 이제 보네..'
'정말 별일 없는 거지.. 소식 반갑네..'

9시 7분과 8분이었다.
이쪽에서 보낸 것처럼 연달아 두 번 문자가 날아왔다. 여전히 말

끝에 마침표가 두 개씩 찍혀 있었다. 그동안 아내와 저 사람이 얼마만큼 문자를 주고받았는지 모르지만, 아내에게도 문자를 보낼 때 아내만의 버릇이 있었을 것이다. 박인수는 뒤늦게 아내가 이제까지 자신에게 보내왔던 문자를 열어 훑어보았다.

'수정이 만나고 조금 늦게 들어감'
'우리는 치킨 시켰음 ㅋㅋ'

아내는 자신과의 대화에서는 줄임말을 잘 쓰고, ㅎㅎ보다는 ㅋㅋ을 좋아하고, 문장마다 마침표를 거의 찍지 않았다. 대신 웃는 모습, 찡그리는 모습 등의 이모티콘을 자주 사용했다. 어쩌면 그것이 아내의 실제 표정 변화나 기분 변화보다 아내의 마음을 더 잘 표현했던 것인지 모른다. 박인수도 그걸 보며 아내의 상태와 기분을 짐작했다.

아내는 저 사람과의 문자에는 반말과 같은 줄임말은 쓰지 않았을 것이다. 이따금 이모티콘도 사용했을 것이다. 그렇지만 작업실에서 자신이 보낸 문자처럼 문장마다 또박또박 마침표를 사용하지는 않았을 것이다. 자신이 실수한 것이었다. 박인수는 뒤늦게 깨달은 실수에 머리가 주뼛해지는 기분이었다. 이런 것쯤은 미리 확인하고 문자를 보냈어야 했다.

지금으로서는 저 사람이 아내의 핸드폰으로 다른 사람이 문자를 보내는 상황을 상상할 수 없기에 다행이지 뭔가 조금이라도 의심이 들기 시작하면 바로 눈치챌 수 있었다. 영화 〈양들의 침묵〉에 나오는 치밀한 주인공 같으면 그랬다. 그 영화엔 몸집이 큰 여자를 납치해 살해한 다음 사람 가죽으로 옷을 만들어 입는 박제사가 나왔다. 영화가 나온 건 그가 중학교 2학년일 때였고, 친구 집에서 비디오로 영화를 본 것은 고등학교 1학년 때였다. 싸이나를 먹고 죽은 꿩으로 처음 모형 박제를 만들어보긴 했지만, 자신이 박제사가 될 거라고는 꿈에도 생각하지 않던 때였다.

저 사람은 아내에게 돈을 보낼 때도 자신의 이름을 남기지 않으려고 창구에서 현금을 찾아 그걸 다시 아내 통장에 아내가 직접 입금한 것처럼 돈이 오간 흔적조차 없이 처리한 사람이었다. 다른 이유가 있는지도 모르지만, 그만큼 용의주도하고 철저하다는 뜻이었다. 그런 사람이 오늘 두 달 만에 받은 아내의 문자를 주의 깊게 살핀다면 전과 다른 점을 쉽게 발견할 수 있을 것이다.

'저는 다 괜찮아요'
'보내주신 거 잘 받았어요 인사도 못 드리고 감사해요'

박인수는 먼저 보낸 문자의 잘못을 가리듯 얼른 두 번의 연이은 문자로 저쪽의 관심을 대화 쪽으로 유도했다. 단지 마침표가 있고 없고 차이인데 보내고 나서 다시 봐도 작업실에서 보낸 문자와 차이가 나는 듯했다.

'아 그거 전부터 해주고 싶었던 건데 요긴한 데 쓰면 되지.. 정말 별일 없는 거지..'

상대는 그걸 전부터 해주고 싶었던 것이라고 했다. 박인수는 빠르게 머리를 회전시켰다. 문자대로라면 아내의 임신과 상관없는 돈일 수도 있고, 전부터 해주고 싶었는데 임신을 계기로 그것의 처리 대가로 준 것일 수도 있었다. 정말 별일 없는 거냐고 다시 묻는 것도 그동안 안부가 없었기에 묻는 말일 수도 있고, 그것의 처리와 연관하여 묻는 말일 수도 있었다. 요긴하게 쓰면 된다는 것도 그 상황과는 어울리지 않는 말이었다. 임신에 대한 처리는 긴박한 일이어도 거기에 쓰는 돈은 요긴한 용처도 아니고, 요긴한 데 쓰면 된다고 말할 부분도 아니었다. 박인수는 이쯤에서 말을 돌리지 않고 바로 찔러보기로 했다. 자꾸 여러 생각이 꼬리를 물게 하는 것보다 차라리 그게 낫겠다는 생각이 들었다.

'병원에 잘 다녀왔어요'

그러면 상대도 무슨 뜻인 줄 알 것이다.
바로 문자가 왔다.

'병원에.. 어디 아팠는지.. 그래서 오지 못한 건가..'

전혀 예상 밖의 대답이라 오히려 박인수가 당황스러웠다. 한 사람이 그 일로 목숨을 버렸다. 그러면서도 상대를 보호하기 위해 상대방이 누군지 끝까지 밝히지 않았다. 지금 이 사람은 그 일련의 일과 전혀 무관한 위치에 있는 사람처럼 엉뚱한 이야기를 하고 있는 것이었다.

이 사람이 아닌가.

그럼 이 사람이 보낸 돈은 또 무어란 말인가, 하는 생각이 들었다. 시작부터 뭔가 이상하게 예상과 대답이 어긋나고 있었다. 박인수는 한 번 더 직접적으로 말해보기로 했다. '**전에 말씀드렸던 거요 병원**' 이 문자와 '**전에 얘기했던 거요 병원**' 이 문자 중 어느 게 저 사람이 보기에 아내의 문자다울지 생각하다가 뒤엣것으로 보냈다. 이번에도 바로 답이 왔다.

'**어디가 아팠는지.. 이제 다 나은 건지..**'

박인수로서는 어떻게 이런 대답을 보내올 수 있나 싶을 정도로 밑그림과 현실이 어긋나고 있었다. 불과 두 달 전의 일이었다. 어떤 일로 병원에 다녀왔는지 정말 몰라서 묻는 것인지, 아니면 그 일만은 자신과 전혀 상관없는 일처럼 짐짓 모르는 척하는 것인지 도무지 알 수 없었다. 아무리 그래도 어디가 아팠느냐니, 이렇게 되물어서는 안 되는 것이었다. 박인수는 다시 한번 더 직접적으로 말해보기로 했다.

'**그때 몸이 이상해져서 병원 다녀왔거든요**'

이 정도면 두 달이 아니라 열 달 전의 일이라 하더라도 못 알아들을 리 없었다. 다른 사람도 아닌 병원에 가도록 만든 당사자와 나누는 대화라면 더욱 그랬다. 이내 날아온 대답은 이번에도 어딘가 이상했다.

'몸이 이상해지다니.. 지금은 괜찮은가..'

정말 모르는가.

박인수는 이래도 모르겠느냐는, 아니 모르는 척하겠느냐는 심정으로 임신이라는 말을 썼다가 지우고 다시 또 썼다가 지웠다. 지우고 나면 지금 상황에서 그 말보다 더 나은 설명도 없는 것 같아 다시 세 번째로 '그때 임신 기운이 있어서요'라고 써서 처음 메시지를 보낼 때만큼이나 긴장되고 한편으로는 저쪽의 모르쇠에 맞서는 마음이 되어 전송 버튼을 눌렀다.

'아 그래서 오지 않은 걸 그랬군.. 몸조리 잘하시게..'

이거야말로 그날 자신이 화장실에서 보았던 임신 테스트기의 일과 전혀 상관없는 맥빠지는 대답이었다. 문자 내용대로라면 그때는 아내가 임신했다는 사실조차 몰랐고, 뒤늦게 지금 그걸 알고 몸조리 잘하라고 덕담까지 하고 있는 것이었다. 그렇다면 그때 1천만 원이라는 돈을 무슨 이유로 바로 그날 입금하게 된 것인지 더욱 알 수 없는 일이었다. 아까 저 사람의 문자로는 그건 전부터 해주고 싶었던 것이고, 요긴한 데 쓰면 된다고 했다. 단지 그런 이유로 보내고 받을 돈으로는 너무 큰 액수였다. 그게 아내의 임신과 아무 연관이 없다는 것도 이해되지 않는 일이었다. 이럴 때 계속 그쪽으로 대답을 끌어내기 위해 유도하다 보면 다시 부지불식간에 실수할 수 있었다. 박인수는 이해할 수 없는 일들에 대해서는 일단 뒤로 미루고 오늘 대화는 여기서 정리하는 게 좋겠다고 생각했다. 궁금한 것은 내일에 또 질문할 말을 정리해서 하면 될 것이다.

'지금은 다른 사람이 오나요'

대화를 끝내는 순서로 그렇게 문자를 보냈을 때 집 전화가 울렸다. 노교수의 전화였다. 교수가 집으로 전화하는 것은 아주 드문 일이었다. 그는 여간해서는 저녁 시간 집으로 전화를 하는 사람이 아니었다. 번호가 뜨는 순간 박인수는 무슨 일이지? 하는 생각보다 이사를 하며 집 전화를 없애지 않기를 잘했다는 생각부터 들었다. 교수에게는 아내의 죽음뿐 아니라 이사 얘기도 하지 않았다. 교수는 아주 바쁜 일이 아니면 다음 날까지 기다렸다가 작업실로 전화하는 사람이었다. 작업실로 나오던 때도 그게 아주 급한 일이 아니면 이틀 후든 사흘 후든 작업실에 나와서 직접 얼굴을 보고 얘기했다. 집으로 전화를 하는 건 아주 바쁘게 알릴 일이 있거나 물을 일이 있을 때였다. 박인수는 얼른 탁자 위에 놓인 전화를 받았다.

"예, 선생님."

—내가 너무 늦은 시간에 전화한 건 아니지?

"아닙니다, 선생님."

―아까 자네 전화를 받고 나서 내가 생각을 바꾼 게 있어 전화했다네.

"어떤 생각 말씀인지요?"

―내일 말이 들어오면 말일세. 바로 박피 작업에 들어가야 할 텐데, 말이라는 게 웬만히 큰 짐승이어야 말이지. 내일 자네 일을 도와줄 사람이 있나 해서 전화를 했지.

"소 말고는 큰 동물을 혼자 해보지 않았지만, 할 수 있습니다."

작업을 보조할 조수 얘기였다. 대답하는 동안에도 박인수의 눈은 핸드폰에 고정되어 있었다.

―할 수야 있지. 내가 인정하는 대한민국 최고의 박제사인데. 그런데 벌써 여름이어서 말이야.

"아까 전화 왔을 때 말을 미리 냉장차에 실어놓으라고 했습니다."

박인수가 시선을 고정하고 있는 핸드폰에 저쪽 상대가 보낸 문자가 떴다.

'오기는 하는데 임시지.. 자네가 오는가 늘 기다렸다네..'

새 가사 도우미 얘기였다. 그걸로 또 한 가지 새롭게 알게 되었다. 이 사람은 아내를 이름이나 다른 말로 부르지 않고 자네라고 했다. 같은 남자라면 친구 간에도 선후배 간에도 자연스럽게 쓰는 말이었다. 지금 전화를 하고 있는 조류학 교수도 박인수를 자네라고 했다. 그렇지만 아무리 저쪽이 나이가 많다 해도 남녀 사이에 자네라는 말은 그다지 익숙해 보이지 않았다. 그렇다고 아주 엉뚱하게 보이는 것도 아니었다. 나이든 집주인과 출장 메이드 사이에 그야말로 건조한 '남녀 관계가 없는 남녀 사이'의 말처럼 느껴지는 부분도 없지 않지만 그건 알 수 없는 일이었다. 분명 상관이 있을 것 같은데 아내의 임신 사실도 모르며 갑자기 1천만 원을 보낸, 아내를 자네라고 부르는 이 사람은 대체 어떤 사람인지 박인수는 다시 한번 문자 속의 남자가 궁금했다.

반대로 아내도 그를 부를 때 쓰는 호칭이 있었을 것이다. 지금은 대화를 길게 이어갈 수가 없다. 박인수는 집 전화를 목과 턱 사이에 끼우고 핸드폰에 **'또 연락할게요**'라고 입력했다. 조류학 교수와 핸드폰 속의 남자 모두 박인수로서는 통화와 대화에 집중해야 할 사람이었다. 어느 한쪽을 기다리라고 말할 상대들이 아니었다. 그럼에도 기다리게 한다면 목소리가 아닌 문자로 대화하는 핸드폰 쪽의 남자였다. 그건 이쪽 사정에 따라 조금 더 천천히, 또는 늦게 대답해도 되었다.

—그 얘기도 들었다. 집안 애가 다시 전화해서 그 얘기를 하더구나. 말을 냉장차에 실어 보관하라고 해서 그렇게 했다고. 그래서 내가 그랬다. 일을 맡을지 맡지 않을지도 모르는데 가격 흥정보다 먼저 그런 조치부터 취하게 하는 박제사가 진짜 박제사라고.

"감사합니다."

—감사할 일 아니다. 우리로선 당연한 일이지. 그래서 생각난 건데, 예전에 자네하고 내가 제주에 가서 조랑말 박피할 때 시간이 얼마나 걸렸나?

지나간 얘기까지 나온다면 전체 대화가 길어진다는 뜻이었다. 진짜 할 얘기는 아직 꺼내지도 않았다.

"열일곱 시간 걸렸습니다."

—그래. 둘이 했는데도 그 정도 걸렸을 거야.

조류학 교수는 둘이 작업했다고 했지만, 몇이 하든 주 작업자는 한 사람이고 나머지는 보조 작업자였다. 서로 손을 바꾸어 돌아가며 작업을 해도 그 작업 역시 주 작업자는 한 사람이었다. 그때는 크레인 없이 목장 축사 바닥에 조랑말을 눕혀놓고 작업해서 더 힘들었다. 게다가 박제 의뢰가 온 때가 이미 사체의 부패가 시작된 다음이라 냄새까지 심해 작업장 안에서 30분 이상 버텨낼 수 없었다.

'나야 지금도 늘 기다리지..'

저쪽 남자가 다시 답을 보내왔다. 언젠가 한 번은 만나서 사실에 대한 얘기를 그 사람 입으로 직접 들어야 할 사람이었다. 박인수는 얼른 마지막 인사 문자를 보냈다.

'안녕히 주무새요

보내고 난 다음에야 오타가 눈에 들어왔다. 다시 실수한 것처럼 기분이 좋지 않았지만 어쩔 수 없는 일이었다. 9시 7분부터 제법 많은 대화를 나눈 것 같은데 잠자리 인사를 나누기에는 조금 이른 9시 26분이었다.

─그럼 이번 말은 얼마나 걸릴 것 같나?

다시 노교수가 물었다.

"혼자면 스물네 시간이면 할 것 같습니다."

─스물네 시간?

"예."

─암만 선수여도 혼자 하루 가지고 되겠나? 잠도 안 자고.

"그러니 쉬지 말고 열심히 해야지요. 더운 날 사체가 부패하기 전에요."

─그렇지만 어떻게 스물네 시간 칼을 들고 쉬지 않고 일을 해?

말이 그렇지 그건 불가능한 일이었다. 큰 동물의 박피 작업을 조수 없이 혼자 할 수 없는 이유이기도 했다.

─예전에 말이야. 내가 한 번 얘기한 적이 있나 모르겠는데, 경마장이 지금처럼 과천에 있지 않고 뚝섬에 있을 때 아주 소문난 경주마가 있었어. 코스가 길고 짧고 관계없이 경주만 하면 무조건 이겨서 십수 연승을 했던 명마인데, 나중에 죽었을 때 워낙 유명한 말이라 박제를 했지. 박제 비용도 만만찮았는데, 그 일을 아마 서울대공원 사람들이 맡았을 거야. 그때는 서울에서 산 동물이든 죽은 동물이든 동물 관리를 할 수 있는 데는 거기밖에 없었으니까.

박인수도 박제와 관련해서 그런 전설적인 말이 있었다는 얘기를 들었다. 노교수로부터도 듣고 다른 자료에서도 그 말을 박제했다는 기록을 보았다.

실제 그 말을 박제한 것은 박인수의 나이 열서너 살 때의 일로 아직 박제가 무엇인지도 모르던 시절의 일이었다. 친구 집에서 싸이

나를 먹고 죽은 꿩의 배를 가르고 살을 발라낸 다음 솜을 넣어 몸체 그대로 박제했던 것도 그보다는 나중의 일이었다.

'자네도 편히 주무시게..'

저쪽에서도 인사를 보내왔다. 이 사람은 마침표를 두 개 찍는 것 말고는 단 한 글자도 오타를 내지 않았다. 박인수는 그런 사람에게 잠시 전에 보낸 오타가 까닭 없이 신경 쓰였다.

―그게 내가 당진에 조류 연구소를 설립하던 해니 30년 전의 일인데 그때 그 말이 죽자 말에 대한 기사도 많이 났지만, 말을 박제하는 것에 대한 기사도 여기저기 나왔거든. 내가 전공은 조류여도 수류 박제에도 관심이 많으니 기억하고 있지.

"저는 어렸을 때라 잘 모르겠습니다."

―그랬을 게야. 그때 서울대공원 사람하고, 외부 박제사하고 세 사람이 꼬박 스물 몇 시간을 매달려 박피했어. 말의 가죽을 벗겨내는 데만 그만큼 품을 들였던 거지. 40여 일 이렇게 맞추고 저렇게 맞추고 해서 박제품을 완성해 과천 경마장에 있는 말박물관 입구에 전시했는데, 그 박제가 지금 어떻게 된 줄 아나?

박인수는 여태 경마장이라는 곳에 가본 적이 없었다. 그럴 여유도 없었고 사행심도 없었다. 당연히 그 말을 본 적도 없었다.

"잘 모르겠습니다."

―나는 예전에 한 번 봤는데, 그거 박제품으로 만든 지 10년도 되지 않아서, 그러니까 새천년이 시작되는 2000년도 되기 전에 벌

써 변형되어서 말박물관 입구에 전시했던 걸 치워버렸다네.*

"그렇게 일찍 말인가요?"

―세상 사람들이 조롱하던 스웨덴 왕궁의 사자 박제는 몇 달 땅에 묻어 썩어가는 가죽을 가지고도 형체를 잡아 300년이 지난 지금도 사람들에게 웃음을 주며 그 자리에 있는데 말이지.

"박제한 지 10년도 되지 않아 철거했다는 건 놀라운 일인데요."

―그게 우리나라 박제 수준이었던 거지. 박제에 대한 인식 수준이기도 하고. 그때는 체계적으로 공부한 박제사도 없었고 지금 같은 자격증도 없던 시절이니까 그냥 가죽을 벗겨 거기에 철골을 넣어 내용물을 채우고 했던 거지. 지금 대부분의 과학관에 전시하는 동물 박제도 가죽 부대 안에 솜을 욱여넣듯 해서 동물의 근육 같은 건 애초 표현할 수 없게 만들었지. 곰도 봉제 인형 같고 호랑이도 봉제 인형처럼 만들던 시절이었으니까.

"……"

---

* 1989년 서울경마장이 과천으로 이전하기 전인 뚝섬경마장 시절 '포경선'이라는 경주마가 있었다. 성별 : 거(거세). 산지 : 뉴질랜드. 모색 : 밤색. 통산전적 : 25전 20승 중 15연승의 대기록을 달성한 말이었다. 다른 말보다 기량이 월등해 최장거리인 2천 500미터 경주에서 기수의 몸무게까지 합쳐 보통 51~54킬로그램을 짊어진 다른 말들보다 무려 15킬로그램 이상의 부담 중량을 더 안고서도 우승하는 괴력을 발휘했다. 15연승을 달성하는 순간에도 다른 말보다 무려 17킬로그램을 더 얹은 68킬로그램의 살인적인 부담 중량을 짊어지고 일착으로 달렸다. 그 결과 부상을 피할 수 없었다. 1988년 뚝섬경마장 시대의 피날레처럼 화려하게 은퇴식을 치른 후 고질적인 '우측다리 구절' 통증으로 안락사했다. 이후 박제되어 모든 말들의 성전과도 같은 과천 말박물관에 입궁하여 생전의 모습을 과시했으나 이 역시 10년쯤 지나 용도 폐기되듯 치워지고 말았다.

106

―이제는 나보다 자네가 더 잘 아는 일이지만 박제는, 특히 몸집이 큰 동물일수록 가죽이 부패하지 않게 박피부터 제대로 해야지. 벌써 여름인데 자네 말대로 스물네 시간 안에 박피 작업을 끝내야지. 여름에 작업이 늦어지면 그때부터 털이 빠지고 밀리기 시작하니까. 그래서 내가 내일 아침에 사람 하나 데려가려고 하네.

"예?"

―자네와 비슷한 나이일 텐데 이 사람은 자네가 가지고 있는 표본제작공 자격증이 없어. 그냥 실력만 있으면 되지 그게 뭔 필요가 있는가 싶어 따지 않았던 거지.

그런 사람이 적지 않다는 건 박인수도 잘 알고 있었다. 박제및표본제작공 자격증을 가지고 시설 규모가 큰 자연사 박물관이나 연구소, 대공원 같은 곳에 정규직원으로 들어가서 일하는 게 아니라면 오히려 그런 자격증을 따지 않은 게 그 사람의 인생에서 보다 나은 선택을 한 것인지 모른다. 자격증이 없어 박제 쪽으로 밥벌이가 될 직업을 얻지 못하는 사람도 있겠지만, 오히려 자격증을 가져 다른 밥벌이가 될 직업 쪽으로 나가지 못한 사람도 있었다. 박인수의 생각으로 자신이 바로 그랬다.

'다음에 또 얘기하세.. 오늘 연락 고마웠네..'

핸드폰 속의 남자도 오늘 일찍 끝난 대화가 아쉬운 듯 한 번 더 문자를 보내왔다. 오히려 대화가 아쉽고 내용이 궁금한 것은 이쪽 박인수였다. 그러나 오늘은 더 이상 대화를 이어가지 않는 게 나을 것 같았다.

　—아무리 생각해도 내일 작업실로 말이 들어오면 하루 안에 혼자 그걸 다 해내는 게 벅차지 않을까 싶어 내가 자네 의견 듣지 않고 그 사람에게 연락했다네. 자네한테 먼저 얘기하면 자네야 괜찮다고 할 거고.

　"……."

　—박피 작업만 도울 거니까 자네 일하는 데 짐이 되지는 않을 게야. 그동안 내가 자주 나가보지도 못하고 해서 이 기회에 거기 표본제작소에 가봐야겠다는 생각도 들고 해서 말이지. 사람 하나 달고 간다고 혹처럼 여기진 말게. 솜씨 있고 눈치 있는 사람이니까.

　"아, 아닙니다. 선생님."

　작업실의 실제 주인이기도 한 노교수가 이미 그렇게 결정한 거라면 박인수로서는 할 말이 없었다. 따라야만 했다. 말은 하지 않아도 노교수 나름대로 다른 이유도 있을 것이다. 말은 흔하게 박제 의뢰가 들어오는 동물이 아니었다. 나라 전체로 따져도 이제까지 박제한 것이 몇 마리 되지 않을 것이다. 몸집이 큰 말을 혼자 박피하는 것도 무리고, 무리한 작업이 말가죽을 상하게 할 수도 있었다. 게다가 노교수로서는 집안사람의 의뢰품이었다. 그걸 표나지 않게, 또 실수 없도록 챙기는 것도 노교수가 할 일이었다. 일을 독단적으로 처리하는 듯하면서도 그 안에 오래 살아온 사람의 합리를 담고 있었다. 아까 작업실에서는 박제에 대한 교수의 열정이 이제 식은 게 아닌가 여겨졌지만, 거동만 불편해졌지 열정은 그대로 가지고 있었다.

　그는 통화를 끝낸 다음 베란다로 나와 천장을 쳐다보고 창밖을 내다보았다. 언덕 아래 먼 곳의 불빛들이 아스라하게 도시의 밤을 안개처럼 덮고 있었다. 이사를 해 전혀 다른 집의 다른 베란다지만 아내에 대한 많은 생각이 바람처럼 강물처럼 머릿속으로 지나갔다.

◇

박인수가 아내의 두 번째 남자인(아직 남자인지 여자인지도 모르지만) 010-5672-26XX에게 연락한 것은 010-3303-49XX에게 연락하고 이틀 후의 일이었다. 노교수가 데리고 온 조수 박제사와 함께 다음 날 아침에 들어온 말의 박피 작업을 밤을 꼬박 새워 마치던 날 저녁이었다. 작업을 하는 내내 이 작업이 끝나면 또 한 사람의 정체를 알아봐야겠다고, 그러기 위해 어떻게 해야 할지 머릿속으로 생각했다. 작업도 그래서 더 참을성 있게 지칠 줄 모르고 했던 것인지 모른다.

노교수가 데리고 온 조수 김대호는 일손이 정확하고 붙임성이 좋은 사람이었다. 박인수보다는 한 살 아래였다. 노교수의 말대로 그는 문화재수리기능(박제및표본제작공) 자격증이 없는 채로 이 일을 하고 있었다. 그도 이 일을 처음 하게 된 것이 이 방면으로 조금 솜씨를 보였던 취미 때문이라고 했다. 사는 곳이 서산 바닷가에서 가까운 시내이고, 다행히 틈틈이 의뢰가 들어올 때마다 애완동물 박제와 어류 박제를 하며 낚시점을 운영하고 있어 특별히 먹고사는 것에 대해서는 문제가 없다고 했다. 그렇다면 다행이었다. 20년쯤 전 군에서 인연을 맺은 선임이 박인수를 조류학 교수에게 소개해주지 않았다면 어쩌면 이곳 동물 표본제작소를 이 사람이 맡고 있을 지도 모를 일이었다. 붙임성이 좋아 밤샘 작업을 하면서도 크게 신경 쓰이거나 불편함이 없었다.

말은 요즘 경주마의 대부분을 차지하고 있는 서러브레드 종*이었다. 일자로 핀 머리의 코끝에서 꼬리 부분의 엉덩이까지 전체 마신이 240센티미터, 그중에 몸통 길이가 160.5센티미터, 땅에서 등성마루까지의 체고(體高)는 160센티미터(말굽 높이 포함 160.5센티미터)였다. 이것은 사파리에서 가져온 기록으로 오직 달리기에만 적합도를 맞춰온 정방형 말이었다.

마주인 사파리의 여자 대표는 마치 목장을 배경으로 하는 영화의, 주인공까지는 아니더라도 비중 있는 역의 배우 같은 모습으로 등장했다. 노교수를 자신의 자동차에 모시고 온 사람도 마주였다. 김대호는 교수의 연락을 받고 서산에서 자신의 자동차를 타고 혼자 왔다. 여자는 자신의 고모부인 교수의 설명과 안내에 따라 두 장의 계약서에 시원하게 자신의 이름 정은영을 적어넣고 그 옆에 J자가 유독 드러나 보이는 영문 이름을 휘갈겨 사인했다.

계약 쌍방의 주체는 고객 정은영(갑)과 동물 표본제작 전문 박제사 박인수(을)였다. 박제품 납품 기한은 빠르지도 늦지도 않게 90일로 잡았다. 납품 검수를 여자와 동물 표본제작소 소장인 노교수가

---

* Thoroughbred. 현재 경주마의 대부분을 차지하고 있으며, 오로지 경주마로서만 개량된 세계에서 가장 빠르고 몸이 잘 발달한 품종이다. 17세기 영국 재래 암말에 아랍 수말을 교배시켜 만든 품종으로, 300여 년간 경주 능력이 우수한 말끼리 교배시켜 번식해왔다.

직접 나와서 하는 것으로 하고, 양쪽은 신의와 성실로써 이 계약의 내용을 이행할 것을 약속했다.

박제 제작에 따른 일체의 비용은 계약 당일 갑이 500만 원을 선입금하고, 노교수가 완제품을 검수한 다음 반출하기 전 잔금 1천만 원을 치르기로 했다. 발굽, 의안 등 추가 부품이 필요하면 그 값도 을의 청구에 따라 그때그때 필요한 시기에 갑이 지급하기로 했다. 조류학 교수는 갑과 을이 비용을 주고받는 통장도 동물 표본제작소의 경비 통장이 아닌 박인수 개인 통장의 계좌번호로 적도록 했다.

"이렇게 해야 일하더라도 기분이 좀 나지 않겠나. 물건도 제대로 나오고. 이거 말 박제 완제품 가격으로 쳐도 그렇고, 공임으로 쳐도 박제사 한 사람의 50일간 날품팔이 품삯밖에 안 된다. 30년 전 뚝섬경마장 박제 가격과 비교해도 그렇고, 그간의 물가를 따져도 박제사는 불만이 있어도 사파리로선 불만이 없는 가격이다."

노교수는 박피 작업의 조수도 조수지만, 그런 교통정리를 위해 일부러 나온 듯했다.

오버헤드 크레인에 450킬로그램의 말을 걸기 전 박인수는 우선 옆으로 눕혀진 말의 얼굴과 몸통 곳곳을 촬영했다. 그런 다음 김대호와 함께 양복점 재단사와 재단사의 조수처럼 줄자로 말의 치수를 정확하게 재서 기록했다. 박제 작업을 위한 정보를 가장 많이 가지고 있는 것이 바로 죽은 동물의 사체였다. 기록은 꼼꼼하고 촘촘할수록 좋았다.

두 사람은 죽은 말의 코끝에서 정수리까지의 머리 길이, 눈과 눈 사이의 간격, 눈과 코끝 사이의 길이, 두 콧구멍 사이의 간격과 콧

구멍의 지름, 머리통과 턱 둘레 길이부터 시작해 몸통과 다리의 각 부분과 가슴에서 거세한 성기 뒤쪽 항문선까지의 길이 등 기록할 수 있는 것은 빠짐없이 기록했다. 그래야 나중에 우레탄폼으로 말의 모형을 만들 때 몸체를 정확하게 만들 수 있었다. 그냥 보기에도 피부가 얇아 죽은 말인데도 기름이 자르르 흐르는 듯했다. 아마 살아서 경주에 나섰을 때는 바람을 가르는 털 사이로 핏줄까지 드러나 보였을 듯싶었다.

노교수는 박인수와 김대호가 익숙한 솜씨로 말의 치수를 재는 모습을 보고 "역시 선수들이라 다르군" 하고 감탄하듯 말했다. 사파리의 여자도 건장한 두 사내가 말의 치수 기록 작업을 하는 것을 자신의 핸드폰에 담았다. 두 사내의 몸집도 경기장에 들어온 말만큼이나 균형이 딱 잡혀 보였다. 작업 복장까지 일부러 검은색과 갈색으로 맞춰 입고 온 듯해서 그 모습이 마치 말 세 마리의 어우러짐과 같았다.

치수 기록이 끝난 다음 사파리의 여자는 자신이 아끼는 말의 가죽이 벗겨지는 모습을 차마 바라볼 수 없다며 꼭 말을 연상시키는 모습으로 자동차를 타고 제일 먼저 자리를 떠났다.

"박피 작업은 제가 지켜보기가 좀 그렇고, 몸체 작업이 진행되면 다시 나와보겠습니다. 그래야 저도 이 말이 어떻게 살았을 때의 모습을 되찾아가는지 볼 수 있으니까요."

노교수도 말의 턱밑에서 아래쪽 배 한가운데로 칼집을 그어내는 모습까지만 지켜본 다음 사파리에서 여자와 함께 나온 사무국장의 차를 타고 돌아갔다.

박인수와 김대호는 오버헤드 크레인에 말의 몸통을 걸고 우선 네 다리를 왼쪽 오른쪽 한쪽씩 맡아 가죽을 벗겨냈다. 그런 다음 턱밑에서 아래쪽 배 한가운데를 지나 양쪽 뒷다리의 안쪽으로 선을 그어 항문에서 두 엉덩이 사이로 흐르는 사타구니를 흠집 없이 온전하게 살려냈다. 말하는 것은 간단해도 이 작업만 주 작업자와 보조 작업자의 몫을 번갈아 가며 열네 시간 동안 거의 쉬지 않고 했다. 작업 중간중간 가죽을 벗겨 흉측해진 몸뚱이의 치수를 피 묻은 줄자로 재고, 뼈마디와 근육 주름을 따로 카메라로 촬영했다.

두 사람은 각자 맡은 다리의 박피를 끝낸 다음 머리에서 엉덩이까지 몸통의 가죽을 벗겨낼 때는 한 시간씩 교대로 사수와 조수가 되어 스물두 시간 동안 꼬박 작업에 매달렸다. 한 시간 반씩 눈을 붙인 쪽잠도 말에서 칼을 떼지 않고 교대로 잤다. 말가죽을 몸통에서 완전히 벗겨냈을 때 두 사람 모두 말의 피뿐 아니라 마치 해저 유전 갱에 들어가 기름을 듬뿍 뒤집어쓰고 나온 것처럼 온몸을 마유로 번들하게 목욕했다. 김대호는 한동안 일다운 일을 하지 못해 몸이 근질거리던 차에 노교수의 연락을 받았다고 했다.

말의 뼈와 부산물은 작업하던 당일과 다음 날 부산물 수거 포대에 담아 냉동차에 실어 보냈다. 뼈는 뼈대로 처리할 것이며 내장과 살덩이 등의 마육은 사파리 폐기장에서 소각하거나 땅에 묻을 거라고 했다. 동물 표본제작소에서는 처리하기가 쉽지 않은 폐기물이었다.

"결혼은 했습니까?"

"했죠. 지금은 남처럼 살지만……."

일을 하며 박인수가 묻고 김대호가 대답했다.

"그쪽은요?"

"했죠. 아이도 둘이고……."

김대호가 묻고 박인수가 대답했다. 아내 얘기는 하지 않았다. 일부러 속이려고 한 것은 아니지만, 자칫 이야기가 노교수에게 들어갈 수도 있었다.

"박제는 아니지만, 몇 년 전 동물을 데리고 정말 끔찍한 작업도 했지요."

번들거리는 기름을 닦아내며 김대호가 말했다.

"어떤 작업 말인가요?"

"온 나라에 구제역이 유행했던 거 기억하시죠?"

"예. 겨울에……."

"워낙 규모 크게 번지다 보니 돼지는 구덩이를 깊게 파고 트럭에 몰아 실어 그냥 묻어버리는 식이고, 소는 덩치가 크니 석시콜린이라고 근육 이완 주사를 놓은 다음에 처리하거든요."

"축협과 동물병원 수의사들이 할 일 아닌가요?"

"원래는 그렇지만 이게 워낙 많은 지역에서 동시다발적으로 발생하고, 방역 처리도 힘들고 해서 우리 같은 사람한테도 요청이 오는 거지요. 한 며칠 방역 작업 나갔다가 오면 정신이 멍해요. 사람한테 놓는 주사는 의사나 간호사만 놓지만, 이건 짐승을 살리자고 놓는 게 아니라 죽이자고 놓는 주사니 방법만 알면 누구나 놓거든요."

박인수도 그때의 사정을 모르지 않았다. 그 무렵 이따금 박인수가 일하는 동물 표본제작소에 놀러 나와 가죽의 간도질과 조류의 좌대 작업을 돕던 처남도 축협 가축센터에서 일하는 동서의 연락을 받고 한 해 겨울 그 일을 열심히 따라다녔다. 그때만 해도 처남과 매부 사이가 그리 나쁘지 않았다. 사이가 서먹해진 것은 특별한 직업도 없는 처남이 수시로 돈을 요구하면서부터였다.

"돼지 방역을 나갔다가 온 날엔 밤에 자리에 누우면 이게 꿈인지 생시인지도 모르게 하얀 짐승의 행렬이 흐르는 물처럼 머릿속에 흘러가는 거예요."

처남도 그때 일을 다녀오면 구덩이 안에서 버둥거리고 꿈틀거리는 돼지들의 모습을 잊을 수 없다고 했다.

"소에게 주사를 놓을 때 어쩌다 마주친 눈망울을 잊을 수가 없지요. 우리가 사람도 눈 큰 사람보고 소눈 같다고 하잖아요. 순하게 생긴 눈이요."

"그렇죠."

소눈 이야기에 박인수는 잠시 아내의 모습을 떠올렸다. 소눈처럼 크지는 않았지만 마주 커피를 놓고 앉아 지그시 상대의 찻잔을 바라보듯 아래를 볼 때면 긴 속눈썹 아래로 조금은 가려진 듯 보이는 눈이 소눈처럼 참 맑고 선해 보였다. 박인수가 처음 아내에게 빠져든 모습도 그랬다. 함께 사는 동안에도 어쩌다 그런 모습을 하고 있는 아내를 일부러 바라보지 않는 것처럼 하며 바라보다가 서로 눈이 마주치면 볼우물이 파일 듯 말 듯 한 얼굴로 "뭘 그렇게 봐. 보지 마"라며 부끄러워했다.

"현장에서는 그때그때 지나가는데 집에 와서 자리에 누우면 이게 하루 일 전체로 머릿속에 흘러가는 겁니다. 방역 현장에서 흰 가루를 쓰는 것도 아닌데, 동네 입구마다 뿌리는 소독약 때문인지 소도 꿈에 밀가루 같은 가루를 뒤집어쓴 것처럼 하얗게 나타나는 거예요."

"나도 방역, 하면 안개 같은 흰 분무부터 연상되거든요. 내가 아는 어떤 사람도 그 일에 따라다녔는데 나중엔 동네 축사만 봐도 진저리가 난다고 했어요."

처남 이야기였다.

"동물 다루는 일 중에 제일 끔찍한 게 산 짐승을 죽음으로 이끄는 건데, 이건 내가 경험한 일은 아니지만, 그때 함께 일 다니던 사람이 어느 마을에 방역을 나갔는데 암소가 송아지를 막 낳았나 봐요. 그리고 다음 날 그 지역에 살처분이 떨어진 거지요. 석시콜린 주사를 놓는 현장에서 정신없이 주사를 놓다 보니 방금 전 자기가 주사한 암소의 젖을 송아지가 빨더라는 겁니다."

"아무리 그래도 그렇지, 젖을 먹이는 소에게 주사를 놓았단 말이에요?"

"아뇨. 아무리 매정하고 긴박해도 그렇게까지는 하지 않지요. 막 주사한 암소의 젖을 송아지가 무는데, 그 소의 젖은 눈망울을 잊을 수 없다는 거지요. 송아지가 젖을 다 먹으니 그제야 어미 소가 털썩 쓰러지더랍니다."

"그럼 송아지는요?"

"어쩌겠어요. 자기는 더 주사를 놓지 못하고, 송아지도 제일 마지막 순서에 다른 사람이 주사를 놓았다는 거지요."

"사람이 같은 사람에게도 그렇지만, 짐승에게도 못 할 짓 너무 많이 하는 거지요."

"그때 그 일을 하며 어떤 생각이 들었냐면, 이건 그냥 의문 같은 생각인데 돼지나 덩치가 큰 소를 몇 초 만에 쓰러뜨리는 약이면 사람에게는 아주 조금도 치명적이거든요."

"당연히 그렇죠."

"사람 병원이라면 그런 약 관리를 얼마나 철저하게 하겠습니까? 공급량, 사용량, 잔량, 아마 빈틈없이 관리하겠지요. 이따금 텔레비전에 나오는 우유주사* 관리도 철저하게 하니 연예인이고 대기업 회장이고 불법으로 사용하는 게 발각되는 거지요. 아주 예전 같으면 그런 게 어디 발각되겠습니까?"

"하긴 그렇네요."

"구제역 같은 게 터지면 전국적으로 사람한테 쓰는 약보다 몇 배는 더 위험한 석시콜린 주사액**을 그야말로 마트 생수 공급하듯 무제한으로 공급하거든요. 소 한 마리 한 마리 주사 놓으면서 정량 지

---

* 프로포폴. 정맥주사용 마취유도제. 탁한 흰색으로 보여 '우유주사'라고 불리기도 한다. 전신마취가 필요한 수술을 할 때 마취제 전에 투약되는 마취유도제이다. 2009년 사망한 가수 마이클 잭슨이 불면증으로 프로포폴을 장기 투여한 사실이 화제가 되기도 했다. 한국에서는 2011년부터 프로포폴을 마약류로 지정해 관리하고 있는데 프로포폴을 마약류로 지정한 것도 세계에서 한국이 처음일 만큼 연예인과 유명인들의 불법 투여가 이따금 문제가 되고 있다.
** 정확한 용어로는 숙시닐콜린(succinyl choline). 구제역이 발생하면 소와 돼지 등 가축의 안락사를 위해 이 주사액을 투여한다. 약물 반응의 차이가 있지만, 이 주사를 맞으면 덩치가 큰 소도 10초에서 1분 사이에 숨을 거둔다. 안락사라고 하지만, 가축 살처분을 위해 공급되는 이 약은 엄밀히 말하면 안락사용 약품이 아닌 근육이완제이다. 약물을 투여하면 근육이 풀어지고 호흡근이 마비돼 심장의 박동을 정지시킨다.

킬 것도 없으니 실제 필요한 양과 공급량, 사용량, 잔량, 나중에 구제역 끝난 다음 반품량, 이런 게 사람에게 쓰는 약처럼 제대로 관리가 되겠습니까?"

"주사로 죽인 소와 돼지 숫자나 몇만 마리인지 어림으로 파악해 보고하겠지요."

"그때 살처분 현장에 따라다니며 그런 생각이 들었어요. 정말 나쁜 마음을 먹으면 저 위험한 약을 얼마든지 뒤로 뺄 수도 있겠구나, 하고 말이죠. 제가 꼭 의사가 아니더라도 말이지요."

"실제 뒤로 좀 빼놓은 거 아니에요?"

"동네 못된 놈 보면, 또 텔레비전이나 신문 같은 데서 그런 놈 보면 절로 그런 생각이 들죠. 그때 약을 빼놓았다가 저런 놈에게 써야 하는데, 하고 말이죠."

"정말 쓰고 싶은 놈 많지요. 지금도······."

그 말을 할 때 박인수의 머릿속에도 어쩔 수 없이 한 남자의 모습이 어른거렸다. 바로 어제 여기 오버헤드 크레인에 소나 말 대신 어른거렸던 남자였다. 환영에서는 대단히 건장한 모습이었지만 실제로는 그 반대일 수도 있었다. 문자로는 이쪽에서 던지는 밑그림과 실제가 자꾸 어긋나고 있었지만 그것은 더 두고 볼 일이었다.

"실제로 쓰는 데 많아요. 사슴뿔 절각할 때도 그걸 마취제로 쓰지요."

블로우건 얘기였다. 아내가 잘못되었다는 얘기를 들었던 연천 사슴농장에서 촬영 소품으로 쓸 사슴을 반 마취시킬 때 사용한 것이 바로 석시콜린 용액을 묽게 처리한 블로우건이었다. 이제 두 달이 지났다. 그 사이, 박인수에게는 어떤 일이든 매사가 아내의 일로 연결되었다.

경주마의 박피 작업은 작업실 청소를 포함해 완전한 뒷정리까지 오후 3시에 끝났다. 첫날 점심 저녁을 먹는 시간과 한밤중에 잠시 교대로 쪽잠을 자고, 다음 날 다시 아침 점심을 먹고 중간중간 휴식을 취하는 시간까지 포함해 꼬박 스물아홉 시간이 걸렸다.

저마다 온몸에 비누 한 통을 다 쓸 만큼 시간과 공을 들여 몸을 씻고 옷을 갈아입은 다음 박인수는 함께 작업한 김대호의 이틀분 품삯을 계산해주었다.

"이렇게 큰 작업 끝내고 소주라도 한잔하고 싶은데, 지금은 내가 오늘 안에 꼭 처리해야 할 일이 있습니다. 다음 모형 제작할 때 오시면 그런 자리를 마련하겠습니다."

"괜찮습니다. 오늘은 저도 너무 피곤해서 술자리는 사양해야 할 것 같은데요."

"시간은 좀 걸렸어도 김 선생과 손이 맞아 수월하게 끝난 거 같습니다."

"같은 일을 하니 잘 아시겠지만, 박제 중에서도 어류 박제가 제일 시간을 다퉈서 하는 일이지요."

일을 다 끝내고 헤어지기 직전 김대호가 말했다. 비록 자격증은 없어도 누구보다 어류 박제 부분에 자신이 있다는 것도 일을 하는 동안 이미 한 얘기였다. 박인수의 경우 많이 취급하지는 않았지만, 큰 고기든 작은 고기든 물에서 나온 다음 부패나 비늘 색깔 변화가 다른 종류의 동물보다 빠르고, 몸통을 둘러싼 표피도 얇다. 박제

119

후에 원래의 색을 복원하는 일도 쉽지 않았다.

"그래서 어류를 박제할 때면 준비 다 갖춰놓고 시간을 재듯 서둘러서 하는데, 어제오늘 보니 박 선생께서 이 큰 경주마를 박피하는 게 마치 어류 박제를 하듯 마감 시간을 정해놓고 일하시는 것 같았습니다."

"제가요?"

"문밖에 박제해야 할 동물이 또 하나 있어서 그러는가 하고 나도 모르게 자꾸 밖을 내다봤을 정도로요."

어쩌면 김대호가 정확하게 본 것인지 모른다. 그간 박인수로서는 날을 잡아 기다리듯 침착하게, 또 충분히 준비하며 기다려온 일이 있었다.

◊

박인수는 김대호를 전송한 다음 작업실로 돌아왔다. 금방 막 벗겨서 펼쳐놓은 말가죽으로 작업실은 아직 어수선한 분위기였지만 이제 이곳에서 혼자 해야 할 일이 있었다.

010-5782-26XX번 남자는(남자가 아닐 수도 있지만) 아내의 장례를 치르던 날 오후 4시 3분에 여강 백로 번식지 앞 강변에서 박인수가 처제로부터 핸드폰을 넘겨받은 다음 바로 전화를 걸어왔다. 그리고 장례 다음 날 오후 3시 18분과 3시 21분에 연이어 두 번 전화를 걸어왔다.

부재중 전화 세 번

3월 26일 오후 4시 3분(장례 날)

3월 27일 오후 3시 18분, 오후 3시 21분(장례 다음 날)

문자

3월 28일 오후 4시 31분 '……'

3월 28일 오후 4시 45분 **'수인…'**

3월 28일 오후 5시 11분 **'수인 수정…'**

장례 날과 그다음 날 전화를 받지 않자 무슨 일이 있느냐는 뜻으로 '……'을 보내오고 30분쯤 간격으로 **'수인…'**을 보내왔다. 그래도 대답이 없자 무언가를 확인하듯 다시 **'수인 수정…'**을 보냈다.

이제 박인수가 아직 어디에 사는 누군지, 어떤 사람인지 전혀 알 수 없는 그에게 문자를 보낼 차례가 되었다. 아내에게 특별한 사람일 수도 있었고, 그냥 아내와 처제를 함께 아는 여강의 옛 친구거나 동창 중의 한 사람일 수도 있었다. 특정하거나 속단하는 일은 금물이었다.

5월 27일 오후 4시 12분

'……'

박인수는 작업대 의자에 앉아 숨을 가다듬은 다음 그 사람이 아내에게 보낸 것과 똑같은 문자를 보냈다.

2분쯤 있다가 읽기는 했는데, 아무 대답이 없었다.

5월 27일 오후 4시 17분
'수인…'

박인수는 먼저와 똑같이 5분 간격을 두고 다시 그 사람이 보냈던 것 그대로 문자를 보내 보았다. 이번엔 10초도 되지 않아 금방 읽었지만, 여전히 대답이 없었다. 아마 저쪽 사람도 자신이 먼저 보냈던 문자를 그대로 가지고 있다면(지워야 할 이유가 없으니 당연히) 그것과 똑같은 문자가 반복되어 들어왔다는 것을 알 것이다.

박인수는 5분쯤 후 다시 세 번째 문자로 '수인 수정…'을 그대로 보낼까 하다가 멈추었다. 두 개까지는 앞서 문자와 반복되어도 어떤 의도를 드러내지 않는다. 그냥 '이 문자를 보내는 사람은 수인이다'라는 걸 알리는 정도였다. 처제의 이름까지 넣어 '수인 수정…'을 보내면 그건 먼저 저쪽에서 보내온 문자와 그대로 짝을 이루어 어떤 의도를 가지고 보내는 문자로 읽힐 수 있었다.

30분이 지나도 저쪽에서는 대답이 없었다. 엊그제 010-3303-49XX번은 편지를 늦게 읽어서 그렇지 읽은 다음엔 바로 반가움의 문자가 왔다. 아내도 알고 처제도 아는 여강의 누군가라면, 아니, 여강의 누군가가 아니더라도 간단한 말로 답장 인사 정도는 와야 했다. 더구나 지난번에 자신이 먼저 '수인…', '수인 수정…'을 보내온 사람이라면 당연히 그래야 했다. 이쪽에서 보낸 문자를 읽고도 아무 대답이 없는 것은 그때와는 달리 지금은 그런 문자를 주고

받기에 적합한 상황이 아니라는 뜻이었다. 친구거나 친구는 아니지만 아내와 처제를 동시에 아는 사람, 자매와 어떤 관계의 사람인지 모르지만 먼저 사람보다 상당히 조심스러운 태도를 보이고 있는 것만은 틀림없었다. 사람이 조심스러운 게 아니라 두 달 사이에 서로의 관계와 입장이 조심스러워진 것인지도 모른다. 서로 아는 사람이고 편한 사람이면 정말 아무것도 아닌 저 두 개의 문자에 대답하지 않고 침묵할 이유가 없었다. 침묵한다는 것은 아내와 처제를 동시에 알아도 지금 아내에게 문자를 보내는 게 평범한 상황이 아니라는 것을 알고 있다는 뜻이기도 했다.

대체 이 사람은 누구일까. 아내와 어떤 관계의 사람이기에 자신이 먼저 보낸 이 간단한 문자에 답을 하지 않는 것일까. 않는 것이 아니라 못 하는 것은 아닐까. 아내의 죽음에 어떤 연관이 있는 사람은 아닐까. 별의별 생각이 한꺼번에 몰려들었다. 몇 시간 전까지만 해도 죽은 말 한 마리가 펼쳐져 있던 어지러운 작업실에 온갖 생각들이 쌓이고 거기에 적막감마저 밀려드는 듯했다. 아내가 죽은 다음 밝혀진 것도 없고, 밝혀낸 것도 없었다. 드러난 것은 그가 모르던 아내의 비밀 통장과 거기에 입금된 돈 1천만 원뿐이었다. 보낸 사람이 대략 누구라는 것은 알게 되었지만, 정체까지는 알 수 없다. 어떤 일로 입금했는지도 이틀 전 그 사람이 보내온 문자로 인해 도로 오리무중이 되었다. 거기에 지금 아내의 핸드폰으로 문자를 받고도 침묵을 고수하는 이 사람의 태도도 새로운 의혹을 키우게 했다. 어쩌면 먼저 사람보다 더 조심스럽고 치밀하게 접근하지 않으면 안 되는 사람인지 몰랐다.

◊

작업실의 적막감을 깨듯 전화를 걸어온 사람은 예상 밖에도 처제였다.

―형부…….

"어, 그래."

―어디예요? 지금…….

"어디긴, 작업실이지."

―바쁘세요?

"조금 전까지는 그랬는데 지금은 괜찮아. 큰 동물 하나 가죽을 벗기고 지금은 잠시 쉬고 있거든."

―무슨 동물인데요?

"말. 경주마."

―형부…….

"왜? 무슨 일이 있어?"

―아뇨. 무슨 일 있는 건 아니지만, 그냥 형부 마음 편히 지내시라고요.

"그래야지. 마음같이 잘 안 되지만……."

―참, 언니 핸드폰은 해지했어요?

"아니."

―왜요?

"전에 얘기 안 했나?"

―무슨 얘기요?

"없앨까 했는데, 막상 없애려고 하면 당분간 그것마저 없으면 안
될 것 같아서. 미진이도 엄마한테 문자 보내고, 나도 받는 사람 없어
도 이따금 전화 걸고."

—형부…….

"우리가 이러는 거 이상한가?"

—마음은 알죠. 미진이도 형부도…….

"그럼 당분간 더 가지고 있지 뭐. 처제도 언니 보고 싶으면 전화
걸고 문자 보내고."

—그럼 그 문자는 누가 봐요?

"미진이 엄마가 하늘에서 보겠지. 보는 사람 없어도 괜찮고."

—언니 핸드폰 형부가 쓰는 거 아니죠?

"응?"

순간 박인수는 당황했다.

"참나, 그걸 내가 왜 써? 내 걸 두고."

—그러니까요. 해지할 건 해지해야지 언제까지 가지고 있을 것도
아니잖아요.

"그래야겠지. 언젠가는……."

끊고 나니 처제의 전화도 그냥 걸려온 게 아닌 것 같다는 생각이
들었다. 언니 핸드폰을 형부가 쓰는 게 아니냐고 묻는 말이 가시처
럼 걸려왔다. 오래 가지고 있으니까 그냥 묻는 것인지, 아니면 그럴
리야 없겠지만, 그가 언니의 핸드폰을 어떤 사람에게 특별하게 쓰
는 걸 알고 일부러 그렇게 묻는 것인지 알 수 없었다.

혹시?

방금 전 자신이 보낸 문자가 처제와 어떤 연관을 맺고 있는 것은 아닐까. 박인수는 언뜻 그런 의심이 들었다. 노교수가 말하는 가을 새와 깊은 소의 물고기처럼…….

　정말 그런 것일까?

　저 사람은 아내를 수인이라는 이름으로 부른 사람이었다. 처제의 이름이 수정인 것도 알고 있었다. 아내의 장례 다음날 '**수인…**'이라고 아내를 부른 말에 대답이 없자 처제의 이름까지 함께 넣어 '**수인 수정…**' 하고 확인하듯 자매 이름을 함께 부른 사람이었다. 박인수는 4시 16분에 보낸 문자 '**수인…**' 아래에 몇 번이나 썼다가 지우길 반복한 끝에 다시 한 줄 문자를 보냈다.

　'**저는 잘 지내고 있어요 저의 일에 아무 걱정 마세요**'

　오후 5시 2분이었다.

　본 것은 금방인데 이번에도 답은 오지 않았다. 만약 그가 아내가 사용한 임신 테스트기와 관계있는 사람이면 그 일까지도 아내가 직접 걱정할 게 없다고 말하는 것인데 왜 대답을 하지 않는 것일까. 대답 없는 세 개의 문자만 보냈는데도 먼저 사람만큼이나, 아니 먼저 사람보다 더 궁금해지는 사람이었다. 그것은 걷잡을 수 없을 만큼 맹렬해지는 궁금증이었다.

3
장

하늘에서 떨어진 빗방울 하나가 여러 겹의 동심원을 그린다. 호수의 파문에도 물결의 순서가 있듯 사람의 일에도 먼저와 나중이 있다. 당장 어느 것이 궁금하다고 궁금함으로 일의 순서를 정하면 자칫 전체를 그르칠 수 있다.

◊

박인수는 이제 자신이 직접 나서서 아내의 통장에 1천만 원을 입금한 사람을 만나 거기에 대한 얘기를 직접 들어야겠다고 생각했다. 그냥 불러내기만 한다고 해결되는 일이 아니었다. 사람을 어떻게 하는 거라면 그것은 오히려 간단하다. 납치하거나 불시에 린치를 가하는 것이라면 그를 불러내는 데까지만 공을 들이면 된다. 그다음은 중간치 소를 누구의 도움도 없이 타워크레인에 걸었던 완력으로 해결하면 되었다. 지금 이 일은 사람을 불러내는 것도 조심스럽고, 불러낸 다음 접근하는 것도 조심스럽다. 그것은 지금 문자로 겨우 대화하고 있는 사람을 상대로도 어려운 일이고, 뒤늦게 이쪽에서 보내는 문자에 대해 침묵하고 있는 사람에게도 그랬다.

우선 만나는 것부터 치밀하게 계획을 세워야 한다. 박인수는 이름을 모르는 그를 이제 A라고 부르기로 했다. 그러자 또 한 사람은 자연스럽게 B로 정리되었다. 그는 작업실에서 중요한 사항을 메모하는 노트를 펼치고 자신이 생각하고 있는 A에 대한 신상을 적어보았다.

◊

A(010-3303-49XX)

아내가 일을 나갔던 집의 주인(월요일)

나이가 많음(퇴직자 모임에 참석했다고 말함)

어떤 사이인지 모르나 아내를 '자네'라고 부름

입금자의 흔적을 남기지 않고 현금 입금

용의주도함. 문자에도 오타가 없음

그 이상의 정보는 없었다. 이것도 확실한 것이 아니라 박인수의 느낌이었다. 문제는 이렇게 잘 알지도 못하는 사람에게 어떻게 접근하느냐였다. 그는 앞으로 자신이 취하고 조심해야 할 행동을 머릿속으로 정리해보았다. 이쪽에서 먼저 문자를 보내면 안 되고 A가 문자를 보내올 때 자연스럽게 답장하는 방식으로 접근하는 것이 좋을 것이다. 만나는 것에 대한 얘기가 나오면 A는 전에 아내가 일을 다닐 때처럼 집으로 오라고 할 것이다. 집으로는 가서도 안 되고 갈 수도 없다. 장소도 음식점보다는 카페가 낫고, 카페보다는 한적한 야외가 나을 것이다.

거기까지 생각하자 박인수의 머리에 떠오르는 곳이 강남 도산공원이었다. 전에 일을 나간 아내에게 무엇을 전하느라 그곳에 가보았다. 아내가 일을 나갔던 집은 도산공원 바로 옆의 압구정 하이츠파크아파트였다. 아파트 정문에서 물건을 전하고 돌아 나오는데 그때도 갑작스러운 요의 때문에 가까운 공원 안 개방 화장실에 들렀다. 평일 오후 그곳이라면 적당할 것이다. 사람도 많지 않았다. 상대도 아내가 이제 집으로 일을 하러 다니지 않으니 밖에서 만나자고 해도 이상하게 여기지 않을 것이다.

◊

A에게서 문자가 온 것은 월요일 저녁이었다. 해가 길어 퇴근하지 않고 말가죽에 찌꺼기처럼 말라붙은 살점들을 말끔히 정리할 때였다. 박인수가 생각하기에 A의 문자에도 되풀이해 나타나는 어떤 패턴이 있는 듯했다. 대개 아내가 전에 일을 다니던 월요일 오후거나 며칠 지난 금요일쯤에 왔다. 이제까지 온 문자를 정리해보면 그랬다. 박인수는 문득 이 패턴이 무엇일까를 생각해보았다. 늘 오던 날에 오지 않는 허전함이 기억하는 패턴일까, 아니면 그날이면 함께 지내던 몸이 기억하는 패턴일까.

6월 7일 오후 6시 31분

'잘 지내는가.. 아직도 전화는 안 되고 문자만 되는가..'

어김없이 문장 끝에 마침표 두 개가 찍혀 있었다. 오후부터 기다리며 대비하고 있던 문자였다. 박인수는 말가죽에 말라붙어 있는 살 찌꺼기와 지방 찌꺼기를 갈아내던 그라인더의 작동을 멈추고 A와의 문자에 집중했다.

'예 아직은'
'몸은 이제 괜찮은가..'
'저는 괜찮아요 잘 지내셨어요'
'지내는 거야 늘 그렇지만 오지 않으니 볼 수도 없고..'

지금이 약속을 유도할 찬스였다. 박인수는 '일을 하러 가지 못해도 볼 수는 있어요'라고 썼다가 '밖에서'를 넣어 '일을 하러 가지 못해도 밖에서 볼 수는 있어요'라고 보냈다. 바로 답장이 왔다.

'그래 어디서든 보기라도 해야지..'

'밖에서'라는 말을 넣지 않았으면 저쪽도 '어디서든'이라는 말 대신 바로 집에서 보자고, 집으로 오라고 했을지 모른다. 서두른다는 느낌을 주면 안 된다. A의 말을 받아 다시 밖에서 보자고 말할 유도 문자를 띄웠다.

'일을 나가지 않으니 조금 자유롭기는 해요'
'그러면 집에 오면 좋은데.. 앞으로도 일하러 오고..'

여지없이 집 얘기가 나왔다. 여기서 대답을 잘 해야 한다. 거절할
것은 분명하게 거절하고, 저쪽의 결정을 다른 방향으로 이끌어야
한다.

'집엔 가기 어렵고 밖에서 뵈어요'
'어려울 게 뭐가 있나.'
'지난번에 주신 거 인사도 드리고'
'그거야 필요해 보여서 그랬던 거지.. 늘 오던 사람이 내외하네..'

끝에 붙은 내외라는 말이 조금 전 떠올린 월요일의 묘한 패턴처
럼 마음에 걸렸다. 아내가 일을 다니던 곳이니 아주 틀린 말은 아니
겠지만, 전에 일하던 집에 가지 않는 것도 내외하는 것일까. 왠지 그
건 아닌 것 같았다. 그럼 두 사람 사이에 내외하는 게 아닌 행동은
어떤 것일까. 마음에 걸리는 말이었지만 오래 매달릴 수 없었다. 얼
른 저쪽을 달래어 다음 대화를 이어나가야 했다.

'내외하는 건 아니구요'
'아니면 밖에 어디..'

박인수는 장소를 확정하듯 바로 답 문자를 보냈다.

'공원 같은 데서요'

'공원도 좋지만 식사도 같이하고..'

생각대로 이끌고 있지만, 이쯤에서 날짜와 시간을 먼저 말해도 될까. 박인수가 잠시 머뭇거리는 사이 A가 다시 문자를 보내왔다.

'이왕 보는 거면 식사를 같이하는 게 좋지..'

'식사는 다음에 하고 모레 도산공원에서 보면 어떨까요'

그 말을 확정하듯 얼른 다음 줄을 추가했다.

'산책도 하고요'

내일이라고 하지 않은 건 너무 성급하게 느껴져서만이 아니었다. 내일 표본제작소에서 경주마 박제와 관련하여 중요한 약속이 있었다. 말을 맡긴 사파리의 여자가 방문하기로 했다.

'몇시에..'

공원에서 보자는 게 썩 내키지 않는지 A는 한참 만에야 응답했다. 박인수는 2시라고 썼다가 그럴 거면 좀 더 일찍 만나 식사를 하자는 얘기를 다시 할 것 같아 고쳐 썼다.

'3시나 4시오'

중요한 부분은 아니지만 '요'자를 써야 하는데 '오'자가 찍혔다. 박인수는 저번처럼 실수라고 생각하면서도 어쩌면 빈틈없는 것보다 이런 모습이 더 아내다울지 모르겠다고 생각했다. A는 집이 아닌 밖에서 보는 게 못마땅한지 '공원에서 볼 거 같으면..'하는 문자를 보낸 다음 다시 한참 만에야 '도산공원보다 시내 덕수궁에서 보지 4시에..' 하고 문자를 보내왔다.

'덕수궁요?'

그건 좀 뜻밖이어서 박인수도 이번엔 물음표를 찍어 보냈다.
조금 시간이 걸려 긴 문장의 답이 왔다.

'3시에 부근에서 누구 만날 일이 있는데 끝나고 보면 좋을 것 같아서.. 거기 호텔 커피숍도 좋고..'
'호텔은 좀 그렇고 덕수궁이 좋아요'
'그러지.. 4시쯤 만나 얘기하다가 저녁도 먹고..'

A가 끝까지 놓지 않는 식사의 미련은 무엇일까. 일단 만난 뒤의 얘기라면 굳이 안 된다고 말할 이유가 없었다. 박인수는 '예'라고 쓴 다음 '그럼 내일모레 뵈어요'라고 덧붙이고 대화창을 닫았다. 전체 10분도 되지 않는 사이의 일이었다. 며칠을 두고 고민했던 일인데,

집이 아닌 바깥에서 아내의 첫 번째 남자를 보기로 약속한 것이었다. 작업실에 냉방을 하고 있는데도 등판에 땀이 주르르 흘러내렸다. 이렇게 말고는 달리 그를 만날 방법이 없었다. 핸드폰의 시계는 6시 40분을, 작업실의 벽시계는 6시 45분을 가리키고 있었다.

◊

다음 날 경주마 박제를 의뢰한 파주 사파리의 여자가 동물 표본제작소로 왔다. 전에는 붉은 재킷을 입었고, 이번에는 청바지 위에 흰 블라우스를 입었는데도 사파리의 여자는 여전히 목장을 배경으로 하는 영화 속의 인물 같은 모습이었다. 자동차도 지난번에 표본제작소로 노교수를 태우고 온 그 차였다. 사람도 차도 특별히 날렵할 게 없는데 사파리의 여자는 운전석의 문을 열고 내릴 때 마치 목장이나 사파리를 한 바퀴 둘러본 다음 말에서 내리는 모습을 연상케 했다.

아내와 관련하여 바로 전날 A와 대화를 나누고, 이틀 후 그 사람을 만나기로 한 사이에 아무리 일 때문이라지만 여자가 표본제작소로 방문하는 상황이 박인수로서는 마음에 걸렸다. 여자의 방문 약속이 A와 문자를 나누고 잡은 약속보다 먼저여도 그랬다. 어쩔 수 없는 일이어도 아내에 대한 마음의 그늘 같은 미안함이 그 안에 있었다.

처음 왔을 때 계약서에 쓴 이름은 정은영이었다. 박인수는 줄곧 그녀를 이름보다 사파리의 여자로 기억하고 떠올렸다. 지난번 봉평에 갔다 오던 길 위에서 나눈 첫 통화와 말이 등장하는 영화 속 인물 같은 모습의 선입견도 작용했을 것이다. 통화는 금요일에 했다. 다음 주 화요일이 좋다고 방문 날짜를 정한 것은 사파리의 여자였지만 먼저 전화를 한 것은 박인수였다. 여자의 방문과 A와의 약속이 연속된 일로 물리게 된 것도 그 때문이었다.

앞으로 우레탄폼으로 박제할 말의 모형을 잡아야 하는데 그러자면 말이 살아 있을 때의 모습을 그대로 재현하는 게 가장 좋았다. 그중에서도 그 말이 가장 그 말답고 경주마로서의 기품을 보일 때의 모습이 좋았다. 경주마라고 해서 꼭 바람을 가르고 달릴 때의 모습으로 박제해야 할 이유는 없었다. 그것은 박제한 말을 설명하는 영상 기록으로 충분했다. 달릴 때의 모습을 일시 정지한 모습으로 옮긴다고 해서 사진이나 그림처럼 경주 중의 박진감과 역동성이 그대로 느껴지는 것이 아니었다. 치타나 표범처럼 갈기가 없는 동물이라면 가능할지 모른다. 박제로는 바람에 흩날리는 갈기를 표현해내기가 쉽지 않았다. 불가능한 것을 욕심내다가 자칫 말의 자세만 이상하게 만들어놓을 수 있었다.

여자에게 전화했던 것도 말의 생전 모습을 담은 사진과 동영상을 부탁하기 위해서였다. 멈추어 선 모습으로 박제해도 그 안에 경주마로서 가지고 있는 질주 본능과 운동성을 몸 밖으로 끌어내고 싶었다. 그는 사진과 동영상을 파일로 보내달라고 했지만, 여자는 표본제작소로 직접 가지고 오겠다고 했다. 일의 진행에 대해 궁금한 것도 있을 것이다. 말을 싣고 오던 날에도 여자는 자신의 말이 살아 있을 때의 모습을 어떻게 되찾아가는지 볼 수 있으면 좋겠다고 했다. 끝에 여자는 지나가는 말처럼 간단한 듯하지만, 박인수로서는 간단하지 않은 질문을 했다.

—박피한 게 제가 놀랄 모습은 아니겠죠?

박인수는 차분한 음색으로 짧게 되물었다.

"두려우신가요?"

—아뇨. 그렇지는 않아요.

"그럼 아닐 겁니다."

대답하면서 박인수의 머릿속에 지금 이 질문이 박제를 의뢰한 다음 여자의 현실 자각 같은 후회거나 망설임은 아닌가 하는 생각이 얼핏 스쳐 지나갔다. 박제할 동물이 말이라는 이야기에 여자에게는 그러지 않았지만, 그동안 집에서 기르던 개와 고양이가 죽은 다음 박제를 문의하는 전화를 받으면 박인수는 아무리 돈을 받고 하는 일이어도 상대에게 다시 한번 신중하게 생각해보라고 말했다.

집에서 기르던 강아지나 고양이가 죽으면 당장은 슬픈 마음에 박제해서라도 옆에 오래 두고 싶어 하지만, 대개는 금방 실망하고 후회했다. 그들은 자신의 개나 고양이와 수년 동안, 많게는 10년 넘게 함께 생활해오며 추억을 가진 사람들이었다. 박제를 의뢰하며 기대하는 것 역시 살아 움직이던 시절의 느낌인데 실제 박제는 주인의 그런 기대를 채워줄 수 없다. 아무리 공을 들여도 반려동물이 살아 있을 때 주던 위안과 교감까지 박제할 수는 없는 것이다. 그래서 지금 여자가 박피한 가죽이 자신이 놀랄 모습이 아닌가 하고 묻는 게 혹시 일을 성급하게 의뢰한 다음 찾아온 현실 자각과 같은 것이 아닐까 염려되는 것이었다. 그것은 만나면 확인될 일이었다.

◊

    박인수는 다른 날보다 일찍 작업실로 나왔다. 작업실 바닥에 널찍하게 깔아놓은 비닐 커버 위에 그동안 손질한 말가죽 전신을 한눈에 내려다볼 수 있게 좌우 대칭을 맞추어 반듯하게 펼쳐놓았다. 며칠에 걸친 간도질로 가죽에 붙어 있는 살점과 지방을 말끔히 제거하고 부패하지 않도록 방부 처리와 화학 처리도 마쳤다. 마른 가죽이 뻣뻣해지거나 줄어들지 않게 태닝 작업도 충분히 했다.

    구두나 가방을 만드는 가죽 세공의 무두질이 손질하지 않은 가죽에서 털과 기름을 뺀 다음 가죽을 부드럽게 하는 것이라면 박제품의 가죽 손질은 가죽의 털을 손상하지 않으면서 표면이 줄어들지 않게 최대한 부드럽게 늘이듯 펴나가야 했다. 노교수는 그것을 무두질과는 다른 뜻으로 간도질이라는 용어로 표현했다.

    여자는 다른 회사나 다른 사람의 일터를 방문하기엔 조금 이르다 싶은 오전 9시 35분에 표본제작소로 왔다. 사전 검사는 아니지만 박제품 주인에게 가죽으로 첫 품평을 받는 셈이었다. 머리까지 포함해 가로 240센티미터의 갈색 몸통에 검은색 말총이 치렁치렁한 꼬리를 더했다. 세로 또한 등성마루를 대칭선으로 왼쪽 몸통과 오른쪽 몸통에 양쪽 다리를 더한 길이가 300센티미터가량 되었다. 살아 있을 때의 체고보다 가죽의 체고가 줄어든 것은 박피할 때 떼어낸 발굽 때문이었다. 살아 있을 때는 날렵했던 모습이 옆으로 퍼져 보이는 것도 등과 배의 평평하고 둥그런 부분이 생각보다 넓은 면적을 차지해서였다. 그것은 봉합 작업을 거치면 다시 제 모습으로

줄어들 부분이었다. 떼어낸 발굽은 박제 완성 단계에 다시 붙이면
되었다.

"펴놓으니 훨씬 넓어 보이는군요."

"박피를 하면 숨어 있던 부분까지 다 나오니까요."

박인수는 그것을 베개와 베개를 감싸고 있던 베갯잇의 차이 같
은 것이라고 설명했다. 주먹보다 조금 더 큰 크기의 토끼도 가죽을
벗겨서 펼쳐놓으면 방석 크기 정도 되었다. 여자는 몸을 구부리고
앉아 말의 갈기와 목덜미 부분을 여러 차례 위에서 아래로 쓰다듬
어 내렸다.

"처음 말을 싣고 왔을 때는 조금 무서운 생각이 들었는데, 오늘은
전혀 그렇지가 않네요."

"그래야죠. 이곳은 목숨을 잃고 들어온 동물을 그 동물이 살
아 가장 아름다웠던 시절의 모습으로 되살리는 곳이니까요."

"이제 해야 할 일이 무언가요?"

여자가 앉은 채로 말가죽 위에 손을 얹고 물었다. 전화를 하며
언뜻 가졌던 불안과는 거리가 먼 모습이었다. 처음 만났을 때 보았
던 몸에 밴 듯한 자신감이 여자의 동작과 말에 그대로 느껴졌다. 그
럼에도 언뜻언뜻 아내를 떠올리게 하는 것은 마음의 그늘 때문만이
아니라 오히려 두 사람 사이에 아주 조금이라도 닮은 데가 없는 모
습 때문인지도 모른다.

"이걸 옷처럼 입힐 말의 모형을 준비해야 합니다."

"말 마네킹 말인가요?"

"그렇죠. 사람이 입는 옷은 헐렁하면 헐렁한 대로, 작으면 작은

대로 다른 천을 대 늘려서 입지만 이건 모형의 치수가 말이 살았을 때의 실물에서 가죽을 벗겨낸 것과 똑같아야 합니다."

사람 옷의 상·하의처럼 머리는 머리대로 다리는 다리대로 잘라서 맞추는 것이 아니라 몸통 전체를 하나의 가죽으로 씌워 맞추는 일이었다. 박인수는 그걸 몸에 옷을 맞추는 것이 아니라 옷에 몸을 깎아 맞추는 것이라고 말했다.

"아무리 보기 좋게 잘 만들어도 어느 한 부분이 안 맞으면 전체가 들어가지 않습니다."

"그러면 마네킹을 다시 만드나요?"

"아뇨. 그러면 안 되니 처음부터 실수 없도록 해야 합니다. 제가 여기 선생님께 배운 게 그거니까요."

박인수는 겸손하면서도 자신 있는 모습으로 대답했다.

"설명을 들으면 박제 일이 어느 면에서는 제가 공부한 조각과 비슷하구나, 하는 생각이 들거든요. 나중에 가죽을 씌울 모형을 깎는 것도 그렇고, 조수가 선생의 작업을 곁에서 도우며 공부하는 것도 그렇지요."

여자가 조소를 전공했다는 것은 먼저 전화로 얘기한 부분이었다. 박피한 가죽을 입힐 모형을 깎아야 한다는 말에 여자는 "그럼 조각을 하는 건가요?" 하고 반가운 내색을 보였다. 지금은 사파리의 일로 손을 놓고 있지만, 한때는 그것으로 외국에 나가 공부한 적도 있고, 자신의 애마를 박제로 남길 생각을 한 것 또한 그쪽으로 특별한 인연이 있기 때문이라고 했다.

여자는 손지갑에서 유에스비를 꺼내 내밀었다. 박인수는 그걸 작업실 컴퓨터에 끼우고 그 앞에 의자를 하나 더 가져다 놓았다. 파일명은 '나비지르'였다. 사진과 동영상이 따로 저장되어 있었다. 그는 사진부터 점검했다. 지난번 통화할 때 그는 가능한 한 자료를 많이 가져오라고 했다. 여자가 골라온 사진 50여 장의 앞쪽 절반은 갈기를 휘날리며 달리는 모습이었고, 뒤쪽 절반은 그의 부탁대로 네 발을 땅에 딛고 선 모습이었다.

"마주님께서는 이 중 하나를 고른다면 어느 것으로 고르시겠습니까?"

박제하기 전이나 후나 말의 주인은 여자고, 자신은 박제사로 일을 의뢰받은 사람이었다. 이 말이 100년 200년 보관된다 해도 어디에도 박제사로 자신의 기록은 남지 않는다. 다만 이 일에 평생을 바쳐가는 사람으로서 인생의 역작처럼 잘 만들고 싶을 뿐이었다. 살아가며 다시 말을 박제할 기회는 쉽게 오지 않을 것이다.

"저는 다 같은 모습이라……. 선생님은 따로 들어오는 모습이 있나요?"

박인수는 이럴 때 마주의 의견을 다시 묻는 것보다 자신의 느낌을 말하는 것이 좋겠다고 생각했다. 다 비슷한 모습이어도 박인수의 눈에는 이것이다, 싶게 들어오는 포즈가 있었다. 네 발을 땅에 딛고 서 있지만, 사람이 차렷하듯 서 있는 것이 아니라 왼쪽 앞다리를 살짝 구부려 땅에 말굽 끝을 살짝 대고 있는 모습이었다.

"저는 이 사진이 아주 반듯한 모습보다 약간 변화가 있는 듯해서 좋군요."

"그런가요?"

"그냥 서 있는 것보다 걸음을 시작한 느낌도 주고 마음만 먹으면 바로 달릴 준비가 되어 있는 것 같습니다."

"말씀을 들으니 그렇게 보이기도 하는데, 사실은 이게 달릴 준비보다 이 녀석이 어디 한군데를 오래 바라보며 심드렁할 때 나오는 버릇이거든요."

"그럼 그냥 서 있는 모습으로 할까요?"

"아뇨. 그걸 아는 사람이 저뿐인 것도 좋고, 선생님이 보시기에 달릴 준비를 하는 모습이라면 다른 사람들도 비슷한 느낌이겠죠."

이번엔 여자가 무얼 양보하듯 말했다. 그런 모습 하나에서도 양보 속에 자기 의견을 당당함으로 표현하는 사람이 있고, 그러고 싶어도 애초 그럴 수 없는 사람이 있는 법이었다. 박인수가 전혀 다른 여자의 모습에서 아내를 떠올리는 건 바로 그런 지점에서였다.

"말 이름이 나비지르인가요?"

"예."

"나비처럼…… 그런 뜻인가요."

"우리말로 억지로 맞추면 그런 뜻도 있겠지만, 지금 생각하면 작명에 조금 부끄러운 뜻도 있답니다."

여자는 웃음 속에 처음으로 계면쩍은 표정을 지어 보였다.

"사람들은 마흔도 안 된 여자 혼자 사파리를 운영하니 뭔지 모르게 이상하게 여기죠. 지금도 그렇게 보는데 처음 맡았을 때는 더했지요. 당연히 제가 시작한 사업도 아니었고요."

그 부분에 대한 궁금함은 박인수 역시 마찬가지였다. 길 위에서 처음 전화를 받을 때도 그랬고, 죽은 말을 싣고 왔을 때도 그랬다.

여자는 사파리 경영은 애초 자신의 뜻과는 상관없던 일로 아버지가 제주에서는 커다란 말 목장을, 파주에서는 승마클럽 위주의 사파리를 운영했다고 말했다. 그런 환경에서 자라 어릴 때부터 말과는 몽골 초원의 아이들처럼 가깝게 지냈다. 몇 년 전 대통령의 측근으로 문제를 일으켰던 어떤 인물의 딸처럼 여자도 시기는 다르지만 어릴 때부터 줄곧 승마 대회에 참석해 여러 차례 상도 받았다.

그 시절 자신이 정말 하고 싶은 것은 미술 쪽이어서 대학도 승마를 통한 인문계로의 특례 입학이 아니라 미술 실기 테스트를 거쳐 미대에 입학했다. 전공은 먼저 밝힌 대로 조소이며 국내에서 대학원을 졸업한 다음까지도 교수 밑에서 조교로 활동하다가 이러다가는 내 것은 아무것도 못 하겠다 싶어 정말 큰맘 먹고 프랑스로 유학을 떠났다. 5년 정도 그곳에서 다시 공부하며 활동하던 중에 갑자기 아버지가 돌아가셔 어쩔 수 없이 귀국해야만 했다. 제주도 터전은 오빠가 맡고, 여자는 당시 상황으로 다시 프랑스로 돌아가면 자칫 자신의 외면 속에 그마저 다른 사람의 소유가 될지 모를 파주 사파리를 집안 어른들의 권유대로 맡게 되었다.

그 결정에 고모인 노교수의 부인이 많은 조언과 함께 오빠와 자기 사이를 조율해주며 편을 들어주었다고 했다. 여자가 하는 얘기 중간에 자신에게 일을 가르쳐준 은사이자 현재 표본제작소의 실질적 주인인 노교수 얘기가 나왔지만 출생이나 성장, 현재 발을 딛고 선 생활의 바탕 어느 것도 박인수에게는 전혀 다른 세상 사람들의 얘기처럼 들렸다.

"공부를 중간에 이상하게 끝내고 들어와서인지 여전히 그쪽 활동과 혼자 나가 공부하던 시절에 대한 향수 같은 게 있었어요. 오빠보다는 오빠를 뒤에서 움직이는 부인과의 다툼이 어른들의 중재로 상처 없이 잘 정리되자 혼자 훌쩍 그곳으로 여행을 가게 되었어요. 그 여행에서 로댕미술관 가까이 있는, 예전에 공부하던 동안에는 자주 지나만 다녔지 한 번도 들어가 보지 않았던 파리 군사 박물관에 가게 되었고 지금 이 말과 깊은 연관이 있는 말을 보게 되었던 거예요."

여자는 나폴레옹의 애마였던 그 말의 이름이 '르 비지르'라고 말했다.

"이제 제 말의 이름인 나비지르가 어디서 따온 것인지 이해가 되지요?"

여자는 그걸로 충분히 설명한 듯한 얼굴이었지만, 박인수는 전혀 그렇지 않아 자신의 솔직한 마음을 그대로 얘기했다.

"아뇨. 저는 어떤 동물이든 가죽을 벗기고, 손질하고, 다시 모형에 입히는 일만 했지, 그런 쪽으로는 전혀 몰라 더 들어도 잘 모를 것 같은데요."

절대 많이 알고 많이 공부한 사람에 대한 비아냥이 아니었다. 아내와 자신의 처지를 떠올린 다음 갖게 된 반감도 아니었다. 그렇다고 겸손도 아닌 것이 그는 모르면 모른다고 하는 사람이어서 표본 제작소의 노교수도 그 점을 늘 좋게 보았다. 교수는 모르는 건 자랑이 될 수 없지만, 모른다고 말하는 건 그 흠을 덮고도 남을 장점이라고 했다. 박인수도 좋은 어른 아래에서 일을 배운 걸 삶의 다행처럼 여겼다. 지금 박피한 말을 이곳으로 가져올 수 있게 실제 다리를 놓은 어른이었다. 여자는 보충 설명처럼 그곳에서 보았다는 나폴레옹의 말에 대해 얘기했다.

◊

그 말은 당시 국력이 쇠해가던 오스만의 술탄이 나폴레옹에게 선물한 것이었다. 말의 이름도 '이슬람에서 온 대신'이라는 뜻으로 르 비지르(Le Vizir)라고 지었으며 나폴레옹과 함께 워털루 전투에도 참여했다. 패전 후 나폴레옹은 세인트헬레나섬에 유배되고 말은 나폴레옹이 죽은 다음에도 5년을 더 살았다. 황제의 말로서는 평범한 삶이었다. 나폴레옹의 애마로 르 비지르가 겪은 격동의 운명은 오히려 죽음과 함께 시작되었다.

나폴레옹이 아끼던 말이 죽자 마구간지기는 아무도 몰래 이 말의 가죽을 벗겨서 바깥으로 내왔다. 나폴레옹을 위하거나 나폴레옹이 타던 말을 기리기 위해서가 아니라 순전히 자신의 돈벌이를 위해서였다. 마구간지기는 말가죽을 북프랑스에 살고 있던 윌리엄 클라크라는 영국인에게 팔았다. 이것이 나폴레옹의 애마 르 비지르라는 것을 증명하는 것은 말 오른쪽 엉덩이에 화인처럼 찍혀 있는 왕관 그림과 그 아래 이 말이 누구의 것인지를 나타내는 나폴레옹 황제의 이니셜 N자였다.

윌리엄 클라크는 자신의 집에 10년 넘게 보관하던 르 비지르의 가죽을 프랑스 세관의 눈을 피해 영국으로 몰래 가져갔다. 자신도 프랑스에서 영국으로 이주했다. 이때까지 생가죽으로 보관되던 르 비지르는 속에 충전재를 가득 채운 박제품으로 가공되어 영국의 맨체스터자연사박물관에 뒤늦게 찾아낸 전리품처럼 '나폴레옹이 타던 말'이라는 팻말을 달고 전시되었다.

르 비지르는 영국으로 건너간 지 29년 만에 다시 프랑스로 돌아왔다. 르 비지르를 몰래 영국으로 가져갔던 윌리엄 클라크가 프랑스로 강제 송환되자 박제품도 프랑스로 반환되었다. 사람보다 르 비지르의 박제품을 반환받기 위한 송환이었다.

당시 프랑스는 나폴레옹 3세가 지배하던 시기로 나라와 황실의 안정을 위해서 나폴레옹 1세의 후광이 절대적으로 필요하던 때였다. 영국에서 프랑스로 옮겨온 르 비지르도 루브르박물관의 가장 주목받는 자리에 전시되었다. 그러나 나폴레옹 3세가 프로이센과의 전쟁에서 포로가 되고, 국가의 운명마저 혼란스러워지자 르 비지르 역시 박물관 전시실에서 쫓겨나듯 창고로 옮겨졌다. 19세기 초 유럽을 호령하던 황제와 함께 온갖 전쟁에 참여했던 말이 죽은 다음 가죽이 벗겨진 채 역사의 격랑을 따라 이곳저곳 떠돈 셈이었다. 파리군사박물관에 옮겨진 것은 20세기 들어서의 일이라고 했다. 스웨덴 왕궁의 개를 닮은 사자 박제와는 또 다른 사연이었다.

◊

그게 어떤 사연을 가진 말이든 박인수는 역사에 그다지 관심이 없었다. 다만 여자가 200년 전 나폴레옹의 애마를 직접 보았다는 말에 박제사로서 호기심을 반짝였다. 예전에 노교수로부터 스웨덴에 300년 된 개를 닮은 사자 박제가 있다는 얘기를 들었지만, 200년 된 말 박제품이라는 말에 그것의 가죽 상태는 어떤지, 그걸 직접 본 사람으로부터 말로라도 확인하고 싶은 게 있었다.

"당연히 만져볼 수는 없겠죠?"

"그건 불가능하고, 지금도 아주 가까이에서 관찰할 수는 있어요. 사진 촬영도 가능해요. 아마 검색하면 나올 거예요."

"200년이나 되었는데 가죽은 어떤가요?"

"설명해주시는 분이 전에는 낡고 오래되어 많이 터 벌어져 금방 부스러질 것 같았는데, 다행히 제가 가기 바로 전에 보수를 했답니다. 아주 새것 같지는 않았지만, 엉덩이에 새겨진 왕관과 N자 표시도 금방 찍은 것처럼 반쯤은 새것 같았어요."

"털의 윤기는요?"

"지금 이 말처럼 한 올 한 올 살아나지는 않지만, 금방 보수 작업을 해서인지 200년 된 말이라는 게 믿어지지 않을 정도였어요. 가구에 씌운 가죽들도 잘 손질하면 오래 가잖아요."

"그건 박제와 달리 털을 뽑은 다음 가죽 안쪽과 바깥쪽 모두 무두질을 해서지요. 박제는 털이 생명이라 외피를 손질하기가 일반 가죽보다 몇 배는 조심스럽거든요. 아마 그 말도 수리를 하며 털을 다시 심듯 붙인 부분이 많을 겁니다."

"저는 그때까지 그 말의 존재를 몰랐어요. 거길 방문한 것도 나폴레옹의 무덤을 지키는 조각상에 대해 안내받고 간 거였는데 거기에서 그 말을 보자 마치 그때의 여행 전체가 일부러 그걸 보러 간 것처럼 생각되면서 그 무렵 제주 목장을 운영하는 오빠로부터 화해 선물로 받은 이 말이 떠오르는 거예요. 경주마라고는 해도 앞으로 어떤 능력을 보여줄지 아무도 모르고, 아직 이름도 짓지 않은, 앞 체고보다 뒤 체고가 더 높은* 어린 말이었어요. 저한테는 제가 거기에서 그 말을 본 것이 한국에 있는 이 말에게도 마치 운명적인 것 같은 느낌이 들었답니다."

여자는 여행에서 돌아와 이 말에게 너는 오빠가 보내준 화해의 대신, 나의 비지르, 라는 의미로 나비지르라고 이름 짓고, 엉덩이에도 그때 사진을 찍어온 왕관 문양과 나폴레옹이 아닌 나비지르의 N자를 똑같은 위치에 문신처럼 찍었다고 했다.

"왕관도 황제의 말이 아니라 달리기의 왕이 되라는 뜻이었어요. 말이 죽은 다음 박제해서 우리 사파리의 상징처럼 두기로 한 것도 그때 그걸 보고 온 느낌 때문인지 몰라요. 지난 8년간 사파리를 거쳐 간 말이 얼마나 많았겠어요. 지금도 가깝게 지내는 오빠와의 일도 있고, 제게는 정말 특별한 말이거든요."

서로의 처지는 달라도 박인수는 여자의 말에 진심이 묻어난다고 생각했다.

"저도 사실 천연기념물이 아닌, 반려동물의 박제 의뢰가 들어오면 제가 먼저 고객에게 한 번 더 생각해보시라고 말립니다. 처음 전화를 받았을 때 우선 덩치가 큰 경주마라 반려동물이라는 생각을 못 했고, 또 박제사로서 욕심 때문에 그러지 못했습니다."

---

* 사람의 키는 신장이라고 하고 말의 키는 체고라고 한다. 성장이 다 끝난 말은 앞다리의 등성마루와 뒷다리의 엉덩이 높이가 거의 같은데 아직 성장 중인 말은 뒷다리 엉덩이 부위가 앞부분보다 높다.

박인수는 그게 엊그제 통화할 때도 마음속에 부담이 되었다는 것을 솔직하게 말했다. 여자가 컴퓨터 앞에 나란히 앉은 채로 박인수 쪽으로 고개를 돌리고 뜻밖의 제안을 했다.

"그러면 제가 부탁 하나 드려도 될까요?"

"저한테 말인가요?"

"제가 이 말을 싣고 오던 날, 서산에서 오신 박제사 한 분이 계셨잖아요."

"예, 김대호라고, 우리 선생님께서 저 혼자 박피하기 힘들 것 같아 부르셨지요."

"그때 선생님께서 박피 작업도 그분과 하고, 모형 작업과 봉합 작업도 그분의 도움을 받을 거라고 하셨는데, 모형 작업에는 그분 대신 저를 써주세요."

"마주님을 말입니까?"

"제가 다른 것은 못 도와드려도 제 말의 마네킹을 깎는 작업은 도울 수 있을 것 같아요. 그 말씀 드리러 왔어요. 저 때문에 일이 늦어진다면 납품은 천천히 하셔도 되고, 선생님께서 필요하신 날 틈틈이 제가 와서 도울게요."

박인수로서는 거듭 당황스러웠지만, 그 말에도 여자의 진심이 그대로 묻어나 보였다. 박제 작업자에게 박제 의뢰인을 조수로 쓰는 것은 아무리 좋은 뜻으로도 불편한 일이었다. 그건 작업자에게도 그랬고, 의뢰인에게도 그랬다. 받아들이더라도 한 번쯤 밀어내는 사양이 필요한 줄 알지만, 박인수는 저쪽의 진정성을 이쪽의 진정성으로 직접 받듯 여자의 제의를 수락했다. 그 속에는 이런 뜻도 있었다. 여자가 스스로 원해 박제 작업에 참여하면 나중에라도 자신이 만든 박제품에 대해 소유자로서만이 아니라 제작자로서의 애정도 함께 깃들여질 것이다.

"그럼 앞으로 작업할 박제 폼에 대해 마주님께 먼저 말씀드릴 것이 있습니다."

"어떤 것 말씀인가요?"

"이 분야도 일하는 방법이 발전해 요즘은 박제 폼을 직접 만들지 않고 미리 주물처럼 찍어놓은 것을 사서 쓰는 경우도 많습니다."

"그런 것도 파나요?"

여자는 눈을 동그랗게 뜨고 그럴 수도 있느냐는 얼굴로 물었다.

"우리나라에는 없지만, 미국과 유럽은 여전히 박제를 많이 하니까요. 사자를 포함해 호랑이, 여우, 표범 같은 야생동물의 몸체도 미리 크기별로 찍어 팔고, 트로피박제용으로 뿔이 멋진 흰꼬리사슴의 머리 부분도 팔고, 동물의 이빨과 빠진 발톱과 눈알도 만들어 파는데 거기 홈페이지를 아무리 뒤져봐도 말은 보이지 않습니다."

"왜 없죠? 그런 걸 파는 회사가 있다는 것도 놀랍지만, 다 있는데 말만 없다는 것도 의원데요."

"살아 있는 걸 흔하게 볼 수 있으니 굳이 박제까지 해서 전시하는 데가 없다는 뜻이겠지요. 그런 거야말로 찾는 사람이 있으니 만들어 파는 거니까요. 국내만 해도 나귀는 더러 보여도 말 박제품을 전시하고 있는 데는 한 군데도 없거든요. 마사회 말 박물관조차 있던 것을 치워버렸으니까요."

"그럼 어떻게 하죠?"

다시 여자가 물었다.

"처음부터 기대했던 게 아니니까 우리가 직접 깎아서 만들어야 합니다."

박인수는 여자에게 처음으로 우리라고 말했다.

"그 작업은 언제 하나요?"

"박제 폼을 만들기 전에 숙제처럼 먼저 하나 해야 할 게 있습니다. 조각을 하셨으니 유토는 잘 아시죠?"

"기름 섞은 찰흙 말인가요?"

"그걸로 먼저 박제할 말의 마케트*를 만들어보는 겁니다. 조각을 할 때도 마케트를 만들지 않나요?"

"도안처럼 스케치는 여러 방향에서 많이 하지만, 마케트는 만들 때보다 만들지 않을 때가 더 많죠."

"박제품을 제작할 때 아주 작은 형태라도 마케트를 만들면 그 동물의 해부 구조를 짐작할 수 있습니다. 또 폼에 대해서도 이보다 나은 포즈는 없는지 한 번 더 생각해보게 됩니다."

"얼마 크기로 만들죠?"

"말의 실물 크기가 240센티미터니까, 10분의 1로 축소해서 아까 정한 사진 속의 모습처럼 만들어보지요."

"선생님도 만드시나요?"

"저는 박제할 때마다 어설프지만 정면과 측면 도안도 그리고, 미

---

* maquette. 조각이나 박제 마네킹 같은 입체물을 제작하기 전 그것의 전체 모양 그대로 축소하여 만들어보는 작업 모델. 동물 모형과 건축물 모형의 상품으로도 활용된다.

리 실물을 가늠해 마케트도 만들어봅니다."

"그럼 선생님과 제가 만든 마케트가 비교되겠는데요."

"그러니 조각을 하신 분의 명예를 걸고 저를 깜짝 놀라게 할 마케트를 이번 토요일까지 만들어 오시기 바랍니다. 앞으로 이 일은 주말이나 휴일 없이 진행될 거니까요. 몸체를 만들 우레탄폼도 그날 커다란 비닐 주머니를 준비해 마주님과 함께 발포할 겁니다."

사파리의 여자는 박인수가 주는 유토 2킬로그램을 받아 점심시간 전에 돌아갔다. 식사를 하는 건 함께 일하는 사람으로 이번 주말에 손발을 맞추어본 다음에 하자고 했다. 제법 많은 애기를 나누어도 마주 앉아 식사를 하기엔 아직 멋쩍고 어색한 사이였다. 무엇보다 박인수는 다음 날, 여자와는 상관없는 일이지만 아내의 죽음과 관련하여 큰일을 앞두고 있었다.

◊

박인수는 오후 1시에 표본제작소의 문을 걸고 나왔다. 이제 덕수궁으로 아내의 첫 번째 남자를 만나러 가야 했다. 그때까지 점심을 먹는 것조차 잊고 경주마의 도안 작업에 몰두한 것도 작업을 하는 동안 스스로 마음을 다잡으며 안정하기 위해서였다.

마음의 준비는 이미 여러 날 전부터 했다. 처음엔 A를 만날 때 양복을 입을까도 생각해봤지만, 그건 오히려 저쪽의 경계심만 높일 수 있었다. 날씨도 어느새 유월의 무더위가 시작되고 있었다. 박인수는 입기 편하면서도 크게 눈에 띄지 않는 남색 바지에 검은색 구두를 신었다. 상의도 넥타이 착용이 가능한 연한 하늘색 반팔 셔츠를 입었다. 전날 집에 들어가던 길에 머리도 단정하게 정리했다. A에게 내밀지 안 내밀지는 모르지만 전에 방문자와 고객에게 주던 명함도 새것으로 만들었다. 그 사람에게만 쓸 명함이라 전날 사파리 여자가 왔을 때도 주지 않았다.

한국 동물 표본연구소
박제연구사 박 인 수

동물 표본제작소의 이름을 자신이 전화를 받을 때 늘 말하는 동물 표본연구소로 바꾸고, 그 아래에 주소를 쓰고 전화번호와 팩시밀리 번호, 자신의 핸드폰 번호를 적었다. 예전 명함에 적었던 '천연기념물 희귀동물 박제·수리·소독·상담'과 같은 문구는 모두 뺐다.

박인수가 덕수궁 앞에 도착한 것은 오후 2시 14분이었다. 사실은 전날도 사파리의 여자가 돌아간 다음 오후에 사전 탐사를 위해 미리 덕수궁을 방문해 이 너른 궁궐 안 어디에서 A를 만나면 좋을지 둘러보았다. 그를 만나러 온 지금은 어제보다 오히려 차분한 심정이었다. 어제는 같은 장소인 궁궐에서 자신이 어떤 범죄의 구렁텅이로 깊숙이 발을 집어넣어 이제는 걷잡을 수 없는 지경에 이른 것 같은 긴장감과 참담함을 동시에 느꼈다. 사람을 만나기 위해 나온 사전 탐사가 아니라 아내를 잃고 내가 무얼 하고 있는가, 하는 마음에 운명적으로 빠져나올 수 없는 범죄의 예행연습을 나온 것 같은 두려움이 함께 밀려들었다. 그런 점에서 어제의 탐사는 시간과 장소와 움직이는 길목에 대한 동선 파악보다 오늘 일에 대한 안정을 위한 예행연습이었는지 모른다. 덕수궁에서는 그날 두 번째 차례의 수문장 교대식이 한창 진행되고 있었다.

이미 주사위는 던져졌다. A의 첫 문자가 온 것은 오전 10시 47분이었다. 그 시간 박인수는 다른 날보다 일찍 출근한 표본제작소에서 주말부터 박제 마네킹 작업에 들어갈 경주마의 도안 작업을 했다. 마음의 안정을 위해 온 정신을 집중해 말의 옆모습을 그리고 근육과 골격을 부위별로 구분하여 표시하였다. 이 일을 모르는 사람이 본다면 마치 소나 돼지의 옆모습을 그린 다음 부위별로 길이를 나타내는 숫자와 함께 안심, 등심 등의 명칭을 적어놓은 것처럼 보이기도 할 것이다.

그것이 박제할 말 그림의 평면도와 같은 것이라면 말이 앞다리를 가지런히 벌리고 선 정면 그림도 한 장 그렸다. 그 그림은 말머리의 정수리에서 가슴까지 길이와 앞다리 사이의 가슴 근육 구조를 이해하기 위해서였다. 다 그리지는 못하고 그려나가던 중 아내의 핸드폰으로 보내온 A의 문자를 받았다.

'건강하신가.. 오늘 잊지 말고 보세..'
'나는 오후 약속이 다 그쪽인데.. 4시에 덕수궁이라고 했지..'

아내의 핸드폰과 연동시켜놓은 박인수의 핸드폰으로 2분 간격으로 문자가 들어왔다. 저 사람은 오후 3시에 그 부근 어디에서 누군가를 만날 약속이 있다고 했다. '거기 호텔 커피숍도 좋고..'라고 한 걸로 보아 덕수궁 건너편 프라자호텔에서 약속이 있는 것인지도 모른다. 방금 보내온 것은 자신의 외출을 알리는 문자라기보다 4시에 만나기로 한 약속을 일깨우는 문자였다. 박인수는 다른 때보다 그의 문자가 오후가 아닌 오전에 일찍 와주길 바랐다. 도안 작업을 하면서도 귀는 내내 그쪽으로 열려 있었다.

'예 맞아요'
'건물이 많은데 대한제국역사관 옆 준명당 앞에서 보아요 거기가 한적해요'

박인수도 두 개의 답 문자를 보냈다. 준명당은 그가 전날에 와서 둘러보고 생각해둔 장소였다. 두 개의 석조전 건물 가운데 미술관으로 사용하고 있는 서관은 신문에도 여러 차례 보도된 재벌 회장의 기증 작품전이 열리고 있어서 관람객들이 빈번하게 드나들고 있었다. 그 옆에 대한제국역사관으로 사용하고 있는 석조전 동관은 그보다 발길이 적었지만 그 옆 준명당이 더 외지고 조용해 보였다.

'그러세 준명당이라.. 찾으면 있겠지..'

박인수가 A의 문자가 일찍 오길 바란 것은 덕수궁 안에서 만날 장소까지 정한 다음엔 그를 볼 때까지 더 이상 문자를 하지 않을 생각이기 때문이었다. 표본제작소의 문을 걸고 나와 이곳 가까이 오던 전철 안에서 다시 A의 문자를 받았다. 그 시간이 오후 2시 3분이었다.

'나는 선약이 있어 먼저 나가네.. 이따가 보세..'

박인수는 답장하지 않았다. 그는 다른 곳보다 관람객의 왕래가
뜸한 준명당 뜰 앞을 몇 번 왔다 갔다 한 다음 다시 궁의 정문인 대
한문 쪽으로 걸어 나오며 이틀 전 수첩에 A의 성격에 대해 '용의주
도함'이라고 적은 것을 다시 상기하듯 떠올렸다. 오전에도 그랬고,
오후에도 집을 나서며 상대방에게 약속을 확인해주는 거라면 3시
에 다른 사람을 만나기로 한 약속이 끝나고 이쪽으로 이동할 때 역
시 한 번 더 문자를 보내올 것이다. 덕수궁으로 오기 전 약속을 마
친 자리에서 문자를 할 수도 있고, 이곳 정문에 와서 문자를 할 수
도 있다. 그때에도 대답하지 않고 지켜보기만 할 생각이었다. 아내
는 이미 세상을 떠났고, 지금 하려는 것은 세상을 떠난 아내를 대신
해 아내가 살아 있는 것처럼 접근하여 사람을 만나는 일이었다.

◊

A에게서 도착 연락이 온 것은 3시 51분이었다. 저쪽의 약속을 서
둘러 마무리 짓고 온 것인지도 모른다.

'매표소 앞에 왔는데 자네도 왔는지..'

A의 문자를 받자 박인수는 이제 드디어 올 것이 왔구나, 하는 마음에 자신도 모르게 가슴이 쿵쿵거렸다. 지난번처럼 A는 아내를 다시 자네라고 했다. 그것이 어떤 관계의 호칭일지 알 수 없지만, 여기서부터는 어제 이곳을 답사하며 계획한 대로 이끌어야 했다. 냉정해야 하는데 지금 이 상황에서 냉정해진다는 것이 냉정해져야겠다는 생각만으로 되는 일이 아니었다. 박인수는 자신의 손을 눈앞에 내밀어 바라보았다. 가슴은 두근거려도 다행히 손은 떨리지 않았다. 심호흡을 하며 진정하는 동안 한 번 더 A의 문자가 왔다.

'오고 있는 중인가..'

이제 답 문자를 보내지 않아도 A는 오전 첫 문자를 통해 알려준 준명당 쪽으로 올 것이다. 그곳에서 다시 한번 자신의 도착을 알릴 것이다. 궁궐 바깥에서는 수문장 교대식이 거의 끝나가고 있는 듯했다. 매표소 앞에 가면 그를 볼 수 있을지도 모른다. 이제 이 사람은 경로우대 관람권을 받아 덕수궁 전체 약도에서 준명당을 찾아 그쪽으로 갈 것이다. 매표소에서 준명당으로 가는 동선은 여러 갈래였다. 더 빠르게 가는 길이 있어도 대개는 입구에서 직진하여 중화전의 품계석이 정면으로 바라보이는 중화문 앞과 미술관 앞과 역사관 앞을 지나가는 코스를 택했다. 약도에서 그림을 그리면 ㄴ자의 역코스였다. 어제 박인수도 그랬다. 그는 멀찍이 서서 매표소 문을 통해 들어오는 사람들을 살폈다. 바깥에서는 이제 막 수문장 교대식이 끝난 듯했다. 궁궐 안쪽으로 들어와 열을 맞춰 섰던 근위병

의 대오가 한번에 흩어지고 그 사이로 관람객이 섞여들었다. 구경
꾼들이 근위병들과 사진을 찍는 포토타임이었다.

◊

인상착의에 대한 아무 정보 없이 단지 나이가 많다는 것만으로
사람 많은 곳에서 첫눈에 A를 알아보기는 쉽지 않을 것이다. 어제
두 번 재본 걸음으로 매표소에서 준명당까지는 보통 걸음으로 5분
정도 걸리고, A가 나이 든 사람임을 감안한 산책 걸음으로는 6분이
걸렸다. A가 입장할 시간을 어림해 비슷한 시간대에 들어오는 사람
가운데 나이 많은 사람을 가려내듯 살피면 짐작할 만한 사람이 있
을 것이다. 덕수궁은 탑골공원처럼 노인이 많이 들어오는 곳은 아
니었다. 미술관에 오거나 데이트를 하러 오는 젊은 사람에 비하면
오히려 수가 적어 쉽게 눈에 띌 수 있었다. 가진 정보 없이 사람을
잘못 찍거나 예단했다가는 오히려 일을 그르치고 말 것이다. 만나
기로 한 준명당에서 A에게 접근하기 전 짧은 시간이라도 그 사람이
정말 맞는지 아닌지 관찰할 기회를 갖는 것이 중요했다.

앞서 받은 문자로 A가 입장할 비슷한 시간대에 들어오는 사람들
가운데 햇볕 때문인지 챙이 조금 넓은 중절모를 쓴 한 사람이 눈에
들어왔다. 회색 바지에 흰 남방을 입은 모습이 노인치고는 조금 호
리호리한 몸매여도 체구가 작게 느껴지지 않았다. 허리와 등이 꼿
꼿한 데다가 전체적으로 기름져 보이는 부분도 없어 나이를 품격 있
게 먹은 노인 같아 보였다. 실제 나이도 일흔이 훨씬 넘어 보였다.

'저 사람인가?'

준명당 앞에서 한 차례 더 확인하는 절차가 있을 것이다. 그것까지 확인하여 저 사람이라 하더라도 가장 중요한 것은 만난 다음의 일이었다. 그동안 인간적으로, 혹은 둘만 아는 특별한 관계로 매우 내밀했던 가사 도우미의 남편이 접근하는 것을 과연 허락할지가 관건이었다. 그것만 허락한다면 그다음에 해야 할 말들은 박인수의 머릿속에 다 정리되어 있었다.

중절모의 노인은 빠르지도 느리지도 않은 걸음으로 두 개의 석조전과 분수대 사이를 지나 준명당 쪽으로 걸어갔다. 오후 네 시여도 하지를 2주 앞둔 6월 폭양이 덕수궁의 길바닥을 가루가 되도록 하얗게 부숴냈다. 박인수는 멀찍이서 뒤따르듯 걸었다. 중절모의 노인은 궁궐 입구에서부터 준명당 앞까지 걸어가는 동안 혹시 아내가 나와 있는지 찾아보기 위해서라도 왔던 길을 돌아보거나 흘깃흘깃 둘레를 둘러볼 만한데도 그러지 않았다. 중화문을 지날 때 문 안쪽의 품계석을 비스듬한 시선으로 오래 바라본 것과 미술관 앞을 지나며 건물에 드리운 전시회 안내문을 쳐다본 것과 역사관 앞을 지나며 건물 계단 쪽을 바라본 것이 전부였다. 예전에 무얼 하던 사람이었을까. 저절로 궁금증이 일었다.

중절모의 노인은 빠르지도 느리지도 않은 걸음으로 준명당 앞에 이르러서야 사람을 찾듯 좌우를 살피며 두리번거렸다. 그 동작도 여러 번 반복하지 않았다. 찾는 사람이 보이지 않자 노인은 주머니에서 핸드폰을 꺼내 문자를 입력했다.

'준명당 앞인데 어디 있는가..'

그 문자가 그대로 박인수의 핸드폰으로 연결되었다. 준명당에 도착한 것은 3시 58분이었고, 문자를 보내온 것은 4시 01분이었다. 입구에서부터 뒤따라오며 짐작한 대로 중절모를 쓴 노인이 A인 것이 분명했다. 약속한 사람이 나타나지 않아도 여기까지 온 사람이 금방 돌아서지는 않을 것이다. 박인수는 거듭 호흡을 가다듬었다. 일단 사람을 불러내는 데까지는 성공한 셈이었다. A는 준명당과 통로가 연결되어 있는 즉조당 쪽으로 걸어갔다가 다시 준명당 쪽으로 되돌아와 모자를 벗어 부채처럼 부쳤다. 가뜩이나 가문 날씨로 아직하지가 열흘도 넘게 남았는데 서울의 낮 기온이 30도를 웃돌고 있었다. 머리가 빠져서 쓰는 모자가 아니라 햇빛을 가리기 위해 쓰는모자인 듯 A의 머리는 40보쯤 거리에서 보기에 약간 반백을 띨 뿐머리카락이 빠진 것처럼 보이지는 않았다. A는 모자를 다시 머리에얹고 준명당 앞에서 두 번째 문자를 보내왔다.

'덕수궁에 오지 않았는가..'

4시 6분이었다. 박인수는 자신이 언제쯤 저 사람 앞으로 나가야할지 분주히 계산했다. 준명당에서 받은 첫 문자 이후 최소한 10분은 지난 다음 나설 생각이었다. A가 도착한 다음 기다렸다는 듯이나서면 처음부터 그러자고 유인한 것이 바로 노출될 것이다. 오전에처음 받은 문자 이후 답신을 하지 않는 것도 그래서였다. 이곳에서 답신하면 아내 역시 덕수궁에 나와 문자를 한 것이 되는데, 문자를 한 아내는 나오지 않고 자신이 나서면 바로 속았다는 느낌이 들 것이다. 아내는 피치 못할 사정으로 이곳으로 오지 못하고, 그런 아내의 사정과 아내가 전하는 말을 가지고 자신이 온 것처럼 일단 접근한 다음 추후 상황을 보아 이야기를 진전시키는 게 좋겠다고 생각했다. 그는 아내가 목숨을 버리던 날 아내의 통장으로 1천만 원을 입금한 사람이었다. 우선 A에게 그 돈이 어떤 사연을 가진 돈인지 얘기를 들어야 했다.

박인수가 마지막 점검처럼 그런 생각을 하는 동안 A는 핸드폰을 열어 한참 내려다보다가 주머니에 넣고 준명당 건물 동편 쪽으로 돌아갔다. 방금 A가 서 있던 자리는 준명당 건물 뒤쪽이고, A가 돌아들어간 반대편이 건물 앞쪽이었다. 마당도 그쪽이 훨씬 넓었다.

A가 다시 건물 뒤쪽으로 모습을 드러낸 것은 잠시 전 건물을 돌아갔던 쪽으로 되돌아 나와서가 아니라 준명당과 비슷한 규모로 나란히 연결된 즉조당 쪽으로 한 바퀴 돌아서였다. 준명당도 즉조당도 앞쪽으로는 그늘이 들고 뒤쪽으로는 서쪽의 해를 정면으로 받고 있었다. A는 자신이 처음 왔던 건물 뒤쪽에도 약속한 사람이 없자 다시 핸드폰을 꺼내 들었다.

'어떻게 된 건가.. 사람도 없고 문자도 안 받으니 답답하네..'

4시 11분이었다. 박인수는 조금 더 기다리기로 했다. 그의 애를 태우자는 게 아니었다. 만날 약속을 한 사람이 아닌 누구라도 와

160

서 어찌 된 영문인지 설명이라도 해줬으면 싶은 때를 기다리는 것이었다. 한 시간이나 두 시간을 기다려야 하는 것도 아니었다. 10분이 빠르다면 15분에서 20분 전후였고, 그것이 또 길어지면 그때는 병 속에 오래 갇혀 있던 거인처럼 오히려 화가 치밀 수 있었다. 어떤 일에도 적당한 때라는 게 있었다. 입구에서 준명당까지 오는 6분 동안 허리를 꼿꼿하게 세우고 걷던 A가 이대로 약속이 어긋나 허탕 치는 게 아닌가 싶어 안절부절못할 때 나설 생각이었다.

◊

4시 19분.

A가 준명당에 도착한 것으로부터는 21분이 지나고, 첫 문자를 보낸 시간으로부터는 18분이 지났다. 박인수는 바로 지금이 자신이 나설 타이밍이라고 생각했다. 시간이 그만큼 흘렀다는 것이 아니라 A가 들고 있던 핸드폰에 다시 문자를 입력하려고 덮개를 열고 고개를 숙일 때였다. 박인수는 역사관 화단 뒤쪽 나무에 몸을 가리고 섰다가 조심스럽게 준명당 쪽으로 다가갔다. A는 누가 다가오는지도 모른 채 햇빛을 등지고 문자를 입력하고 있었다.

"안녕하세요? 죄송하지만 혹시 채수인 씨를 만나러 오신 분이 아닌지요?"

"그, 그런데요."

박인수가 인사를 하고 문자 A는 당황하며 바로 경계심을 나타냈다. 놀라서 누구냐고 묻지도 못했다.

"저는 채수인의 남편입니다. 전할 말씀과 감사 인사를 드릴 게 있어서 아내 대신 나왔습니다."

박인수는 거듭 정중하게 고개를 숙여 인사했다.

"애기 엄마는 어쩌고 남편이⋯⋯."

여전히 경계하면서도 '감사 인사'라는 말에 A의 얼굴이 처음 놀라움보다 많이 진정된 모습을 보였다. 경계심을 좀 더 해제시키고 누그러뜨릴 필요가 있었다. 박인수에게 이 사람은 아내에게 그런 일이 생기기 전까지 서로 존재를 몰랐던 사람이었다. 그건 이 사람도 마찬가지였다.

"놀라게 해드려 죄송합니다. 허락해주시면 자초지종을 말씀드리겠습니다."

박인수는 다시 한번 양해를 구하듯 고개를 숙였다. 서로 몰랐던 사람으로서 접근하거나 만나기가 어려웠던 거지 막상 만나 본론으로 들어가면 물어야 할 말도 많지 않았고, 들어야 할 말도 길지 않았다. 어떤 이유로 입금한 돈인가? 속이지만 않고 말한다면 그 안에 아내와 A, 두 사람의 관계가 다 들어 있었다. 그렇다고 바로 본론을 꺼낼 수는 없었다.

"아내는 지금 병원에서 돌아와 집에서 요양을 하고 있습니다."

차마 목숨을 버렸다고 말하지 못했다. 그러면 이 사람은 처음처럼 다시 경계 태세로 돌아가 입을 다물어버릴 것이다. 그간 이 사람에게는 문자로 도우미 일을 나가지 못한 이유를 몸이 이상해 병원에 다녀와서라고 말했다. 그가 몸이 이상하다는 게 무슨 뜻인지 알아듣지 못하는 것 같아 '임신 기운이 있어서요'라고, 그게 당신 때문이 아니냐고 이유를 구체적으로 말해주었다. 이 사람도 그때의 대화를 기억하고 있었다.

"아이를 가졌다고 하지 않았소?"

"예, 그 일 때문에……"

많이 비스듬해지기는 해도 여전히 기세를 누그러뜨리지 않은 6월 오후의 햇볕이 두 사람을 정면으로 비추고 있었다. 박인수는 A를 준명당 건물 반대편 그늘 쪽으로 이끌었다. 그곳에 마주 보지 않고 나란히 앉을 돌계단이 있었다. A가 먼저 앉으며 박인수에게도 자리를 권했다.

"애기 엄마가 우리 집에 일을 나온 건 남편도 아실 테고, 나는 지금 이게 뭐가 뭔지…… 대체 어떻게 된 거요?"

A는 아내가 나오기로 한 자리에 남편이 나온 지금 이 상황에 대해 영문을 모르겠다는 얼굴을 했다. 박인수는 밤새 준비하고 연습한 거짓말을 했다.

"저희에게는 열여덟과 열일곱 살짜리 연년생 남매가 있습니다. 아내가 최근 뒤늦게 임신을 했는데, 위에 아이들을 보더라도 낳을 처지가 아니니 제가 없는 사이에 아내 혼자 아이를 떼려고 이상한 약을 썼나봅니다. 그게 잘못되어 병원에 실려 가서 위를 세척하고 응급조치를 받았는데 아내는 지금 청력이 떨어져 누구의 말을 잘 듣지도 못하고 말도 어눌하게 겨우 하는 정도입니다."

"저런. 전화로 통화는 할 수 없고 문자만 할 수 있다고 해서 무슨 일인가 했는데, 지금 건강은 어떻소?"

"집안에서 일상생활은 하지만, 청력이 떨어지고 말이 어눌해져 혼자서는 밖에 나가기가 좀 어렵습니다."

"몰랐더니 그런 일이 있었구려."

"그렇다 하더라도 선생님께는 그간 고마운 일도 있고, 한 번 뵙기는 해야 하는데 여기 덕수궁은 저희가 자주 다녔던 곳이기는 하지만 몸이 그러니 오가는 게 쉽지도 않고 해서 저보고 함께 가달라고 했습니다."

"그러면 같이 오지 않고……."

"막상 나오려고 하니 선생님과 얘기를 나누어도 듣지도 못하고 말도 제대로 하지 못하는 걸 보이기 싫다고 저만 대신 가서 고맙다고 말해달라고 했습니다. 일하러 다니며 다른 곳에는 미안한 게 없지만, 선생님 댁에는 많이 미안하고 또 선생님께 많이 고맙다고 했습니다."

이 말도 어제 많이 준비하고 연습한 말이었다.

"고맙기로 말하면 나도 애기 엄마한테 의지한 게 많고 고마운 게 많다오."

"선생님께서 주신 게 너무 큰돈이라 제가 무슨 돈이냐고 오해도 하고 그랬습니다."

박인수는 조심스럽게 옆에 앉은 A가 아내의 통장으로 입금한 돈 이야기를 꺼냈다.

"모르면 그럴 수도 있겠지만, 오해가 생길 만한 일은 아니오."

"그렇지만 그냥 주시기엔 큰돈이라 선생님을 뵈니 직접 듣고 싶은 마음도 있고 그렇습니다."

"부부 사이에 그런 걸로 오해가 있으면 안 될 일 아니겠소. 그리고 내 입장에서도 돈을 주고 오해를 사면 안 되는 일 아니겠소."

A는 처음 바라보았던 느낌대로 꼿꼿한 신사로서 자신의 평정심을 되찾아가는 듯했다.

"애기 엄마 얘기도 그렇지만, 듣고 보니 그 얘기부터 해야겠구려. 그 돈이 어떻게 간 것인지 내 얘기를 들어보려오?"

"예. 말씀해주시면 티끌 없이 이해하겠습니다."

이 말은 노교수가 즐겨 쓰던 말이었다.

"이거야말로 시작부터 오해를 살 일인지는 모르겠으나, 내가 여기에 가족도 없이 혼자 사는 건 아오?"

박인수로서는 당연히 처음 듣는 얘기였다. 아내는 특별한 일 아니면 일하러 다니는 곳의 얘기를 잘 하지 않았다. 도우미 회사의 당부가 아니더라도 그랬다. 그게 그쪽 일을 오래 한 사람들의 불문율 같은 것이었다. 특히나 오해의 소지가 있는 부분에 대해서는 더욱 그랬다.

"나는 직장생활을 시작할 때부터 퇴직할 때까지 외국계 은행에서 일했다오. 퇴직 후엔 그걸 경력으로 한국 기업들의 재무 컨설팅을 했어요. 젊을 때는 미국 본사에 근무하고 한국 지사가 만들어지면서 여기 와서 죽 근무했는데, 아이들은 나중에 국적을 그쪽으로 선택해 거기 사람이 되었다오. 정작 아이들이 공부할 때는 기러기가 뭔지 모르고 살았는데 다 자라 결혼한 다음 아내가 거기 아이들의 살림과 손주를 봐주러 가면서 황혼의 기러기가 된 거라오. 나는 가봐야 할 일이 없으니 환영받을 몸도 아니고 자유롭지도 않으니 그냥 여기 혼자 있는 거지요."

그런 얘기도 박인수는 신문과 방송에서나 보고 듣던 것이었다.

"애기 엄마가 우리 집에 온 게 2년 가까이 되는데, 사실 우리 집에는 애기 엄마 말고도 예전부터 오는 사람이 한 사람 더 있어요. 애기 엄마는 월요일과 금요일에 와서 다음 올 때까지 먹는 걸 챙겨주고 가고, 아내 사촌 동생이 아내가 저쪽으로 가면서부터 중간에 한 번씩 와서 청소와 세탁을 하고 가는데 사실 사촌 동생의 출입은 내게 그리 편하지 않다오. 나이도 이젠 일흔 가까이 되다 보니 저도 그렇고 나도 그렇고 혼자 사는 늙은이를 돕는다기보다 아내가 떠난 다음 이 사람이 어떻게 지내나 매주 그냥 보러오는 정도지요."

그것도 박인수가 처음 안 일이었다. 박인수는 월요일에만 아내가 노부부가 사는 집으로 일하러 가는 줄 알았다. 일주일에 두 번 나가면서 한 번 나가는 것처럼 말했던 것이 아니라 그런 걸 서로 신경 쓰지 않고 살았다. 아내에게 그런 일이 있는 다음 A의 문자가 월요일만이 아니라 금요일에도 왔던 이유가 따로 있었던 것이다.

"나는 애기 엄마한테 생활에 의지하는 게 많아도 그쪽 집에 대해서는 아는 게 거의 없다오. 그래도 오래 일하다 보면 서로 얘기를 하지 않아도 사람을 겪으며 알게 되는 게 있지 않겠소. 나는 지금도 남편인 애기 아버지에 대해서는 무슨 동물 일을 한다는 거 말고는 잘 모른다오. 이제 사람을 만나니 묻소만, 무슨 일을 하시오?"

"과학관 같은 곳에, 또 자연사 박물관 같은 곳에 전시하는 동물 표본을 제작하고 사후 관리하는 일을 하고 있습니다."

박인수는 미리 준비해온 명함을 꺼낼까 하다가 이 사람에게 아내의 전화번호가 아닌 자신의 전화번호를 새로 알려주는 것이 나중

일을 생각하더라도 그다지 필요하지 않다고 판단해 명함을 꺼내지 않았다.

"그렇지만 애기 엄마 동생들에 대해서는 조금 안다오. 몇 번 듣다 보니 이름이 수정이 수종이인 것도 알고……."

박인수는 그건 어떻게 아느냐고 묻지 않고 가만히 듣기만 했다.

"내가 형제간에 없는 애기로 싸움을 붙이려는 게 아니라 집안일 이니 애기 아버지가 나보다 더 잘 알고 있는 일이라 여기고 애기하 는 거라오. 애기 엄마가 우리 집에 거의 마지막 왔을 때였어요. 우리 집에 올 때만 전화하는 건 아니겠지만 그 무렵 남동생이 자주 전화했어요. 그러고 나면 여동생도 그 일로 전화를 하는 것 같고, 또 그러고 나면 집안 사정을 드러낸 거 같아 애기 엄마는 나한테 그걸 신경 쓰는 것 같고. 아무튼 그런 일이 몇 번 있었어요. 일할 때 내가 집에 있기도 하고 없기도 하는데, 우리 집에 오던 마지막 날은 옆에서 보기가 딱할 정도였다오. 전화를 안 받으면 안 받는 대로 계속 그러고, 받으면 급전 애기를 하는 것 같고. 아마 이쪽 일하는 데로 찾아오겠다고 말하는 것 같았어요. 그 무렵 나는 나대로 애기 엄마에게 따로 부탁할 일이 있었는데, 부엌에서 돌아서서 우는 모습을 보니 마음이 영 좋지 않았어요. 나설 일도 아니고 해서 짐짓 모른 체하다가 돌아가기 전에 돈이 필요하면 내가 얼마간 변통해줄 수도 있고, 그 말이 이상하게 들리면 안 될 거 같아 수요일마다 오던 사촌 처제가 허리가 좋지 않아 이제 올 사람이 없는데 새로 사람을 부르기보다 그 일까지 맡아서 해주면 비용을 미리 줄 수 있다고 했어요. 애기 엄마는 일을 더 나오더라도 돈을 미리 받는 건 자신이 편하게 일을 다닐 수 없다고, 괜찮다고 했어요."

그건 아내의 성격대로였다. 아내가 동생들에게 남긴 유서 얘기로
도 그랬다.

"며칠 있다가 애기 엄마가 전화를 했는데, 이제까지는 한 번도
일을 안 나온 적도 없고, 내게 따로 전화할 일도 없는 사람이 전화
해서 이제는 일을 나올 수 없게 되었다고, 그동안 고마웠다고 안녕
히 계시라고 하면서 우는데 짚이는 게 며칠 전의 일이었다오. 그래
서 내가 다시 부탁했어요. 지금 아내의 사촌까지 저런 지경이라 자
네가 오지 않으면 처음부터 사람을 다시 다 바꾸어야 하는데, 사람
바꾸는 일이 쉽지 않을뿐더러 바꾼다 해도 서로 마음에 안 들면 또
바꾸어야 하고, 사람끼리 적응하는 시간도 있어야 하는데 누가 온
들 내가 지금처럼 편하겠느냐, 나는 이제까지 집에 일하러 온 사람
가운데 자네가 제일 편해 수요일 일까지 부탁하려던 참인데 이러면
어떻게 하느냐고 오히려 사정을 했어요. 나는 아내가 떠난 다음에
도 바깥에 다니며 돈 버는 일만 했지 혼자 사는 살림도 이제까지 남
의 손에 맡겨 당장 내일부터라도 끼니 준비가 되어 있어야 하는데
자네가 일주일에 세 번 와주고, 내가 추가로 그 돈을 지금 선불로 넣
어주겠다고 했어요. 애기 엄마는 그러지 말라고, 그렇게 해도 나갈
수가 없다고 이 전화가 마지막이라고 했지만, 나는 그렇게라도 해서
애기 엄마를 붙잡고 싶었다오. 그러면 부담 때문에라도 나올 줄 알
고 그랬던 건데, 지금 얘기를 들으니 집에서 여러 일이 있었구려."

"아내가 선생님께 그런 전화를 드린 것은 이상한 약을 쓰기 전인
것 같고, 통장을 보니 입금자 이름 없이 아내가 스스로 입금한 것처

럼 되어 있어서 저는 그건 또 무슨 일인가 했습니다."

"그건 내가 금융 일을 오래 하는 동안 생긴 버릇이라오. 나쁜 쓰임새가 아니더라도 개인 간에 돈이 오간 흔적을 안 남기려다 보니 애기 엄마한테뿐 아니라 누구한테라도 꼭 입금 증거를 남겨야 할 거래가 아니면 조금 불편해도 그렇게 하고 있다오. 그렇다고 구리게 산다는 뜻은 아니오. 그게 어떤 일이 있을 때 나중에라도 아내가 보든 누가 보든 쓸데없는 오해를 만들지 않는다는 거지요."

그 대목에서 박인수는 자신이 수첩에 적은 '용의주도함'을 다시 한번 떠올렸다.

"그 돈을 어떻게…… 돌려드릴까요?"

"아니, 그럴 것 없소."

그는 가볍게 손을 저었다.

"사람을 붙잡으려고 준 돈이기도 하지만, 그때 마음으로는 사정 딱한 사람 긴한데 쓰라고 준 돈이기도 하다오. 내가 나중에 애기 엄마한테 문자로 대화하면서도 그랬어요. 그 안에 일하러 와달라는 뜻도 있지만, 그건 긴한데 쓰라고 준 거니까 그렇게 쓰면 된다고 말이오. 나는 어느 정도 그럴 여유가 있는 사람이라오. 사람 일은 지나봐야 안다고, 누구에게 그냥 주기에 적은 돈이 아니지만 돌아보면 그래도 될 만큼 내가 애기 엄마한테 받은 도움이 많았어요. 그게 꼭 살림 도움만은 아니라오. 어떻게 보면 그저 일주일에 두 번 일하러 오는 사람이지만, 식구가 다 떠나 혼자 사는 사람이 사람에게 받는 위로와 위안이라는 게 있지 않겠소. 거기에 먹고 사는 살림까지 그런 게 불편하지 않아야 하는데, 몇 달 사이 일하러 오는 사람은 여

169

전히 이 사람 저 사람이고, 오늘 애기 엄마를 만나면 다시 부탁하려고 했다오. 그래서 준비한 건데 이건……"

A는 돌계단에 앉았다가 잠시 일어서며 주머니에서 봉투 하나를 꺼냈다.

"지금 애기를 들으니 애기 엄마 건강이 안 좋은 것 같은데, 이건 내가 오늘 애기 엄마를 만나면 다시 우리 집에 와달라고 부탁하면서 주려고 했던 거라오. 애기 아버지가 받아가서 애기 엄마에게 건강하길 바라는 내 마음이라고 전해주면 좋겠어요."

나이 든 신사는 완전히 평상심을 찾아가고, 그 옆에 앉아 신사가 내미는 봉투를 받을 수도 내칠 수도 없는 처지의 박인수는 이러지도 저러지도 못한 채 그저 울고 싶은 심정이었다. 아내를 생각해도 그랬고, 지금 이 자리에 와 있는 자신의 모습을 보더라도 그랬다. 아내가 사용한 임신 테스트기의 일이 완전히 규명될 거라고 기대하고 나온 건 아니지만, 지금 마음은 모든 일이 더 꼬이고 만듯한 기분이었다.

"어차피 주려고 가지고 나온 돈인데 지금 받지 않으면 내가 다시 통장에 넣게 되지요. 그러는 것보다 애기 아버지가 좋은 마음으로 받아가서 애기 엄마에게 전해줘요. 그게 나중에 내가 통장에 넣는 것보다 모양이 좋지 않겠소?"

그 소리까지 듣자 어쩔 수 없는 상황에서도 손을 내밀지 않을 수 없었다. 아내만 세상에서 사라진 것이 아니라 아내의 통장도 이미 사라지고 없었다. 지금 받지 않아 나중에 이 사람이 통장에 입금할 때를 생각하니 갑자기 머리끝이 쭈뼛 서는 기분이었다.

'이 통장은 주인의 사망으로 말소되어 더 이상 사용할 수 없는 통장입니다.'

설마 그런 안내야 나오지 않겠지만, 그런 기계음이 그대로 박인수의 귓속에 들리는 듯했다. 거절하면 그걸로 이 사람에게 아내의 죽음을 알리는 꼴이 되었다. 끝내 이름조차 물어보지 못한 노신사가 먼저 일어서고, 그 자리에 박인수는 해가 질 때까지 앉아 있었다. 정말 아무 말도 하지 못하는 아내가 집에서 그가 오기를 기다리고 있는 것 같은 마음이었다.

◇

저녁 늦게 집으로 돌아와 박인수는 아내의 핸드폰으로 A에게 문자를 보냈다.

'너무 고맙고 너무 죄송해요 앞으로 뵙지 못하더라도 늘 건강하고 행복하세요'

A에게서도 문자가 왔다.

'자네도 얼른 회복하여 건강하시게.. 나도 그간 많이 고마웠네..'

잠시 후 한 줄 더 문자가 왔다.

'회복하면 꼭 연락하시게..'

이제 남은 것은 B였다.
대체 그는 어떤 사람인지.

◊

한동안 연락이 뜸하던 처제가 전화를 걸어온 것은 1년 중 해가
가장 긴 하짓날이었다. 모든 일은 순서대로 일어나고, 또 한꺼번에
몰려서 일어나기도 한다. 한꺼번에 몰려서 일어나는 일도 따지고 보
면 그 안에 어떤 질서와도 같은 순서가 있다. 동물 표본제작소 뒷마
당에 피는 꽃을 보아도 그랬다. 주황색 원추리꽃 아래로 비비추꽃
이 하얗게 피어났다. 울타리 아래쪽으로 분홍조팝나무꽃도 푸른
잎사귀 사이로 땅에서 보석이 돋아나듯 피어나기 시작했다. 도시
언저리에서 그래도 뒤뜰 때문에 계절을 보고 살았다.

그날도 사파리의 여자가 표본제작소로 늦은 출근을 하듯 나와
박인수와 함께 경주마의 박제 폼을 만들어나갔다. 사파리의 여자
는 일주일에 네 번은 나왔다. 종일 표본제작소에 있다가 가는 날도
있고, 몇 시간 짬을 내서 나왔다가 가는 날도 있었다. 길이를 실물
의 10분의 1로 줄인 박제 모형 마케트도 조각가답게 왼쪽 앞발을
약간 구부리고 서 있는 말의 모습으로 날렵하게 만들어왔다. 주인
과 의뢰자의 차이처럼 그녀는 작은 마케트에조차 자기 작품의 사인
을 하듯 오른쪽 엉덩이에 N자와 왕관을 그렸다. 박인수는 여자에

게 기념으로 마케트에 색칠을 하여 잘 보관하라고 말했다. 박인수는 여자와의 경쟁을 피하기 위해서가 아니라 박제 완성품 모형은 해외에 나가서까지 조각을 공부한 여자가 만드니까 자신은 이번 기회에 가죽 속에 들어갈 몸체를 마케트로 만들어보았다. 같은 듯해도 귀도 없고 갈기도 없는 말의 몸뚱이라 많이 달랐다. 그것의 차이를 비교하는 것도 함께 박제 폼을 깎아나가는 공정에서 의미가 있을 거라고 생각했다.

박제 폼을 제작해나가는 과정 역시 둘이 함께했지만 주 작업자는 박인수였고, 사파리 여자는 보조 작업자였다. 아무리 조각 전공자라 하여도 그 일은 조각을 하는 것과 비슷한 일이지 조각을 하는 것은 아니었다. 말의 두개골을 만들어가는 과정은 더 그랬다. 그래도 박인수는 사파리의 여자를 주 작업자처럼 대하고 자신은 그녀의 박제 마네킹 제작을 돕는 보조자처럼 전체 과정에 그녀의 손길이 가게 했다. 그래야 여자도 박제품이 완성된 뒤 소유자로서만이 아니라 제작자로서 애정이 깊어질 것이다. 표본제작소에 나와 작업을 할 때면 여자는 마치 정육점에서 일하는 사람처럼 붉은 비닐 커버의 앞치마를 두르고 머리를 뒤로 틀어 질끈 묶은 다음 방진 마스크를 썼다. 앞치마엔 언제라도 꺼내 쓸 수 있는 작은 칼과 조각도와 무언가를 갈아낼 때 쓰는 줄이 꽂혀 있었다.

"제가 여기 나와서 작업하며 참 여러 가지를 배우네요."

말의 두개골 모형을 조각도로 깎아내며 여자가 말했다. 특히나 모형 작업을 할 때면 먼지가 많이 날려 한여름에도 방진 마스크를 쓰지 않을 수 없었다.

"어떤 걸 말인가요?"

"마케트를 만들 때도 그랬지만, 그냥 동물 조각을 하는 것과 겉에 가죽을 씌울 마네킹을 만드는 일이 많이 다르다는 걸 말이죠."

"그런가요? 저는 조각을 해보지 않아서 거기까지는 잘 모르겠습니다."

"이를테면 지금처럼 이렇게 말을 대상으로 작업한다고 할 때 조각은 그게 돌로 하든 청동으로 하든 시작부터 말의 윤곽이 어슴푸레 나오고 작업을 해나갈수록 점점 확실해지거든요. 박제 마네킹의 두개골은 말의 이목구비를 다 빼고 가죽 안에 들어갈 골격만 만들다 보니 이게 말의 얼굴인지 얼굴이 긴 다른 동물의 모습인지 구분할 수가 없어요. 목덜미 작업도 조각은 갈기의 특징을 조금 과장해서 살려나가는데 이건 사슴 목덜미처럼 미끈하게 만드니 크기 말고는 말인지 사슴인지도 구분하기 어렵네요."

"박제 일을 처음 하면 그 동물이 살았을 때의 모습과 가죽을 벗긴 다음의 모습이 너무 다른 게 제일 이상하지요. 특히나 뿔이 있는 동물의 경우 전혀 다른 동물 같아 내가 이런 동물의 가죽을 벗겼나, 하고 오히려 당황스러울 정도지요. 살아 있는 사자와 호랑이의 얼굴을 구분하지 못하는 사람은 없지만, 사자와 호랑이의 두개골을 구분할 수 있는 사람도 거의 없지요."

"선생님은요?"

"저는 예전에 우리 선생님을 도와 호랑이 박제를 해봤으니까 두 동물의 이마에서 코로 흐르는 선과 턱선의 차이를 알지요."

"인체 조각을 할 때 그걸 표현하든 않든 겉만 보지 말고 속의 근육을 보라는 말을 많이 하는데, 박제야말로 해부학을 모르면 할 수 없겠다는 생각이 들어요."

"해부는 박제에서만 그런 것이 아니라, 이건 좀 다른 얘긴데, 예전에도 흉기를 다룬 방법이 끔찍하면서도 정교하면 인체 해부를 모르면 저지를 수 없는 범행이라고 박제사들을 의심하곤 했답니다."

"그런 사건도 있었나요?"

"우리나라는 아니고, 박제 역사가 긴 외국의 얘기인데 들으면 끔찍하죠. 마주님 지금 하는 목덜미 작업 오늘 다 끝낼 수 있겠어요?"

"선생님."

여자는 말의 갈기 쪽 목덜미를 조각도로 깎아내던 손을 멈추고 박인수를 불렀다.

"왜요?"

"저 보기보다 세요. 어떤 얘기도 괜찮아요."

"끔찍도 하지만, 말하는 것도 듣는 것도 흉측해서요."

"저는요 선생님. 서른한 살에 사파리를 맡은 다음 결혼도 안 한 사람한테 애마부인, 애마부인, 하고 수군거리는 소리도 한 귀로 듣고 한 귀로 흘려버릴 만큼 비위도 좋아요."

"그런가요. 100년도 전에 영국에서 그랬답니다. 몇 달 사이에 다섯 명의 여자가, 이 여자들이 모두 거리의 매춘부들인데 연달아 살해되는 사건이 발생했답니다. 하나같이 목과 배를 구분하듯 토막내 자르고, 배 속의 장기를 꺼내 그걸 표본 전시하듯 시신 주변에 늘어놓았답니다. 삽시간에 끔찍한 소문이 돌자 당시 여왕까지 나서서 이런 식으로 범인을 찾아내라 하고 수사 방법에 대한 지시까지

내렸답니다. 그래도 잡히지 않자 나중에는 너희가 제일 의심스럽다고 런던의 박제사들을 줄줄이 잡아가 조사했던 거지요. 너희가 아니면 이렇게 칼을 잘 쓰고 인체를 잘 아는 엽기적 범죄를 저지를 사람이 없다고 말이죠."

"세상에……."

"박제사라는 건 그런 직업이죠. 그게 그 시대만이 아니라 오늘날에도 거의 비슷하다는 거지요. 혹시 〈양들의 침묵〉이라는 영화 보셨어요?"

"예. 제가 어릴 때 나온 영화라 나중에 내려받아서요."

"거기에 나오는 엽기적인 범인도 박제사지요. 사람 피부로 바느질 자리 없는 옷을 만들어 입기 위해 몸집이 큰 여자를 납치하지요."

"아, 그래서 몸집 큰 여자를……."

여자가 얼굴을 찡그리며 맞아요, 하는 표정을 지을 때 박인수의 바지 속 핸드폰이 부르르, 하고 허벅지를 흔들었다. 박인수는 여자의 시선을 피해 핸드폰을 꺼냈다. 처제였다.

"여보세요."

기척을 하기 무섭게 형부, 하고 처제가 다시 박인수를 불렀다.

"무슨 일이야?"

—형부.

처제는 한 번 더 그를 불렀다.

"말해. 무슨 일인지."

—수종이가 거기 갔어요?

처남 얘기였다.

"여기?"

—거기 작업실에도 가고, 집에도요.

"아니, 안 왔는데."

—집에는 애들만 있을 때 갔다 온 모양이네요.

그렇다면 박인수로서는 알 수 없는 일이었다. 그가 집에 있을 때 온 것도 아니고, 아이들에게서도 외삼촌이 왔었다는 얘기를 들은 바가 없었다.

"모르겠는데."

—엊그제 큰누나 집에 갔다 왔대요. 형부는 일요일에도 일해야 할 만큼 바쁜가 보네요.

그 말에 뭔가 가시가 박혀 있는 듯했다. 그날도 박인수는 표본제 작소에 나와 있었다. 하루 종일 같이 있어도 아이들과 별 얘기를 나누지 않았다. 처음에는 의식적으로 더 많이 말을 붙이고는 했는데 아이들의 대답이 점점 짧아지자 나중엔 저절로 일어나거라, 밥 먹자, 그만 자라, 뭐 필요한 건 없니? 하는 말이 하루 대화의 전부가 되었다. 아이들도 뭔가 의도적으로 아버지와의 대화를 피하는 듯했다. 근래 들어서는 더욱 그랬다. 그는 일부러 거실과 방을 자주 왔다 갔다 했지만, 그럴수록 아들은 아버지의 시선을 피하듯 컴퓨터 게임에만 코를 박고 있었고, 딸은 누구도 들어오지 말라는 식으로 제 방에 문을 건 채 들어앉아 있었다. 그렇다고 왜 이렇게 나를 피하느냐고 따져 묻는 것도 이상해 박인수 역시 아이들과 어정쩡한 상태로 거리를 유지했다. 휴일에도 알 수 없는 분위기로 휘감아오는 침묵이 싫어 그가 먼저 집을 나오거나 그가 집에 있으면 아이들이 먼

177

저 집을 나갔다. 그것도 언제부턴가 알게 모르게 아내의 부재를 느끼게 하는 요소 중 하나였다. 마네킹 작업으로 바쁜 것 말고도 그가 토요일과 일요일에조차 집에 있지 않고 표본제작소로 나오는 이유 중 하나이기도 했다.

"처남이 우리 이사한 데는 어떻게 알고?"

—그거야 애기하지 않더라도 알 방법이 있겠죠. 애들 전화번호가 바뀐 것도 아니고. 애들한테 형부가 한번 물어봐요. 외삼촌이 무슨 일로 왔다 갔느냐고.

"궁금하면 처제가 물어보지그래."

—애들한테 전화하니 그냥 외삼촌이 왔다 갔어요, 라고만 대답하네요.

"그럼 그냥 왔다 간 모양이지. 누나도 없는 집에 아이들한테 돈 달라고 왔을 리도 없고.

—형부. 수종이가 언니나 형부한테 잘못한 게 많지만, 형부도 너무 그렇게 말하지 마세요.

"내가 언니 장례식 때 섭섭한 게 있어서 그래."

—그건 알지만요.

"장례식엔 왜 안 왔대?"

—너무 죄송해서 그랬대요. 애가 언니가 가기 전날과 가던 날에도 언니한테 돈을 해달라고 졸랐는가 봐요. 나한테도 그렇고요. 언니가 그랬대요. 너 자꾸 이러면 내가 힘들어 죽어버리고 만다고. 그러고 나서 바로 그런 일이 있으니 큰누나가 잘못된 게 자기 때문인 것 같아 장례식장에도 오지 못하고, 전화도 받지 못했대요.

처제의 말에 박인수는 지난번에 덕수궁에 나가서 만나고 온 A의 말이 떠올랐다. 아내에게 그런 일이 있을 무렵 처남이 돈 때문에 아내를 많이 졸랐고, 그 일로 아내가 숨어 울듯 그의 시선을 피해 돌아서서 울었다고 했다.

—형부.

이번엔 처제가 조금 나직한 목소리로 그를 불렀다.

"왜?"

—이건 그냥 궁금해서 묻는 건데, 형부 작업실에 여자가 드나들어요?

그건 뜻밖의 질문이었다. 사파리의 여자가 표본제작소로 나오기 시작한 게 2주 정도밖에 되지 않았다. 그는 출입문 가까이 서서 안쪽 작업대에서 방진 마스크를 쓰고 열심히 사포질을 하다가 이쪽을 바라보고 선 사파리 여자를 잠시 함께 마주 바라보았다. 처제는 작업실에 여자가 있느냐고 묻는 것도 아니고, 드나드느냐고 물었다. 그는 얼른 대답하지 못했다.

—맞는 모양이네요.

처제는 그렇게 단정 지어 말했다. 아까 형부는 일요일에도 일해야 할 만큼 바쁜가 보네요, 하고 가시가 박힌 듯 말한 게 바로 여자가 드나들어서 일요일에도 표본제작소로 나가는 게 아니냐는 뜻이었다. 대화의 당사자인 여자 앞에서 변명할 거리도 아니어서 그는 출입문을 열고 밖으로 나왔다. 오후 3시여도 해는 하늘 한가운데에 있는 듯했고, 더운 바람이 훅, 하고 얼굴에 끼쳐왔다.

"사람이 오는 건 맞는데, 그건 누가 그래?"

─다 알죠. 여기 있어도.

"어떻게 아느냐고."

그는 뒷말에 약간의 감정과 힘을 실어서 물었다.

─왜 저한테 화를 내고 그러세요.

"화를 내는 게 아니라 뜬금없이 하는 얘기니 그렇지."

─뜬금없는 건 아니죠. 지금 형부도 맞다고 하고, 수종이도 엊그제 젊은 여자가 와 있는 걸 봤다고 하고. 그래서 매형 보러 갔다가 작업실에 들어가지 못하고 도로 왔대요.

처남이 아이들만 있는 집에 간 것이 먼저인지 여기에 온 것이 먼저인지는 모르지만, 아무튼 누나의 장례식에도 오지 않았던 처남이 여기 작업실에는 왔었다는 얘기였다. 박인수는 여자에 대해 뭔가 설명하려다가 그러고 나면 귀를 닫고 있는 사람들에게 오히려 변명처럼 들릴까 싶어 더 말하지 않았다. 아내가 죽은 다음 그다지 살갑지도 않은 처남이나 처제에게 그런 말을 하는 것도 구차하다는 생각이 들었다.

"처남은 여긴 왜 왔대?"

─왜 갔는지를 모르니 내가 형부한테 묻는 거죠.

그냥 오지는 않았을 것이다. 죄송하다고 사과하기 위해 오지도 않았을 것이다. 다른 목적이 있을 것이다. 아는 사람이 있다면 오히려 묻고 싶은 것은 박인수였다. 누나의 장례식에도 오지 않은 처남이 집에는 왜 왔는지, 여기는 또 왜 왔는지.

─형부.

다시 처제가, 이번엔 나지막하게 그를 불렀다.

"왜?"

─이제 언니 핸드폰 그만 해지하세요.

"……."

박인수가 대답하지 않자 다시 처제가 말했다.

─가지고 있으면 자꾸 이상한 쪽으로 생각하게 되잖아요.

박인수는 이 말에도 역시 대답하지 않았다. 전화를 끊고 나서야 그는 덕수궁에 나갔다가 온 다음 날 아내의 두 번째 남자에게 자신이 또 한 번 답장 없는 문자를 보냈다는 것에 생각이 미쳤다.

'우리 한 번 봐요'

전화를 하는 동안엔 몰랐는데, 끊고 나서 생각하니 처제의 말 속에 한 가지 이상한 것이 있었다. 보름 사이의 일이지만 전처럼 아직도 언니 핸드폰을 해지하지 않았느냐고 묻지도 않고 인제 그만 해지하라고 한 점이었다. 가지고 있으면 자꾸 이상한 쪽으로 생각하게 된다는 것도 그랬다. 둘 다 그냥 할 수 있는 말이 아니었다. 죽은 아내의 핸드폰을 이용해 자신이 누군가에게 이상한 문자를 보내는 걸 처제가 알고 말하는 것은 아닐까, 하는 의문도 들었다. 그거야말로 있을 수 없는 일이었다. 아내의 핸드폰과 연동되어 있는 것은 자신의 핸드폰밖에 없었다. 그럼에도 처제가 말하는 이상한 쪽으로의 생각이 무언지 절로 고개가 갸웃거려지는 부분이었다. 어쩌면 이상한 것은 처제가 아니라 아내와 관련한 일에 지나치게 과민해 있는 자신인지도 몰랐다.

"밖에 덥지 않으세요?"

처제와 통화를 끝낸 다음 이런저런 생각으로 한참 동안 밖에 서 있다가 들어오자 사파리의 여자가 물었다.

"덥긴 하죠. 하지인데."

4시가 되어가는데도 해는 여전히 중천에 떠 있는 듯했다.

'어떻게 지내는지 궁금해요'

문자를 보내도 B에게는 여전히 답이 없었다.

'연락 한 번 주세요'

박인수는 퇴근하기 전 B에게 한 번 더 문자를 보내고 트럭에 올랐다. 라디오에서는 이상하고 재미있는 나라 밖 소식들을 소개하고 있었다. 미국의 경우 죽은 다람쥐나 토끼를 사람 모습으로 의인 박제하여 옷을 입히고 모자를 씌워 인형극에 활용하는데 어린이들에게 인기가 많단다. 또 이런 박제 기술을 가르치는 교실도 호황을 누리고 있다고 했다. 먼 나라 이야기였다.

재미있는 일들만 많은 게 아니라 세상에는 이상한 사건 사고도 많았다. 이어지는 7시 뉴스 내용이었다.

─서울과 의정부를 잇는 국도변 폐방앗간에서 신원을 알 수 없는 사체가 발견되었습니다. 검시 결과 죽은 지 여러 날 되었다고 하는데요, 동물용 근육이완제와 독극물인 신경작용제를 혼합한 약물

에 의해 살해되었다고 합니다. 신경작용제는 몇 년 전 말레이시아 쿠알라룸푸르국제공항에서 김정남이 살해될 때 사용된 것과 비슷한 것으로…….

두 가지 일이 전혀 다른 내용인데도 박인수에게는 그것이 한 가지 일처럼 서로 연결되어 들렸다. 익숙한 단어는 동물 박제와 동물용 근육이완제 정도인데 직업이라는 게 이런 것인가 싶어 박인수는 라디오를 들으며 마른 얼굴을 쓸어내렸다.

◇

별일 없는 날들이 폭양 속에 지나가고 있었다.

두 명의 형사가 동물 표본제작소로 박인수를 찾아온 것은 7월 마지막 주 금요일 오후였다. 여름 가뭄까지 겹친 더위가 염소 뿔이라도 녹일 기세로 대지를 찜통처럼 달구었다. 애초 이곳은 농기계 창고로 쓰던 건물이었다. 지붕만 있고 천장이 없던 건물의 천장을 만들어 위쪽에서 내려오는 뜨겁거나 차가운 공기를 막았다. 벽을 보강하고 칸을 나누어 작업실과 간이부엌이 딸린 숙소로 쓰고 있었다. 동물의 사체를 실은 트럭이 작업실 문턱까지 들어올 수 있는 것도 표본제작소의 쓰임새에 맞게 잘 고쳐서가 아니라 애초 자동차가 건물 안까지 들어오던 농기계 창고를 작업실로 개조한 때문이었다. 지붕과 천장 사이에 단열재 두 겹을 댔어도 위로부터 쏟아지는 열기를 낡은 에어컨 한 대가 겨우 감당해내고 있었다.

그 속에서 박인수와 사파리의 여자가 이제 곧 완성을 앞둔 경주마 박제 폼을 마지막으로 점검하듯 손질했다. 우레탄폼 안에 사각 철제 파이프로 뼈대를 보강한 몸체의 앞부분과 뒷부분을 합체하고, 테니스공을 절반 자른 것처럼 움푹 파인 눈부터 입까지의 길이가 30센티미터나 되는 말의 두개골을 상체의 긴 목과 합체했다. 냉방이 시원치 않아 조금만 기운을 써도 여지없이 땀이 흘렀다. 박인수는 거의 한 달 열흘을 그런 식으로 사파리의 여자와 이 공간에서 보냈다. 박제 폼도 이제 누가 보든 가죽을 벗겨낸 말의 모습을 띠었다. 작업하는 틈틈이 머리는 머리대로 먼저 벗겨낸 가죽과 맞는지, 엉덩이 부분은 어긋남이 없는지 맞추어보곤 했다. 가죽을 완전히 씌워봐야 알지만, 우선 배에서 엉덩이 쪽으로 흐르는 선이 경주마답게 날렵해서 좋았고, 서 있어도 양쪽 엉덩이와 허벅지에 불끈 힘이 들어가 있는 것처럼 제작한 것도 마음에 들었다.

그것은 사파리의 여자가 작업 내내 신경 쓴 부분이었다. 여자도 이곳에 나와서 일하는 한 달 열흘 동안 알게 모르게 변화한 부분이 많았다. 처음 죽은 말을 싣고 왔을 때와 함께 작업할 수 있기를 부탁하러 왔을 때만 해도 말이 등장하는 에로틱한 영화의 주인공까지는 아니라 하더라도 중요한 배역을 담당하는 배우 같은 모습이었다. 그러다 점차 그런 영화 속의 인물보다 작업 앞치마에 방진 마스크를 쓰고 그라인더와 사포로 우레탄폼을 깎아내고 갈아내는 전문 작업자 같은 모습으로 바뀌었다. 몇 시간 온 힘을 쏟아 작업한 다음 마스크를 벗으면 코와 볼에 마스크 자리가 선명하게 새겨졌다. 처음엔 함께 식당에 가서 마주 앉아 식사를 하는 것도 어색해했지만, 지금은 식당도 아닌 표본제작소의 간이부엌에서 대충 끓이거나 주문한 찌개 하나로 함께 식사하면서 입안에 밥을 넣은 채 다음 작업 일정을 의논하는 동료 작업자가 된 느낌이었다.

이따금 불편한 기색을 보이거나 느끼게끔도 했다. 그걸 느끼게 한 처음 질문이 처제의 전화가 온 날 아내에 대해서였다.

"선생님. 저는 작업도 다른 것도 궁금한 게 있으면 참지 못하고 그냥 물어요. 여기서 일하는 동안 앞으로도 그럴 거니까 참고 들어주세요."

"예. 그러십시오."

"선생님 댁에 지금 사모님이 안 계시나요?"

아니라고, 그렇지 않다고, 방금 온 것은 처제의 전화인데 아래로 동생 하나가 있는데 그 동생 때문에 온 전화라고. 그때는 억지로 얼버무리듯 넘겼다. 아직은 가족이나 친인척이 아닌 누구에게도 아내의 부재를 말할 수 없었다. 가장 신경 쓰이는 건 그 말을 전해 듣게 될 노교수였다. 사부와도 같은 교수에게 그것만은 알리고 싶지 않았다.

그러나 표본제작소로 형사가 찾아오던 날은 그럴 수 없었다.

◊

박제 마네킹 작업 막바지에는 칼이나 조각도보다는 그라인더와 사포를 들고 있을 때가 많았다. 미세한 부분을 보다 섬세하게 갈아내야 하는 작업들이 남았다. 박인수는 작업하다 말고 가끔 눈을 들어 한낮의 폭양 속에 오히려 오싹할 정도로 정적인 창밖 풍경을 바라보곤 했다. 한낮의 적요 속에 마을 입구에서 산밑의 마지막 집인 이곳까지 들어오는 길이 보이고, 그 길로 형사들이 탄 승용차가 마당으로 들어왔다. 이곳은 몇 날 며칠 있어도 방문자가 거의 없는 곳이었다. 작업장이지 주거지가 아니어서 한 달에 한 번 나오는 전기요금과 가스요금 고지서 말고는 우편물도 거의 없었다. 이따금 당진 조류연구소와 고객들이 의뢰하는 죽은 조류나 반려동물의 사체가 냉동 상태로 꽁꽁 싸인 채 스티로폼 박스에 담겨 왔다.

경찰이 오는 소리는 마네킹의 살을 갈아내는 그라인더 소리 때문에 잘 듣지 못했다. 손을 멈추고 허리를 폈을 때 그들이 탄 자동차는 이미 자갈이 깔린 마당 안으로 들어와 있었다. 박인수는 쓰고 있던 방진 마스크를 걷어내고 밖으로 나갔다. 그들이 형사라는 것도 나중에 알았다. 베이지색 남방을 입은, 적당히 배가 나온 중키의 사내가 사무적인 목소리로 수고하십니다, 하고 말했다. 첫눈에도 의뢰자같이 보이지는 않아 박인수도 어정쩡한 자세로 어떻게 오셨느냐고 물었다.

"경찰서에서 왔습니다."

감청색 표지의 수첩을 들고 선 흰색 남방을 입은 조금 마른 사내가 자신들은 의정부경찰서 소속의 형사들이라고 말했다. 경찰이라니. 게다가 의정부라니. 그건 좀 뜻밖의 일이었다. 이곳에서 일을 해온 20년 동안 한 번도 경찰의 방문을 받아본 적이 없었다. 흰색 남방은 30대 후반쯤으로 보이고, 뒤에 선 조금 배가 나와 보이는 베이지색 남방은 박인수 또래쯤으로 보였다.

"박인수 씨 맞죠?"

흰색 남방을 입은 사내가 물었다. 잠시 나가 서 있는데도 마당은 무척 덥고 뜨거웠다. 그늘 한 점, 바람 한 점 없었다. 저쪽 길에서 본다면 이쪽의 모습 또한 폭양 아래 적요할 것이다. 문득 그는 어떤 견딤처럼 저 자갈 위에 맨발로 선다면 어떤 기분일까 하고 생각했다. 이들이 왜 왔는지 박인수로서는 전혀 짐작할 수 없었다. 이따금 동물의 사체가 들어와도 노교수의 성격상 불법 박제물로 인기 있는 희귀 거북이나 동남아 등지에서 몰래 들어오는 조류는 없었고, 이제까지 그런 신고도 없었다.

"굉장히 덥군요. 아주 푹푹 찌는데요."

더위를 피해서만이 아니라 작업실 안으로 들어가 보고 싶다는 얘기였다. 무슨 일로 왔는지는 모르나 이들이 가지고 온 용무가 왠지 간단하지는 않을 것 같은 생각이 들었다. 박인수는 두 사람을 작업실로 안내했다.

"이곳은 무얼 하는 뎁니까?"

작업실 안으로 들어와 휘휘 사방을 둘러본 다음 베이지색 남방이 물었다.

"동물 표본을 박제하는 곳입니다."

"아, 박제사라는 얘기는 들었는데, 작업 현장은 처음 보는군요."

"죽은 동물을 살아 있을 때의 모습처럼 다시 꾸며내는 거죠."

"특별한 일을 하시는군요. 직업도 특별하고 하시는 일도 특별하고. 지금 하는 작업은 무언가요?"

"경주마를 박제하기 위해 준비 작업을 하고 있습니다. 가죽을 씌울 마네킹 같은 거요."

박인수가 간단하게 설명했다.

"텔레비전에서만 보다가 옆에서 보니 굉장히 크군요."

"그래서 다른 동식물도 큰 품종 앞에 말자를 붙이죠. 말벌, 말밤, 말나리 같은 식으로."

"그렇군요."

나이든 형사는 여자가 다듬고 있는 경주마 박제 폼을 바라보며 고개를 끄덕였다. 아직 별다른 말은 하지 않았지만 그냥 온 사람들은 아니었다.

"여기는 어떻게 오신 겁니까?"

아무래도 이쪽에서 먼저 묻는 게 낫겠다 싶어 박인수가 베이지색 남방에게 물었다.

"임명호라고 아시죠?"

흰색 남방이 앞으로 나섰다.

임명호?

박인수는 자신이 알고 있는 인물 가운데 그런 이름을 가진 사람이 있는지 머릿속으로 빠르게 스캔하듯 떠올려보았다. 떠오르는 얼굴은 고사하고 전혀 기억에 없는 이름이었다.

"선생의 이름은 박인수이고, 부인이 4개월 전 사망한 채수인 씨 맞지요?"

다시 흰색 남방이 말했다. 그렇다고 대답하지 않을 수 없었다. 예, 하고 대답하며 박인수는 여자 쪽을 바라보았다. 여자도 지금 자신이 바라보고 있는 광경이 어떤 상황인지 열심히 머릿속으로 생각하고 있는 듯했다.

"임명호라고 모르겠어요? 나이는 62세고."

자신보다 스무 살가량 위의 사람으로 다시 떠올려도 처음 듣는 이름이었다. 그는 잘 모르겠다고 대답했다. 기억이 잘 나지 않는 것이 아니라 정말 처음 듣는 이름처럼 생경하게 들렸다.

"그래요?"

이번엔 형사들이 의외라는 얼굴을 했다. 박인수는 이들이 자신을 찾아온 일에 뭔가 착오가 있는 것이 아닐까 생각했다.

"이래도 모르겠어요?"

흰색 남방이 사진 한 장을 내밀었다. 예전 사진인지 62세라는 나이가 믿기지 않는, 50이 조금 넘어 보이는 혈색 좋은 중년 남자의 얼굴이었다.

"저는 잘……."

"부인은 사망했고, 사망한 부인의 핸드폰으로 이 사람과 연락한 적 없나요?"

"아……."

박인수의 입에서 저절로 단말마와 같은 비명이 새어 나왔다.

그렇다면 이 사람이 B란 말인가?

박인수는 한참 동안 말을 못 하고 섰다가 간신히 정신을 차려 물었다.

"이 사람에게 무슨 일이 생긴 건가요?"

"예. 이 사람 지난 6월 25일 집에서 나간 다음 7월 3일 살해된 채 발견되었습니다."

그렇게 한 사람이 당신이냐고 직접 물은 것은 아니지만, 그것이 당신일 수도 있기에 자신들이 여기까지 찾아왔다는 얼굴로 흰색 남방이 사건을 간략하게 설명했다.

"이 사람과 통화한 적이 있죠?"

다시 흰 남방이 조금 전보다 크고 단정적인 목소리로 압박하듯 물어왔다.

"통화한 적은 없고······."

정말 아니어서 우선 아니라고 말하고 보니 변명처럼 들릴지도 모르겠다는 생각이 들었다. 이것은 또 어떻게 설명해야 하나 잠시 곤혹스러운 표정을 짓고 있을 때 저쪽에서 박제 폼을 다듬던 사파리의 여자가 형사와 박인수 사이로 걸어 들어왔다.

"선생님."

여자가 박인수를 불렀다. 다들 여자를 쳐다보았다.

"오늘은 제가 일찍 돌아가고, 내일 와서 무슨 일인지 말씀을 듣겠습니다. 저 신경 쓰지 마시고, 선생님 편하게 얘기를 나누시기 바랍니다."

여자는 자신의 소지품 가방을 챙겨 들고 그대로 뚜벅뚜벅 걸어 형사들이 들어왔던 작업실의 출입문을 열고 나갔다. 두 형사가 저 여자의 정체는 뭐지, 하는 얼굴로 여자의 뒷모습을 물끄러미 바라보았다. 박인수에게 뭔가 기선을 제압하려 들었는데 그게 어긋났다는 걸 형사도 박인수도 느끼고 있었다.

그것도 순간의 전환일 뿐 대체 이게 무슨 일인지 설명을 들어야 할 사람은 박인수였다. 그런 박인수에게 오히려 일의 자초지종에 대해 설명을 들으러 경찰이 이 더위 한가운데 표본제작소로 찾아온 것이었다. 중요한 것은 자신이 그토록 알고 싶어 했고, 그래서 죽은 아내의 핸드폰으로 문자까지 보냈던 B가 누군가에게 살해당하고 말았다는 것이었다.

◇

"어찌 된 일입니까? 제게 좀 자세하게 말씀해주시기 바랍니다. 저도 그 사람이 어떤 사람인지 궁금했습니다."

분위기를 바꾸어놓듯 사파리의 여자가 작업실을 나간 다음 박인수는 차분한 마음으로 돌아와 차분한 음색으로 형사들에게 말했다. 그는 과연 어떤 사람일까. 내가 아는 사람일까, 모르는 사람일까. 자신은 아직 정체조차 모르는 그를 살해한 사람은 또 누구일까. 아예 관계가 없다고 말하기보다 직접 묻는 편이 나을 것 같았다. 흰색 남방이 '이 사람 왜 이러죠?' 하는 눈빛으로 베이지색 남방 쪽을 흘깃 바라본 다음 다시 박인수 쪽으로 눈길을 돌렸다.

"그거야 선생께서 더 잘 아실 텐데 우리한테 물으면 어쩌자는 겁니까?"

이런 말은 그들이 방문처마다 가서 으레 하는 말일 것이다.

"모르니까 묻는 겁니다."

박인수도 꼿꼿하게 고개를 세우고 말했다.

"정말 임명호가 누군지 몰라서 이러는 거예요?"

"예. 저야말로 많이 궁금했지만, 모릅니다."

"모르는 사람이 모르는 사람에게 죽은 부인의 핸드폰으로 문자를 보내요?"

흰 남방이 가볍게 면박을 주듯 말했다. 경찰도 충분히 의심을 가질 일이었다.

"그것도 두 군데나 말이오."

형사들이 이미 거기까지 파악하고 온 것이라면 박인수로서는 더 감추고 말고 할 것도 없는 일이었다. 죽은 아내의 자존심이나 그런 아내의 남편인 자신의 자존심을 위해 더 이상 없는 말을 지어낼 필요가 없다. 아내가 일을 나가던 집의 주인인 A와의 문자에서 죽은 아내가 아직 살아 있는 것처럼 임신 얘기도 했다. 이들은 이미 그것까지 파악하고 온 사람들이다. 박인수는 이 일을 어디에서부터 어떻게 풀어나가야 이들에게 자신이 B(형사들이 임명호라고 말하는)의 죽음과 아무 관계가 없으며, 오히려 자신이야말로 그가 어떤 사람인지 이제까지 궁금했던 사람이라는 걸 알릴 수 있을까 머릿속으로 생각했다.

"이미 아시고 온 것처럼 제 아내는 지난 3월 스스로 목숨을 끊었습니다. 제가 문자를 보냈던 두 사람은 아내가 죽은 다음 전화를 걸어오고 뭔가 이상한 문자를 보내온 사람들입니다. 이들이 어떤 사람인지, 혹시 아내의 죽음과 관계가 있는 사람은 아닌지 알아보기 위해 아내가 살아 있는 것처럼 문자를 보냈던 것입니다."

박인수가 그 이상은 아닙니다, 하는 얼굴로 형사를 바라보았다.

"알아낸 게 있습니까?"

"한 사람은 알아내 만나기도 했습니다. 아내가 월요일과 금요일에 가사 도우미로 일을 나가던 집 주인입니다."

"김철환 씨 말인가요?"

그동안 여러 차례 문자를 보내고 만나기까지 했지만, 박인수는 그 사람의 이름이 김철환이라는 것도 지금 경찰의 입을 통해 알게 되었다. 이름을 알 필요가 없었던 것이 아니라 만났을 때 그쪽의 인품이랄까 선의에 고개가 숙여져 이름을 물을 생각도 하지 않았다. 묻게 되면 추후에 어떤 여지를 남기는 것 같아 그게 오히려 실례가 될 것 같은 자리였다.

"만나서 무슨 얘기를 했어요?"

"이미 듣고 오지 않았나요?"

"그래도 확인할 게 있으니까 묻는 거예요."

박인수는 지난 6월 9일 덕수궁으로 나가 A(경찰이 말하는 김철환 씨)를 만나고 온 일을 더하고 뺄 것 없이 그대로 말했다. 아내의 죽음을 알리지 않고 만난 것 말고는 이미 저쪽으로부터 듣고 온 얘기라 경찰도 박인수가 말하는 것을 잠자코 듣고 있었다. 자신이 아내가 살아 있는 것처럼 속이고 만났는데도 다행히 A는 거기에 대해 속은 느낌이야 있겠지만, 자신이 준 돈에 감사 인사를 하기 위해 찾아왔다는 점에서 그가 찾아온 걸 나쁘게 말하지는 않은 듯했다. 그것 역시 그날 그가 보여준 겸손한 모습 때문이 아니라 오랜 기간 자신의 집에 드나들며 식사 준비며 생활의 여러 수발을 들어준 아내에 대한 고마움과 신뢰의 표시였을 것이다. 그날 그 사람이 말했다. 그게 꼭 살림 도움만은 아니라고, 그저 일주일에 두 번 일하러 오는 사람이지만, 식구가 다 떠나 혼자 사는 사람이 사람에게 받는 위로와 위안이라는 게 있지 않았겠느냐고.

193

박인수는 경찰이 찾아온 일의 핵심과도 같은 B에 대해서도 '나는 아닙니다, 나는 그 사람도 모르고 사건과도 관계가 없습니다'라고만 말할 게 아니라 경찰이 그렇게 느끼도록 이제까지의 일을 가능한 자세하게 설명할 필요가 있겠다고 생각했다.

"극단적 선택을 하기 전 아내는 가족과 자신이 일을 나가는 곳 몇 군데 말고는 핸드폰 안에 있는 거의 모든 정보와 문자를 지웠습니다. 그런데 두 사람만이 대체 아내와 어떤 관계이길래 이런 문자를 보내는 걸까 의심이 가는 문자를 보내왔습니다. 그중 한 사람이 제가 나중에 덕수궁에 나가 만난 사람이고, 또 한 사람이 지금 형사님이 이름을 알려준 임명호라는 사람입니다."

"김철환 씨의 돈 1천만 원 얘기는 어떻게 된 거죠?"

임명호라는 사람에게 문자를 한 것에 대해 설명하려 할 때 흰 남방 뒤에 섰던 베이지색 남방이 김철환에 대해 아직 다 이해가 가지 않는 게 있다는 얼굴로 물었다. 그냥 묻기만 하는 게 아니라 아까부터 고개를 갸웃거리며 알 수 없는 표정으로 이쪽을 바라보았다. 저쪽에서 같은 설명을 듣고 왔다 하더라도 가사 도우미에게 선의로 돈 1천만 원을 보내고 받았다는 것을 누구도 선뜻 수긍할 수 없을 것이다. 그것도 바로 그날 통화 후 극단적인 선택을 한 사람에게 말이다. 사건과 직접 관계가 없다 하더라도 이 부분도 그들이 납득할 수 있게 설명할 필요가 있었다.

"장례 다음 날과 그다음 날 연락처 정보가 지워져 번호만 찍혀 있는 부재중 전화가 몇 개 있었는데, 3일째 되던 날 그 사람에게서 '보낸 걸 확인했는지'라는 문자가 들어왔습니다. 처음엔 아내가 지운 어떤 문자 내용에 대한 확인인 줄 알았는데 이게 돈 얘기임을 알게 된 다음 아내의 죽음에 이 돈이 어떤 역할을 했는지 알아보려고 그 사람에게 문자를 했습니다."

"그럼 임명호는요?"

흰색 남방이 중간에 잘린 질문을 이어가듯 물었다.

"그 사람이 누군지 알고 싶어 여러 번 문자를 보내긴 했지만, 저는 그 사람의 이름도 오늘 처음 듣습니다. 어떤 사람인지, 무얼 하는 사람인지, 먼저 만난 사람보다 더 궁금한데도 아직 모릅니다."

"그 사람한테는 무엇 때문에 문자를 했던 거예요?"

"그건 핸드폰을 보여드리며 설명할 수 있습니다."

"여기에 핸드폰을 가지고 있습니까?"

"아내의 핸드폰도 가지고 있고, 혹시 언제라도 문자나 연락이 오지 않을까 싶어 제 핸드폰에도 연동해 가지고 있습니다."

"어디 좀 봅시다."

베이지색 남방을 입은 형사가 이 말했다. 박인수는 작업대 서랍 깊숙이 넣어둔 아내의 핸드폰을 꺼냈다. 형사가 보는 앞에서 전원 버튼을 눌렀지만, 초기 화면이 뜨지 않았다.

"이런, 그냥 오래 두었더니 배터리가 나간 모양입니다. 제 핸드폰으로 연결한 걸 보여드리겠습니다."

박인수는 자신의 핸드폰을 꺼내 두 사람이 함께 볼 수 있도록 책상 위에 올렸다. 이번에도 베이지색 남방을 입은 형사는 박인수가 올려둔 핸드폰과 박인수의 얼굴을 무엇이 묻기라도 한 듯 번갈아 쳐다보았다.

"이 번호입니다."

010-5782-26XX

"아내가 목숨을 끊기 전 이 사람에 대한 정보를 다 지웠는데, 장례 날과 장례 다음 날 전화가 걸려왔습니다. 그래서 이름이나 다른 연락처 정보 없이 번호만 이렇게 남아 있습니다."

폰을 보여주며 설명하니 한결 설명하기도, 이해하기도 쉬운 부분이 있었다.

"잠깐만요."

흰 남방을 입은 형사가 자신의 핸드폰 어느 부분을 찾아 펼쳤다.

"부인이 돌아가신 날이 3월 24일이라고 했죠?"

"그렇습니다."

"그날 오후 1시 15분부터 19분까지 4분간 이 사람과 통화한 것으로 나오는데, 이 전화도 당신이 부인 것으로 한 게 아닙니까?"

"아닙니다. 그건 그날 아내가 살아 있을 때 건 전화일 겁니다. 그시간 저는 연천에 출장을 나가 있었습니다. 그건 확인하면 금방 알수 있습니다."

"그러고 나서도 통화는 되지 않았지만, 이 사람이 다음 날과 그다음 날에도 두 번 더 전화를 했군요."

그건 장례식장에 있던 날과 장례 날에 걸려온 전화였다. 기록이 아내의 핸드폰에 남아 있지 않은 건 처제가 여강 강가에서 핸드폰을 돌려줄 때 저쪽의 발신 기록과 문자 흔적을 모두 지우고 주었기 때문일 것이다.

"우리도 남의 통화 자료를 함부로 뽑을 수 없어요. 임명호 씨가 실종되어 살해될 무렵 통화 내역에 이 핸드폰으로 문자가 들어온 게 있어서 그 자료를 뽑다가 김철환 씨한테 보낸 것까지 알게 된 것입니다. 그 사람 정말 본 적 없어요?"

"없습니다. 지금도 말씀을 해주지 않아 누군지도 모릅니다."

박인수는 다시 단호하게 말했다.

"그럼 이건 뭡니까?"

흰색 남방을 입은 형사는 박인수가 최근에 그에게 보낸 문자들을 가리켰다.

거기엔 그 사람이 보낸 '……', '수인…', '수인 수정…'과 경주마 박피 작업을 마치던 날 김대호를 보내고 나서 박인수가 보낸 '……', '수인…', 그래도 대답이 없자 다시 그를 안심시키듯 보낸 '**저는 잘 지내고 있어요 저의 일에 아무 걱정 마세요**'라는 문자가 그대로 남아 있었다. 덕수궁에 나가 A를 만나고 온 다음 날 답답한 마음에 보낸 '**우리 한 번 봐요**' 아래로도 두 번의 문자가 더 있었다.

'**어떻게 지내는지 궁금해요**'

'**연락 한 번 주세요**'

그 문자는 처제가 작업실에 여자가 드나드느냐고 전화를 했던 날 저녁과 공교롭게도 B가 집을 나와 소식이 끊겼다는 6월 25일 오후 2시에 보낸 것이었다.

"왜 이렇게 여러 번 문자를 한 거예요?"

"이 사람이 아내가 죽던 날과 그 후 며칠 동안 전화를 해도 아내가 안 받으니까 '수인 수정'이라고 문자를 보내왔는데, 수인은 제 아내 이름이고, 수정은 처제 이름입니다. 이 사람이 왜 그런 문자를 보냈는지는 모르지만, 아내도 알고 처제도 아는 사람이라는 뜻이겠지요. 장례 기간 처제가 아내 핸드폰을 가지고 있었는데, 돌려받자마자 걸려온 전화가 바로 이 사람이었습니다. 그걸 받지 않으니까 '수인 수정'이라고 문자를 보낸 건데, 아내의 죽음에 어떤 관계가 있지 않을까 생각했습니다. 처음엔 본인이 먼저 전화를 하고 문자를 보냈는데, 나중에 이 사람이 어떤 사람인지 알아보려고 이쪽에서 문자를 보내자 그때부터는 읽기만 하고 딱 멈추었습니다. 그래서 어떤 사람이길래 그러는지 더 알고 싶었습니다."

"정말 모르는 거예요?"

"알면 먼저 만났던 사람처럼 만났을 겁니다. 만나는 걸 피하면 어떤 사람인지 찾아가 살펴보기라도 했을 겁니다."

"돌아가신 분 핸드폰으로 이러면 이것도 범죄와 연결될 수 있는 거예요."

"그 사람이 어떤 사람인지는 왜 알려주지 않는 겁니까? 알려줘야 제가 이제까지 한 일에 대해 뭘 말하든 말든 할 것 아닙니까?"

"지난 6월 25일에는 무얼 했습니까?"

"그건 시간이 지나도 여기 작업 일지를 보면 대략 나오니까 설명해드릴 수 있을 겁니다. 그러기 전에 먼저 알려주십시오."

"올봄 경기도에서 중·고등학교 교장으로 퇴임한 사람이에요."

그 말을 듣자 박인수의 머릿속을 번개처럼 훑고 지나가는 생각이 있었다.

"그럼 이 사람 혹시 예전에 여주에서 선생을 하지 않았나요?"

"거기까지는 모르겠는데, 그건 어떻게 알고 묻는 거예요?"

"그렇게 말고는 학교 선생으로 아내도 알고 처제도 아는 인연이 없을 것 같아서입니다."

"부인이 거기에서 학교 나왔어요?"

"예. 경기도 여주에 있는……."

형사는 자신의 핸드폰 노트에 '여주에서 교사?'라고 적었다. 박인수 생각에 B가 선생이었다면 정말 그렇게 말고는 이들 자매와 인연이 있을 것 같지 않았다.

"이제 6월 25일에 무얼 했는지 말해봐요."

한 달 전의 일이었다. 수첩에도 작업 중 간단한 메모를 하지만, 작업 일지다운 일지는 컴퓨터에 기록했다. 한창 박제 폼의 형체를 잡아가던 때라 거의 매일 비슷한 작업을 했다. 그래도 진도에 따라 하루하루 차이는 있었을 것이다. 박인수는 형사들이 보는 앞에서 컴퓨터를 부팅해 자신의 작업 일지를 펼쳤다. 주문이 자주 있는 일반공작소의 작업 일지 같지는 않지만, 그래도 일이 있을 때면 그날그날의 작업 과정을 비교적 꼼꼼하게 기록해나갔다. 그의 성격이 꼼꼼해서라기보다, 물론 없지 않아 그런 부분도 있지만, 외부에서 들어오는 박제 의뢰품 때문이었다. 개와 고양이 같은 반려동물 박제 의뢰만 하더라도 물품을 받은 시간, 받았을 때의 상태, 상처나 흠집, 사냥한 조류의 경우 총상 흔적과 오염 상태를 일일이 사진으로 찍어 의뢰한 쪽에 보냈다. 나중에 이상한 말이 나오지 않도록 사진과 함께 특이 사항도 적어 보내고 작업 일지에도 기록을 남겨놓았다.

그래도 뒷말이 있을 수 있는 게 이 일이었다. 어떤 때는 박제를 의뢰한 반려동물이 자기 것이 아니라 바꿔치기를 했다고 항의하는 사람도 있었다. 물건에 문제가 있는 게 아니라 반려동물이 죽었을 때 박제를 해야겠다고 다짐했던 마음이 박제품이 완성되어가는 사이 변했기 때문이었다.

보낸 물건과 박제 작업을 끝낸 물건이 달라졌다고 말하는 건 일반 의뢰자들만이 아니었다. 노교수가 운영하는 당진 조류 연구소 연구원들도 이따금 엉뚱한 소리를 하기는 마찬가지였다. 그들이 깃털에 싸여 있는 조류의 피부 상태를 파악하는 것과 그것의 배를 가르고 내장을 꺼내고 살을 발라낸 다음 다른 보충재를 채워 처음 상태로 되돌려놓아야 하는 전문 박제사인 박인수가 파악하는 사체의 부패나 오염 상태가 다를 수 있었다. 저쪽에서 보낼 때는 그렇게까지 훼손되지 않아 보여도 보관하고 수송하는 동안, 또 해동하는 동안 깃털 속의 피부가 보라색으로 짓물러 겨우 깃털만 남은 새를 받을 때도 있었다. 그때에도 작업할 때만큼이나 꼼꼼하고 세심하게 사진을 찍어 작업 일지에도 남기고 당진 조류연구소의 의뢰자와 공유도 했다.

6월 25일, 그날은 오전에 경주마의 살아 있는 몸 치수가 아니라 몸체에서 벗겨낸 가죽의 치수를 다시 재어, 가죽이 마른 다음 간도질과 태닝을 하는 동안 실제 몸 치수보다 줄어들거나 후줄근해져 늘어난 부분은 없는지 점검했다. 몸체가 큰 짐승일수록 박제 폼(마네킹)의 세밀한 작업을 하기 전 한 번 더 살펴봐야 했다. 사람도 짐승도 얼굴이 중요했다. 특히나 이마의 선, 코의 선, 눈과 눈 사이의 거리, 다른 동물보다 두툼하게 느껴지는 말의 턱선을 다시 살폈다.

이 작업으로 오전을 보내고, 오후에 박인수는 경주마 몸체의 머리 작업을 맡아 하고 여자는 목 중간서부터 몸통 중간까지의 상체 작업을 했다. 서로 작업하는 모습은 찍지 않아도 하루 작업이 끝났을 때 전날과 달라진 박제 폼의 모습을 담은 사진은 고스란히 작업 일지 속에 남아 있었다.

컴퓨터로 작업 일지를 보여준 다음 박인수는 불현듯 생각났다는 듯 핸드폰의 통화 기록을 뒤졌다. 사파리의 여자가 출근하지 않거나 오후에 나오는 날 혼자 라면으로 간단하게 점심을 때운 적은 있지만, 함께 있으면 꼭 시켜 먹거나 여자가 아침에 미리 사 온 음식을 데워서 먹었다. 점심 메뉴까지 작업 일지에 쓰는 건 아니지만, 음식을 시켜 먹을 경우 핸드폰에 음식점으로 전화를 걸거나 배달 앱을 사용한 흔적이 남았다.

"여기 이걸 보시죠."

박인수는 베이지색 남방을 입은 형사가 잘 볼 수 있도록 핸드폰의 머리 방향을 조금 틀어 작업대 위에 올려놓았다.

6월 25일 오후 12시 36분
장연감자탕

"그날 아까 보았던 마주 분과 함께 점심을 시켜 먹으면서 건 전화입니다."

카드사에서 보내온 결제 문자가 없는 건 대부분의 계산을 여자가 했기 때문이었다. 결제 시간은 주문 시간보다 적어도 20분 뒤일 것이다. 새롭게 떠오른 기억에 의하면 그날 점심 주문이 늦었던 것은 여자가 11시 가까이에 제작소로 나와 가죽의 치수 재기 작업이 늦게 시작되어서였다. 부위별로 쟀던 치수를 다시 한 사람이 재어 불러주고 한 사람이 받아쓰며 먼젓번 몸체의 기록과 대조하느라 전체 일이 그 시간에 끝났다. 박인수는 그 이야기도 형사에게 했다.

박인수가 그날 2시에 (경찰이 임명호라고 말하는) B에게 문자를 보냈던 것은 늦은 점심 식사를 마치고 함께 커피를 마시는 동안 사파리의 여자가 새삼 아내에 대해 물었기 때문이었다. 질문을 받고 박인수는 아내가 살아 있을 때 했던 가사 도우미 일을 현재까지도 계속하고 있는 것처럼 그 일에 대해 상세하게 설명했다. 그런 다음 뭔가 그냥 있으면 안 될 것 같은 마음이 들어 마당으로 나와 B에게 문자를 보냈다.

두 형사들도 이곳에 처음 왔을 때 말은 그렇게 했어도 애초 무얼 크게 기대하고 오지는 않았는지, 아니면 박인수가 마지막 패처럼 작업 일지와 음식 주문 전화 기록, 거기다 컴퓨터에 그날 작업 내용을 기록한 시간까지 증명해 보이자 더 이상 추궁할 말을 찾지 못했는지 거기에 대해서는 더 말하지 않았다.

"이제 제가 좀 궁금한 걸 물어봐도 될까요?"

오히려 박인수가 형사들에게 말했다.

"아뇨. 한 가지만 더. 6월 25일 그 사람이 집을 나와 실종되던 날 마지막 문자를 보내고 한 달도 넘게 지났는데 이후엔 왜 문자를 하지 않았습니까?"

"아, 그건 제가 우둔해서 그랬던 것 같습니다. 아내도 알고 처제도 아는 사람이라면 처제를 통해서든 아니면 다른 사람을 통해서든 아내가 잘못되었다는 걸 그 사람도 어느 때쯤 알았을 텐데 저만 그 생각을 못 하고 아내가 죽은 지 세 달이 지난 다음에도 문자를 보냈던 것 같습니다. 미련처럼⋯⋯."

말하고 보니 우둔해서라기보다 미련이라는 말이 맞았다. 어쩌면 임명호는 박인수가 자신에게 '⋯⋯', '수인⋯'이란 문자를 보냈을 때 아내의 핸드폰을 다른 사람이 사용하고 있다는 걸 이미 알고 아무 대답도 하지 않았던 것인지 모른다. 거기에 생각이 미치자 다시 언뜻 박인수의 머릿속으로 또 한 가지 생각이 한 줄기 빛처럼 빠르게 지나갔다.

"혹시 형사님, 그 사람 임명호의 핸드폰으로 들어온 문자나 통화 자료 중에 채수정이라는 이름은 없던가요?"

"채수정?"

"아까 제가 수인 수정, 하고 말하던 두 명 중에 하나로 제 처제입니다. 이 번호입니다."

박인수는 형사에게 처제의 전화번호를 알려주었다. 아내도 없는 지금 와서 어떻게 할 수도 없는 일이지만, 그러나 알고 싶었다. 임명호가 아내와 통화가 되지 않은 다음 '수인 수정⋯'이란 문자를 보냈던 것처럼 처제에게도 문자를 보내거나 전화 통화로 문자 속의 '수인'이 왜 전화를 받지 않는지 알아볼 수도 있는 일이었다. 그 생각이 지금에야 든 것이었다. 이 역시 뒤늦은 미련 때문⋯⋯일지 모른다.

"사건 관계로 알아는 보겠지만, 우리가 알아낸 정보를 알려줄 수는 없습니다."

"그럼 이제 제가 궁금한 걸 물어보겠습니다."

"무얼 말이오?"

"그 사람이 어떻게 죽었는지 알고 싶습니다."

"꼭 알아야겠습니까?"

"제가 아는 게 수사에 방해되거나 불법이 아니라면 꼭 알고 싶습니다."

"뉴스에도 나왔는데요, 아마 방송 보셨을 겁니다. 서울시와 의정부시 경계지역 폐방앗간에서 사체로 발견되었어요. 그날 오후 집을 나와 8일 만에……."

폐방앗간이라는 말과 함께 박인수는 얼마 전 퇴근하면서 들었던 7시 라디오 뉴스를 떠올렸다. 미국에서 의인 박제가 인기 있다는 소식에 이어진 살인사건에 관한 소식이었다. 그래서 서울이 아닌 의정부경찰서 형사들이 방문한 것이었다. 형사들이 그 사건으로 자신을 찾아오게 될 거라는 건 뉴스를 들을 때는 꿈에도 생각하지 못했다.

"그런 곳이라면 차량 소통도 많고 여기저기에 CCTV가 있지 않습니까?"

"큰길가라 차량이 많아도 거기서 벗어나기만 하면 의외로 깜깜이인 곳이 많아요. 납치할 때 사용했는지 아니면 살해를 하며 썼는지 1차 소견에서 피해자 체내에 근육이완제로 쓰는 약물이 검출되었어요. 아마 사망도 그래서인 것 같은데, 여기 작업실에서 동물 박제를 할 때는 그런 약품을 많이 안 쓰는가요?"

그 말 속에 기분 나쁜 뜻도 담겨 있어 박인수는 다시 분명하게 말했다.

"여기는 살아 있는 동물을 죽여서 박제하는 곳이 아니라 이미 죽은 다음 들어온 동물을 그 동물이 살아 가장 아름다웠던 시절의 모습으로 되살리는 곳입니다."

"그럼 여기서는 주로 어떤 약품을 씁니까?"

"동물 목숨이 아니라 동물 가죽에 관계되는 약품을 쓰지요. 가죽이 뻣뻣해지거나 쭈글쭈글하지 않게 하는 약도 있고, 냄새를 없애주는 약도 있고, 털을 보호해주는 약도 있지만, 형사님이 말하는 그런 약들은 아닙니다."

그들은 이만 실례했다고, 수고하라고 인사를 하고 돌아갔다. 그때에도 베이지색 남방이 뭔지 모르지만 그냥 돌아가는 게 못내 아쉬운 듯 박인수의 얼굴을 아닌 척하며 이쪽저쪽으로 유심히 살폈다.

"일이 있으면 또 오지요."

박인수도 조금은 시니컬하게 대답했다.

"얼마든지요."

◇

더 일할 마음도 아니어서 다른 날보다 일찍 집으로 돌아오자 학교에서 막 돌아온 딸이 혼자 집을 지키고 있었다. 해는 서쪽으로 기울어도 아직 한낮의 열기는 그대로였다. 아빠가 다른 날보다 일찍 돌아왔는데도 딸은 의도적으로 남의 식구 대하듯 시큰둥한 얼굴을 했다. 그의 마음에서 아이들이 멀어지는 게 아니라 아이들 마음에서 그가 멀어지고 있었다. 그게 딸의 눈에는 보이지 않아도 박인수의 눈에는 들어왔다.

"오빠는?"

문소리가 나자 방에서 거실로 나왔다가 다시 방으로 들어가려는 딸에게 박인수가 물었다.

"나갔어요."

"어딜?"

"친구 집에요."

"친구 집엔 왜?"

"숙제할 게 있대요."

한 마디를 물으면 다시 한 마디가 건너왔다.

"무슨 숙제를?"

"조를 짜서 하는 숙제래요."

"저녁에는 들어오고?"

"몰라요."

"모르면 어떡해? 한집에서."

박인수가 아들에게도 늘 하는 말이었다.

"모르니까 모르죠. 모른다는데 왜 자꾸 물어요."

딸은 짜증 난 얼굴을 하고 방으로 들어갔다. 어디서부터 무엇이 잘못된 것인지 알 수 없었다. 단순히 집안에 엄마가 없어서만은 아니었다. 딸의 표정에 전에 없던 거리감과 거리감 이상의 불쾌와 무어라고 꼭 집어 말할 수 없는 아빠에 대한 불신과 화 같은 게 어려 있었다. 얼마 전부터 더 심해졌다. 박인수는 혼자 속으로 화를 삭이고 딸에게 더 말하지 않았다. 왜 그러는지 묻더라도 아들이 돌아온 저녁때거나 밤에 제대로 물어볼 생각이었다.

아들도 나간 지 시간이 꽤 지난 듯했다. 거실 한쪽에 놓여 있는 컴퓨터가 전원이 들어온 채 화면만 검게 죽어 있었다. 그는 아들이 무얼 하다가 그냥 나갔나 싶어 자리에 앉아 마우스를 움직여보았다. 잠시 시간을 두었다가 바로 게임 화면이 떠올랐다. 놀랍게도 그것은 출시된 지 10년도 넘는 〈헤비 레인 크로니클 에피소드 1 : 박제사〉라는 단편 게임이었다.

이건…….

◇

박인수가 이런 게임이 있다는 것을 알게 된 건 자신이 박제사라서만이 아니었다. 당진에 있는 조류 연구소에 같은 날 같은 자리에서 죽은 것으로 보이는, 눈 주위에 붉은 점이 있는 재두루미 세 마리를 표본 박제용으로 수거하러 간 날이었다. 군대에서 꿩 박제로 인연을 맺었던 선임이 아직도 노교수 밑에서 서울에 있는 학교 연구실과 당진의 조류 연구소를 오가고 있었다. 세월도 오래돼 선임도 박인수도 30대 중반이던 시절이었다.

"어, 잠시만."

박인수가 연구소 문을 열고 들어서자 저쪽 책상 앞에 앉아 있던 선임이 자리에 앉은 채로 이쪽을 향해 손만 들어 보이곤 다시 컴퓨터 화면에 몰두했다. 박인수가 연구소로 가도 모두 데면데면 대하고 아는 척을 하는 사람은 그뿐이었다.

"뭘 하는데 그래요?"

"아냐, 아무것도……."

책상 앞으로 다가가자 그제야 선임은 화면 정지를 누르고 "정말 귀신같은 타이밍에 박제사가 오셨네"라고 말했다. 화면 상단에 'Heavy Rain Chronicles Episode 1 : The Taxidermist'라고 쓰여 있었다. 다른 영어는 얼른 눈에 잘 들어오지 않아도 'Taxidermist'가 가죽을 움직이는 사람이라는 뜻의 박제사라는 건 노교수가 어원까지 가르쳐주어 잘 알고 있었다. 선임도 박인수도 탐닉까지는 아니어도 틈나면 자주 게임을 하던 시절이었다.

"재미있어요?"

박인수는 짐짓 쿨하게 물었다.

"다섯 버전을 다 합쳐도 20분도 안 되는 미니 게임인데 파워는 20시간짜리보다 더 세네. 심장이 쫄깃해지는 스릴도 있고."

"어떤 게임인데요?"

박인수가 다시 쿨하게 물었다.

"그건 해보면 알아. 너도 박제사라는 직업을 떠나서 그냥 게임으로 한 번 해봐."

제목은 박제사여도 박제사가 절대 주인공일 리는 없었다. 보지 않아도 박제사를 상대로 죽이거나 죽는 공포 스릴러 게임일 것이다. 〈양들의 침묵〉에서 보듯 영화든 게임이든 그런 설정이 아니면 고문 도구나 다를 바 없는 쇠 절단기와 전기 용접기 같은 기구를 갖추고 새파랗게 날이 선 칼로 동물의 가죽을(때로는 사람의 가죽까지) 벗기는 박제사가 등장할 이유가 없었다. 박제사라는 직업에 대한 지

208

독한 편견이든 어쩔 수 없는 흥행 요소로든 그게 영화나 게임 속에서 다루어지는 박제사라는 직업이었다. 선임의 대학원생 조수로부터 냉동 방부 처리한 재두루미의 표본을 받기 위해 몇 가지 서류를 작성하고 표본 상태를 점검하는 동안에도 선임은 이어폰을 끼고 게임에 몰두했다.

"그만 갈게요."

"어, 그래."

선임은 게임에 몰두한 채로 손만 까딱 들어 보였다.

◊

표본제작소로 돌아와 받아온 표본을 정리한 다음 박인수는 작업실 책상에 앉아 당진 조류 연구소에서 보았던 게임을 내려받았다. 게임에 대한 호기심보다 망막에 한 번 잡힌 다음 지워지지 않는 'Taxidermist'라는 단어와 그것만으로도 충분히 예상은 되지만 그래도 확인해보지 않을 수 없는 박제사 캐릭터에 대한 궁금증 때문이었다.

메디슨 페이지라는 당찬 여기자가 같은 신문사에서 일하는 남자친구로부터 연쇄살인범으로 추정되는 박제사의 주소를 얻어듣고 특종을 위해 폭우 속에 오토바이를 타고 그 집으로 직접 쳐들어가는 내용이었다. 그 부분만 놓고 보면 FBI 신입 요원인 〈양들의 침묵〉 속 여주인공과 직업만 다르지 비슷한 설정의 비슷한 캐릭터였다. 박제사 캐릭터 역시 희생자들을 유인해 살해한 다음 인체를 박제한다는 점에서 영화 속의 인물과 똑같았다. 여자 몸을 박제하며 인형에게 말을 걸듯 상냥한 목소리로 대화하는 모습도 똑같았다.

여기자는 주인 없는 빈집에 들어가 이것저것 살펴보다가 뒤늦게 돌아온 주인에게 들키게 되고, 그때부터 매 순간 생사의 갈림길에서 가까스로 도망쳐 나오거나, 어쩔 수 없이 맞붙어 상대가 들고 있는 전기톱을 빼앗아 그를 죽이고 나오거나, 그러고 싶어도 이리저리 쫓기다가 막다른 문 앞에서 상대의 트릭에 목숨을 내놓게 되는 설정이었다. 미니 게임인 만큼 상황 전개가 단조롭고 결말도 빠르지만 게임이기에 느낄 수 있는 극도의 긴장감이 있었다.

후기에도 극찬 일색이었다. 박인수도 그것을 내려받아 각각의 결말 버전을 실행해보았다. 자신의 직업이 박제사인데도, 이내 게임 속의 박제사 편이 아니라 온 마음으로 메디슨 기자의 분신이 된 것처럼 손을 움직였다. 잠입한 것이 발각된 다음 한 공간에서 대치하거나 도망 다니며 수시로 상황을 처리할 때 혹시 자신의 선택과 조작이 잘못돼 기자를 박제사한테 잡히게 하지는 않을까 저절로 감정이입이 되었다. 자기 앞에서 게임을 하던 선임에 대한 섭섭함은 섭섭함대로, 게임의 몰입력과 일체감은 또 그것대로 마음이 따로 놀았다. 그렇다 하더라도 연구소의 선임과 마음속으로 거리감이 느껴지기 시작한 것 역시 아마 그때부터였을 것이다. 자신이 조류연구소에 도착했을 때라면 몰라도 사무실에 와 있는 동안에까지 직업이 박제사인 자신 앞에서 그 게임을 붙잡고 있으면 안 되는 것이었다. 그것은 단순히 직업이나 사람에 대한 예의만이 아니라 서로 오래 알아온 사람과 쌓아온 시간에 대한 예의였다.

그렇게 게임 하나로 10년 넘게 선의의 유대를 맺어온 선임과도 점차로 마음이 멀어졌는데, 출시된 지 10년도 훨씬 넘은 그 게임을 다른 사람도 아닌 박제사의 아들이 내려받아 거실 컴퓨터에 언젠가는 퇴근하고 돌아올 아빠가 보라는 식으로 펼쳐놓은 것이었다. 요즘 한다고 해도 내용이며 그래픽이 낡았다는 생각은 그다지 들지 않지만, 이제는 누구도 찾지 않는 게임을 컴퓨터에 깔아놓은 것은 어떤 의도를 가진 행동이라고밖에 볼 수 없었다.

◊

아들은 거의 자정 가까운 시간에 돌아왔다.

"너희 아빠하고 얘기 좀 하자."

그는 방에 있는 딸도 거실로 불렀다. 둘 다 아무렇지 않은 듯 행동해도 막상 불러 앞에 앉히자 긴장하는 듯한 얼굴들이었다.

"밤도 깊은데 그냥 바로 얘기하자. 아빠가 보기에 너희가 엄마 있을 때와 뭔가 달라져 가는 것 같아서 하는 말이야. 아빠한테 불만이 있으면 어떤 불만이 있는지, 또 아빠가 어떻게 하는 게 너희가 바라는 것인지 얘기 좀 해보자."

처음엔 아들도 딸도 말이 없었다. 표정으로 봐서는 서로 네가 말해, 오빠가 말해, 미루는 것 같았다.

"엄마가 떠난 지 이제 넉 달이 지났어. 벌써 이러면 안 되는 것 아니냐?"

그 말에 딸이 뭔가 결심한 듯 야무지게 말했다.

"그건 우리가 아빠한테 할 말이에요."

"그래, 해봐. 어떤 말이든."

"아빠."

딸은 아빠를 부르고 한참 동안 입을 열지 않았다.

"말해봐, 다."

"아빠. 엄마 말고 여자가 있어요?"

딸의 얼굴로 보아 그 말은 엄마가 죽은 다음 새롭게 만나는 여자가 아니라 그 전부터 만나오던 여자가 있느냐는 뜻이고, 더 나아가면 엄마의 죽음도 그것과 상관이 있지 않느냐는 뜻이었다.

"여자? 누가 그러더냐?"

"누가 그러든 상관없잖아요. 있냐고요, 없냐고요."

처제나 처남일 것이다. 처음 여자의 존재를 알고 말을 전한 사람은 처남이어도 아이들에게 이상한 말을 만들어 한 사람은 처제가 분명했다. 변명하듯 말할 게 아니라 정면으로 제대로 설명할 필요가 있었다.

"아빠가 일하는 작업실에 같이 있다고 하더냐?"

"맞잖아요."

"맞아. 그런데 그 사람은 아빠가 만나는 사람이 아니라 지금 아빠가 박제하고 있는 경주마의 주인이야."

"경주마 주인이 여자예요?"

"경주마의 주인이기도 하고 승마장의 주인이기도 해."

"승마장 주인이 왜 매일 작업실에 나와요?"

"매일은 아니야. 종일도 아니고."

박인수는 아이들도 어느 정도 알고 있는, 박제품 내부에서 몸통을 이루는 마네킹을 제작하는 과정과 지금은 승마장을 운영하지만 여자의 예전 전공이 조소라는 사실을 아이들에게 얘기했다.

"그건 조각을 할 줄 아는 강아지 주인이 자기 강아지의 박제 마네킹을 자기 손으로 만들고 싶어 하는 것과 같은 마음이야. 그 일도 거의 끝나가고 있어. 앞으로 남은 시간이 빠르면 10일이고, 길어야 15일이야. 그걸 외삼촌과 이모가 잘못 보고 너희에게 말한 거야."

처남이든 처제든 경주마가 작업실로 들어올 때 지켜보지 않았으니 작업실에 앞치마를 두르고 일을 돕는 여자를 매형(형부)의 애인 같은 여자로만 여겼지 그게 경주마의 주인일 거라고는 생각하지 못했을 것이다. 지난번 처제가 전화했을 때 오늘 같은 상황을 위해서라도 좀 더 확실하게 말해둘 필요가 있었다. 아내의 핸드폰에 대해서도 그렇고, 죽음에 대해서도 뭔가 형부에게 책임을 돌리고 싶어 하는 처제에게 그 얘기를 하고 나면 굳이 하지 않아도 될 말을 제발이 저려 변명한 것처럼 오히려 구차해 보일까 하지 않았다.

"그럼 엄마는 왜 죽은 거예요?"

이제까지 말을 않던 아들이 속에 가지고 있는 모든 의혹과 불만을 다 담은 목소리로 물어왔다. 그건 아내가 죽은 다음 열흘쯤 지났을 때 먼저 살던 집에서 딸이 꿈결에 묻던 말이었다. 그때에도 고민했었다.

이걸 어떻게 말해야 하나.

어떻게 말해야 아이들이 이해할 수 있나.

처제나 처남을 상대로라면 사실 그때 이런 일이 있었다, 하고 새벽 귀갓길에 자신이 본 임신 테스트기에 대해 말할 수 있지만, 다른 사람도 아닌 자식들에게 그 말을 할 수는 없는 일이었다.

"그건 아빠도 잘 몰라."

"왜 몰라요? 다른 사람은 몰라도 아빠는 알잖아요."

"그것도 이모가 그러더니?"

"아뇨!"

"아니면?"

"아빠는 알아야 하고, 알고 있는 일이잖아요."

"너희가 말한 것처럼 책임으로라면 알아야 하는 게 맞지. 지금으로서는 아빠야말로 엄마가 왜 그런 선택을 했는지 가장 알고 싶은 사람이야. 엄마가 아빠한테까지 말하지 못하고 간 사연이 무엇인지, 그걸 풀기 위해 아빠도 지금 노력하고 있어. 언젠가는 풀릴 날이 있을 거고, 너희에게 말할 수 있는 날도 올 거라고 생각해."

"언제요?"

"아주 길지는 않을 거야. 아빠도 아빠 나름대로 알아보고 있는 일이 있으니까."

"믿어도 돼요?"

"너희들이 이제까지 아빠를 어떻게 봐왔는지 모르지만……. 아빠는 너희에게도 그렇고, 누구에게 자랑스럽지는 못해도 부끄럽지는 않게 살아왔어. 엄마한테도 그랬어."

"그건 우리도 알아요."

"알면 아빠가 너희에게 말할 수 있을 때까지 기다려줄래?"

이야기는 거기까지였다.

아침에 작업실로 나가기 전 박인수는 처제에게 전화를 걸었다. 그가 처제에게 먼저 전화를 건 것은 아내가 잘못된 다음 이사할 때 아내의 옷과 물건을 정리하면서였다. 그때 말고는 늘 처제가 먼저 전화를 걸어 다른 얘기도 아니고 아내의 핸드폰에 대해서 물었다. 처제라면 충분히 할 수 있는 말로 여겼지만 다른 안부나 용무 끝에 하는 얘기가 아니라 매번 그게 중심 얘기였다. 어제 형사들의 방문으로 아내도 알고 처제도 아는 임명호의 존재를 알고 나니 더 그런 생각이 들었다. 처제가 처남의 말을 듣고 작업실에 드나드는 여자의 존재를 확인하기 위해 전화를 한 게 가장 최근의 일이었다. 박인수는 오후에 일이 끝난 다음 잠시 볼 수 있겠느냐고 물었다.

—형부가 먼저 보자고 하고, 무슨 일이에요?

"언니 일도 있고, 아이들 일도 있고."

—형부가 이쪽으로 오실 거죠?

"그럼. 내가 가야지."

서울 북부에 있는 작업실에서 처제가 살고 있는 송추까지 먼 거리는 아니었다. 축산 기사인 동서가 그곳에서 축협이 운영하는 축산 센터로 출퇴근했다. 처제는 올 거면 자신이 형부를 만난 다음 집에 들어가 학원에서 돌아오는 아이도 챙기고 저녁도 할 수 있게 늦지 않게 왔으면 좋겠다고 했다. 처제는 전화를 끊기 전 다시 아내의 핸드폰 얘기를 꺼내며 그걸 언제까지 가지고 있을 거냐고 물었다. 그는 이제 정리할 거라고 말했다. 어제 형사들의 방문으로 더 가지고 있어야 할 이유가 없어졌다. 처제는 "왜요, 한 1년 더 가지고 계시지"라고 말했다. 스스로는 농담처럼 말했겠지만, 그동안 뭐가 못 미더워 그랬느냐는 비아냥이 배어 있었다. 그는 오후에 일찍 나가겠다고 했다.

◇

사파리의 여자는 10시 30분쯤 작업실로 나왔다. 자동차에서 내려 작업실로 들어올 때 편한 운동화 차림에 머리를 뒤로 질끈 묶고 미리 작업모까지 썼다. 영락없는 동료 작업자의 모습이고 조수의 모습이었다. 처남이 와서 본 것은 아직 영화에나 나옴 직한 손님 같은 모습일 때였다. 함께 작업을 거들어도 사수와 조수가 아닌 한 쌍의 남녀로 더 오해한 부분도 있을 것이다. 이제 남은 공정은 마네킹의 머리와 몸통의 그라인딩 작업과 사포 작업으로 종일 먼지를 만들어내는 일이었다. 마스크도 거의 매일 새것으로 갈아 썼다.

"어제 놀라셨지요?"

박인수가 먼저 정중하게 인사를 했다.

216

"그래도 아침에 선생님 얼굴을 보니 안심되네요."

"그 얘기를 하기 전에 먼저 오늘 작업 진도부터 얘기하지요. 오전에 머리와 몸통을 좀 더 다듬고, 오후에 전체적으로 어디가 맞고 안 맞는지 가죽을 한번 씌워보려고 합니다. 사실 어제 그 사람들이 오지 않았으면 작업 끝 순서로 그걸 해보려고 했거든요."

어제 형사들에게도 그랬지만 지금 여자 앞에서도 감추고 말고 할 것이 없었다. 범인을 알 수 없지만 누군가 살해되었고, 박인수가 죽은 아내의 핸드폰으로 그 사람과 연락을 취한 얘기까지 여자가 들었다.

"제 인생의 가장 큰 어른이신 선생님께도 말씀을 못 드렸는데 사실 지난 3월 아내가 스스로 목숨을 끊었습니다. 좋지 않은 일을 감추려는 마음도 있었지만, 선생님께서 들으시고 실망하실까 말씀을 못 드렸습니다. 그건 마주님께도 마찬가지이고, 또 선생님께는 알리지 말아 달라는 부탁이기도 합니다."

"이해해요, 그 마음. 어른께는 알리지 않을게요."

박인수는 자신이 학생과학관에 수리한 물개 박제품을 가져다주고 돌아오던 날 새벽에 있었던 일에 대해서 간략하게 설명했다. 아내는 그렇게 떠나고, 자신으로서는 누군지 전혀 알지 못하는 어떤 사람이 아내의 장례 날과 그다음 날 아내의 핸드폰으로 전화를 걸어왔는데 받을 사람이 없어 받지 않자 다시 아내의 이름과 처제의 이름을 나란히 적은 문자를 보내오고, 이후 그 사람이 누군지 알아보기 위해 자신이 보낸 문자에 대해서도 말했다.

"듣고 보면 아무것도 아닌데, 경찰은 선생님이 그 사람을 그런 식으로 불러낸 게 아닌가 충분히 의심할 수도 있는 일이네요."

"경찰은 그걸 확인하러 오고, 저는 경찰로부터 그 사람이 예전에 아내와 처제를 가르쳤던 선생님이 아니었을까 하는 정보를 들은 거지요. 확실한 건 아니고 추측입니다."

"그럴 수 있겠네요."

"아내와 처제의 이름을 함께 알고 있는 사람이고, 또 선생이고 하니까요."

"예, 교장 선생일 때보다는 두 사람이 학교 다닐 때 일반과목 선생님으로 만날 수 있겠어요."

"그냥 제 짐작입니다."

"선생님."

여자가 조금 정색하듯 그를 불렀다.

"예."

"제가 드리는 말이 직접적이어서 듣기 조금 불편하시더라도 들어주세요."

이 말 또한 여자가 이따금 쓰는 표현 중 하나였다.

"말씀하십시오."

"이건 제가 몰라도 될 일과 상관하지 않아도 될 일에 대한 오지랖일 수도 있고, 또 제가 선생님과 일을 하며 인간적으로 궁금해서 묻는 것이기도 한데요. 선생님 아내분께서 선생님 모르게 다른 사람을 만나 임신 테스트기를 사용한 일이나 그게 드러나 스스로 목숨을 끊은 일이 선생님에게는 커다란 상처이기도 하고 또 아내가 미운 부분이기도 할 텐데, 그런 마음은 어떠신가 해서요."

218

여자가 정색하고 물어온 탓에 박인수도 거기에 대해 진지하게 대답했다.

"사실 아내가 떠나고 나서 많이 생각했습니다. 아내는 이미 떠나고 없는데 어떻게 말해야 죽어서라도 이 사람이 내 솔직한 심정을 알 수 있을까, 혼자서도 저 자신과 많이 얘기하고 아내하고도 많이 얘기했지만, 그때나 지금이나 미운 마음은 없습니다. 처음에는 믿을 수 없는 일이 벌어져 이게 정말 내 앞에 벌어진 일인가 놀랐고, 그가 누군지 얘기하라고, 왜 말을 하지 못하느냐고 윽박지르기도 하다가, 사흘째가 되던 날 일을 나가지 않을 수 없는 상황이 되어 집 밖으로 나왔다가 왠지 그냥 이렇게 가면 안 될 것 같아서 다시 들어가서 말하기 어려우면 말 안 해도 된다고, 당신이 말하지 않으면 더 묻지 않을 거라고, 그러니 당신도 아이들 생각하고 마음을 정리하고 오후에 일을 나가라고 말하고 나왔습니다. 정리가 아니라 혼자 있는 동안 무엇 때문에 결국 그런 결정을 했을까 싶은 게, 그냥 그게 한없이 안되고, 한없이 가엾고, 한없이 슬픈 마음만 들고 그렇습니다. 제 아내는 그때 어떤 일이 있었든, 또 어떤 일을 겪었든 정말 그렇게 가면 안 되는 사람이거든요."

"그렇게 가면 안 된다는 건 무슨 뜻인가요?"

여자가 거듭 진지한 얼굴로 물었다.

"저를 만나 우리가 함께 살아오며 따뜻하고 평온한 날은 있었어도 제 기억에 아내는 한 번도 마음 놓고 행복했던 적이 없는 사람 같거든요."

"왜 그렇게 말씀하시죠? 행복했던 적이 없는 것 같다고."

"설명을 해도 마주님은 잘 모르실 겁니다. 제가 아내에 대해 제일 안타까운 건 이런 겁니다. 그 사람은 태어나면서부터 깊은 슬픔 속에서 자랐던 것 같아요. 부모님 중 한 분은 일찍 돌아가시고 한 분은 집을 떠나듯 헤어지고, 동생들 때문에 학교도 그만두고 돈을 벌러 나와 어른이 되어서까지 하루라도 슬픔에서 놓여나 마음 놓고 행복했던 적이 있는지, 마지막으로 겪은 그 일 말고는 또 언제 가장 힘들고 가장 마음이 아팠는지, 나를 만나기 전이나 후나 마음으로 힘들 때 누가 옆에 있어 주기는 했는지, 이렇게 말하는 나는 아내에게 그런 위로를 한 번이나 제대로 했는지, 정말 떠난 다음 생각하니 아무것도 해주지 못하고, 알지도 못해서 이게 아내에게 너무나도 미안하고 아픈 거예요. 더구나 저의 마지막 윽박지름까지 아내의 죽음을 재촉한 결과가 되고 만 것도 한없이 미안하고, 죄송하고…… 그렇습니다."

"이렇게 말씀하시니 선생님 마음을 조금은 알 것 같습니다."

"아뇨. 말과 생각은 이렇게 해도 그게 다 빈 마음인 것 같아 마음이 아픈 거지요."

"그래도 선생님과 행복했던 시간이 있었겠지요."

"두 아이를 낳고 키우는 동안 정말 그런 시간이 있었다면 떠나서도 그걸 기억해주면 좋겠어요. 저를 위해서가 아니라 이제는 그렇게 떠난 자신을 위해서라도 진심으로요."

"선생님."

다시 여자가 그를 불렀다.

"예. 말씀하세요."

"이제 일하죠. 일하다가 또 생각나면 얘기하고요."

여자가 먼저 자신의 전동 그라인더를 잡았다. 박인수도 전동 그라인더의 스위치를 올렸다. 점심시간이 될 때까지 박인수는 박인수대로 경주마의 머리를 구석구석 갈며 주머니 속의 줄자로 가죽의 치수와 마네킹의 둘레 치수를 대조했다. 치수 기록이 못 미더운 게 아니라 머리 작업인 만큼 줄자를 꺼내는 횟수가 다른 때보다 많았다. 여자도 말의 가슴과 두 다리로 버티고 선 앞다리 윗부분의 완강한 근육을 표현해내기 바빴다. 여자는 자신의 말이 죽어서도 세상을 향해 당당하길 바라는 마음을 그대로 표현해내고 있었다. 그것이 여자가 자신을 표현하는 방법이기도 할 것이다.

일로만 보면 박인수의 눈에 여자의 작업은 좀 더 과감할 필요가 있었다. 초보여서만이 아니었다. 조각과 박제의 차이점 때문이었다. 조각은 어느 부분을 때로는 기형적으로 강조할 수 있어도 박제는 마네킹의 근육에 욕심을 내면 나중에 가죽을 입힐 때 그 부분은 당연히 가죽이 모자라기 마련이었다.

"등가죽 부족한 걸 뱃가죽 당겨 쓸 수는 없는 거지."

그가 처음 일을 배울 때 노교수가 한 말이었다. 그도 여자에게 미리 말을 해줘도 되지만, 나중에 가죽과의 대조 작업을 통해 스스로 욕심을 줄여가야 할 일이었다. 여자가 입고 있는 갈색 티셔츠의 등판 위로 땀이 배어 나와 그 부분부터 점차 등판 전체가 저쪽에 준비해두고 있는 흑갈색 경주마의 가죽과 같은 색으로 변해가고 있었다. 바깥은 여전히 바람 없이 덥고 습했다. 나뭇잎의 움직임조차 없었다.

◇

"좀 쉬었다가 할까요?"

박인수가 그라인더의 작동을 멈추고 말했다. 여자도 한참 만에야 그라인더의 작동을 멈췄다. 중간에 한 번 말을 걸 만한데도 작업만 계속하는 것은 일에 집중해서만이 아니라 속으로 생각하는 게 많다는 뜻이었다.

"이것도 제 오지랖일지 모르지만, 그 사람의 죽음에 선생님이나 선생님 부인은 아무 관계가 없어도 선생님 부인의 죽음에 그 사람은 어떻게든 관계가 있는 것 같다는 생각이 자꾸 들어요."

입에서 마스크를 떼어내 털면서 여자가 말했다.

"작업을 하며 그 생각을 한 거예요?"

"제가 그런 생각을 할 정도면 선생님은 저보다 먼저 그런 생각을 하셨겠구나, 하는 생각도 하고요. 아닌가요?"

별 얘기 아닌 듯 태연하게 들었지만, 전후 사정을 알면 누구라도 그렇게 생각할 것이다.

"저는 말 머리를 다듬으면서 지난겨울에 작업했던 소와 이 말이 많이 다르구나, 하는 생각을 했습니다."

"말씀을 돌리는 걸 보니 제 추측이 맞는가 보네요."

"그 말씀을 한 번 더 돌리면, 겉으로 보기에도 다르지만, 손으로 만질 때 소와 말의 머리 골격이 확실히 다르구나, 하는 게 있어요."

"어떤 게 그럴까요?"

"소는 마네킹 작업을 할 때 소머리가, 그러니까 얼굴 정면 두개골

부분이 너무 평면적이라 이걸 내가 처음 골격을 잡을 때 너무 민짜로 깎아버린 거 아닌가, 하고 실물 앞모습과 옆모습 사진을 다시 볼 때가 있어요."

"말은요?"

"말머리가 길다는 건 알지만, 눈으로 볼 때보다 손으로 골격을 만져서 확인하면 확실히 더 갸름하고 길어요. 그러니 길이와 둘레를 자꾸 확인해보는 거죠."

"아, 그래서 줄자를 계속 꺼내셨군요."

"동물마다 특징이 다르니까요."

"지금도 줄자 때문에 한 번 더 느끼는 건데 프로가 달리 프로가 아니죠. 같이 마네킹을 다듬어도 능숙해서만이 아니라 선생님을 보면 직업이라는 게 이런 거구나, 하는 게 있어요. 저는 조각을 했다는 사람이 그라인딩 작업을 해도 더듬더듬 장님 코끼리 다리 만지듯 하고."

"그건 쉽게 깎아낼 수 없는 애정 때문일 겁니다. 말은 생각보다 더 날렵하게 깎아야 하고, 소는 아무래도 살찐 게 보기가 좋지요. 동서가 축산 기사로 일하고 있는데 우리나라 소는 100퍼센트 인공수정으로만 태어난다고 해요. 그렇게 관리하는 건 한우의 품질 때문이기도 하고 자연교배로 생길 수 있는 질병을 막기 위해서라고 합니다."

"전국에 소가 굉장히 많을 텐데요."

"그러니 지역마다 축협이 맡아서 관리하는 거죠. 전국에 새끼를 낳을 수 있는 암소가 150만 마리인데, 이 암소들을 인공수정 시킬 수 있는 씨수소가 50마리 정도라고 합니다. 한 마리당 3만 마리의 암소가 있는 셈이죠."

"세상에나……. 대단하네요."

"그냥 계산하면 전국의 암소가 모두 새끼를 낳았을 때 3만 마리의 배다른 오누이 소가 있는 셈이지요. 실제 한우 축사에 가면 우량종 아빠 소 때문인지 소 얼굴이 다 잘생기고 비슷비슷해요."

"정말 그렇겠네요. 그게 또 말과는 확실히 다른 세계로군요."

"말은 왜요?"

"지금은 세계적으로 오지 말고는 말이 짐을 나르고 일하는 데가 거의 없잖아요. 옛날처럼 전쟁에 필요한 것도 아니니까."

"그렇죠."

"사람이 타기 위한 말도 사파리에서 쓰는 일반 승용마가 있고, 지금 우리가 다듬고 있는 애처럼 경주마가 있죠. 우리나라에 조랑말이 있듯 나라마다 고유종이 있고, 강아지 같은 애완 말도 있지만 크게 보면 승용마와 경주마로 나뉘어요. 그런데 같은 서러브레드종이라 하더라도 승용마와 경주마는 새끼를 낳는 것에서부터 관리 방식이 달라요."

"어떻게 말인가요?"

"일반 승용마는 소처럼 인공교배를 해도 괜찮아요. 실제로 그렇게 많이 하고 있어요. 그런데 경주마는 우리나라뿐 아니라 세계적으로 암말과 수말이 직접 만나 자연교배로 생산된 말들만 공식적으로 경주마로 등록할 수 있고 경기장에 나올 수 있어요. 지금 제주 목장에 있는 좋은 암말이 새끼 경주마를 생산하기 위해 미국에 있는 좋은 수말한테 씨를 받고 싶으면 검역을 거쳐 배를 타고 미국까지 가야 해요. 거기서 또 말 농장까지 자동차로 이동하고, 돌아올 때 역시 마찬가지인 거죠."

"아, 그런 건가요?"

비록 죽은 동물이긴 하지만, 그동안 많은 동물을 상대해왔던 박인수에게도 지금 들은 말 얘기는 전혀 몰랐던 세계였다. 예전에 노교수와 함께 제주에 가서 조랑말을 박피한 적이 있고, 얼마 전 봉평에 가서 뒤가 터진 나귀를 수리해준 적은 있지만 살아 있는 말이든 죽은 말이든 말을 직접 손으로 만져본 것도 이번이 처음이었다.

"꼭 그렇게 자연교배를 해야 할 이유가 있나요?"

"많이 묻죠. 그러면 또 이렇게 대답해요."

여자는 잠시 사이를 두듯 말을 끊었다.

"어떻게요?"

"경주마니까요."

"무슨 뜻입니까?"

"경마는 세계적으로 엄청난 규모의 스포츠고 레저고 또 산업이니까요. 만약 경주마 중에서 세계 최고의 암말들과 수말들을 기록에 따라 골라내어 인공교배해 나간다면 지금보다 훨씬 더 힘 좋고 잘 달리는 말들을 얼마든지 생산해낼 수 있겠죠. 지금도 경주마는 교배 전에 혈통을 가장 중요하게 보는데, 그래서 좋은 암말을 가지고 좋은 수말을 찾아가는 거죠. 인공교배가 허용된다면, 그건 아까 선생님이 말씀한 씨수소 한 마리가 3만 마리의 암소를 감당하듯, 그 정도까지는 아니라 하더라도 어느 거리에 있든 좋은 수말의 정액만 채취해 이동하면 언제 어디서든 교배가 가능하죠. 좋은 혈통마의 대량 생산도 가능하겠죠. 그러다 보면 나중에는 경기도 하기 전에 보다 더 좋은 부모마의 혈통이 미리 경기를 지배해버리게 될지도 모르죠. 말과 사람을 비유하는 게 올바르지는 않지만, 세계 제일의 남자 육상선수와 세계 제일의 여자 육상선수 사이에서 난 자녀가 나중에 잘 관리받고 훈련만 잘 하면 어떤 육상선수가 될 거라는 건 이미 예상되는 부분이 있으니까요."

"듣고 보니 그렇군요."

"그래서 자연교배로 태어난 말만 경주마로 뛸 수 있는데, 한 번 교배할 때의 비용도 엄청나서 좋은 씨수말의 정액 값이 같은 크기의 다이아몬드보다 더 비싸다는 말까지 있답니다. 또 실제로는 그렇지 않지만, 그런 이권 때문에 세계 경마 시장과 씨수말 시장을 지배하는 사람들이 자연교배만 고집한다는 말까지 나오는 거죠."

"이 말은요?"

"얘 역시 그렇게 태어나 아직 어릴 때 뉴질랜드에서 들어온 말이에요. 세계 경주마 시장을 잘 아는 백락* 같은 전문가가 추천해줘서 오빠가 제주 농장을 대표하는 말로 키울 욕심으로 들여왔는데, 저에게 사파리를 대표하는 말로 넘겨준 거죠. 우리 남매 우애의 상징으로요. 그렇게 와서 얘도 잘 자라고 잘 훈련받아 자신에게 잘했고

---

* 伯樂. 중국 춘추시대의 유명한 말 감정가로서 명마를 알아보는 혜안을 가졌다. 남들 보기엔 형편없고 삐쩍 마른 말이라도 백락은 그 말이 천리마임을 알아보아 아무리 뛰어난 명마도 백락을 만나지 못하면 진가가 알려지지 않을 정도였다.

저에게도 잘했지요. 별명 그대로 1마신*의 왕자로요."

"그건 무슨 뜻입니까?"

"세 번 우승했는데 세 번 다 정말 아슬아슬하게 1마신의 차이도 안 되게 우승했어요. 따라잡을 때도 마지막에 반 마신 정도 앞서고, 결승점 앞에서 거의 따라잡힐 듯 우승할 때도 반 마신에서 1마신 정도 아슬아슬 앞서고 그랬어요."

"그렇게 진 적은 없습니까?"

"있죠. 1마신쯤 차이로 2등을 했는데, 그날 저녁에 먹이도 먹지 않고 울었다고 해요. 기수가 연락을 받고 마사로 내려가니까 기수 어깨에 목을 걸고 울더랍니다."

"말도 그러는군요."

"가끔 그런 말들이 있다고 해요. 그런 얘기를 들을 때 마주로서는 우승할 때 이상의 감동을 받죠. 그리고 그다음 출전 게임에서 우승하면 마주로서 경험할 수 있는 거 다 경험하는 거지요. 그래서 제가 애를 제 생전에는 치울 수가 없는 거예요. 오빠를 생각해도 그렇고요."

"오빠한테는 박제한다는 얘기를 했습니까?"

"아뇨. 설치한 다음 초청하려고 해요."

여자는 경주마 생산 방식과 관리에 대해 더 많은 것을 알아보려

---

* 馬身, 말의 코끝에서 꼬리 시작점까지의 길이를 말한다. 말의 크기에 따라 다소 차이가 있지만 통상 경주마의 일반적 크기인 2.4미터를 1마신으로 표기한다. 경마에서 1마신 차로 우승했다고 하면 2등으로 들어온 말보다 2.4미터 앞서 들어왔다는 뜻이고, 반 마신 차로 우승했다면 1미터 남짓 앞서 우승했다는 뜻이다.

면 인터넷으로 검색하면 된다고 했다. 다이아몬드보다 비싼 씨수말 정액 얘기도 건조하게 했지만, 아마도 자세한 얘기는 지금까지 말로 한 것보다 민망스러운 설명이 뒤따라서일 것이라고 박인수는 이해했다.

◇

오후 3시에 작업실에서 나오기 전 박인수는 사파리의 여자와 함께 이제까지 다듬은 경주마 마네킹에 먼저 박피하여 준비하고 있던 가죽을 올려보았다. 머리 부분은 꽉 끼듯 억지로라도 들어갔지만, 그다음 목 부분의 상체부터 솔기가 터진 옷처럼 몸체와 가죽이 따로 놀았다.

"아직 많이 깎아야 하나 봐요."

기대 같지 않자 약간 풀이 죽은 모습으로 여자가 말했다.

"지금보다 날렵하게 근육의 특징을 살려내는 방식으로 하면 됩니다."

"제가 나와서 돕는 게 아니라 방해를 하네요."

"아닙니다. 전에는 박제만 생각하며 일했는데, 마주님 나오는 다음부터 전에는 전혀 생각하지 않았던 조각의 세계에 대해 새롭게 이해하는 것도 있지요."

그는 여자에게 분명히 임명호와 연관이 있을 처제를 만나러 간다고 하지 않고 시골에서 올라오는 옛 친구를 만나러 간다고 했다.

◇

　동물 표본제작소에서 송추까지는 자동차가 막히지 않는 시간에
출발했을 때 넉넉잡고 30분이면 충분했다. 박인수에게 그 길은 지
난 3월 아내의 주검을 싣고 벽제 승화원으로 가던 길이었다. 그때는
바위산과 길가 담벼락 곳곳에 그의 마음을 후려치듯 노란 개나리
가 피어났다. 지금은 온 산이 바위 말고는 온통 초록색이었다. 출발
할 때 전화를 걸자 처제는 그곳의 스타벅스로 오라고 했다.

　"거기는 너무 붐비지 않아?"

　―그래도 거기가 편해요. 장흥 유원지로 놀러 오는 손님들이라
이목도 덜하고.

　"이목 피할 일이 뭐가 있어서."

　―그래도요.

　박인수가 스타벅스에 들어서자 평소엔 꾸미고 다니길 좋아하는
처제가 집에서 청소를 하다가 급히 나온 것 같은 차림새로 금방 뒤
따라 들어왔다. 처제는 자리에 앉자마자 스스로 그런 차림인 것에
대해 조금은 계면쩍은 표정으로 박인수에게 인사만 하고 어디론가
전화부터 걸었다. 동서인 듯싶었다. 처제는 형부가 아이들 일 때문
에 송추로 와서 지금 막 스타벅스에서 만났는데 바꿔줄지를 물었
다. 동서는 다른 안부 없이 괜찮다고 말하는 듯했다.

　"알았어요. 금방 얘기하고 들어갈게요."

　"바쁜 모양이네."

　"그런 건 아닌데 사람을 어디 나다니지 못하게 하네요."

229

"왜?"

"요즘 그래요. 집에만 있으라고 하고. 나가면 어디에 누구 만나러 나가는지 말하라고 그러고."

"처제가 너무 자유분방해 그러는 거 아니야?"

"그냥 그래요, 요즘……."

말은 심드렁하게 했지만, 그런 모습을 보이게 된 것에 대해 무척 자존심 상한다는 얼굴이었다. 청소를 하다가 나온 듯한 차림도 이유가 있어 보였다.

송추로 나오기 전 박인수는 아내의 핸드폰을 충분히 충전해 나왔다. 처제에게 보여줄 것도 있고, 확인할 것도 있었다. 차는 조금 전에 보였던 모습 때문인지 "형부가 여기까지 오셨는데 제가 사야죠"라며 처제가 주문했다. 그는 아메리카노를 주문하고 처제는 단거라도 먹어야겠다며 휘핑크림을 잔뜩 올린 카페 모카를 주문했다.

"동서도 별일 없는 거지?"

"별일은 없지만, 요즘 부쩍 술을 좀 많이 하네요."

"술을?"

"동물 상대하는 일이 비릿해서 그런대요."

"그럼 평소에는 어떻게 했어?"

"전에도 구제역 방제할 때는 많이 마셨죠. 수종이 데리고 일 다닐 때요."

"요즘도 처남하고 자주 마시나?"

"요즘은 안 어울리는 것 같아요. 수종이도 나하고만 이따금 통화하지 매형하고는 뭐가 못마땅한지 매형 얘기만 나와도 틱틱대고 그래요. 정석이랑 미진이 다 잘 있죠?"

"잘 있기야 하지. 엄마가 떠난 다음 방황해서 그렇지."

박인수는 아이들과 처남 이름이 나온 김에 처남이 표본제작소에 와서 보고 갔다는 사파리의 여자에 대한 얘기부터 했다.

"제주에 수십만 평 목장과 여기 파주에도 수만 평 승마장을 가지고 있는 사람이야."

여자의 오빠 것까지 합쳐 말했지만, 일부러 과장해 말한 것은 아니었다. 그래야 처제가 제대로 이해할 것 같아서였다.

"작업실에 오는 건 사파리에 전시할 말 박제 때문인데 그것도 이제 다 끝나가고 있어. 잠시 같이 일을 해도 우리하고는 사는 것도 다르고, 생각하는 것도 다른 사람이야. 그 얘기를 어떻게 했는지 애들이 아빠를 오해하고 말이지."

"그런 거면 제가 전화할 때 잘 얘기하지 그랬어요. 수종이가 갔다 와서 그렇게 말하니 나도 그런 줄 알았죠."

"무슨 얘기 한다고 제대로 듣겠어? 얘기도 나오기 전에 뒤틀어 생각하고."

"수종이가 두 번 갔는데 두 번 다 여자하고 같이 일하는 걸 봤고 보통 사이 같지 않더래요. 걔는 그게 많이 화나고 슬펐나 봐요. 매형이 그러면 안 된다고. 그래서 내게도 울면서 말했어요."

"그렇게 화나고 슬픈 사람이 누나 장례식에도 안 와?"

"그때는 마음이 또 그랬다잖아요."

"처남은 요즘 뭐해?"

"뭘 하는지는 잘 모르겠는데 걔야말로 언니 떠난 다음 많이 방

231

황하는 거 같아요. 어릴 때부터 언니가 엄마 같았으니까 많이 의지
했거든요. 요즘 술만 마시면 전화해서 큰누나가 왜 그렇게 되었느냐
고, 작은누나는 아는 게 없냐고, 알면 아는 대로 얘기해달라고 괜
히 나한테 화를 내며 울고."

"그래서 엉뚱한 사람 의심해서 애들까지 한 번 더 상처받게 만들
고 말이지."

"그건 형부가 저한테 제대로 얘기하지 않아서 그런 거라니까요."

"언제나 남 탓이지. 그래, 오늘은 그걸 따지러 온 것도 아니니까
거기까지 하지. 내가 하고 싶은 말은 지금부터인데 처제, 내 얘기 잘
들어."

박인수는 짐짓 엄숙한 얼굴을 해 보였다.

"무슨 얘긴데요? 갑자기 무섭게……."

"임명호가 누구야?"

박인수는 틈을 주지 않고 물었다.

"……"

기습적이기도 했지만, 처제는 얼른 대답하지 못했다.

"누구냐고."

"……"

처제는 손에 잡고 있는 카페 모카 표면만큼이나 하얗게 얼굴이
굳어졌다. 아내와 결혼한 다음 이제까지 처제에게 언니와는 다르게
자기만 챙기는 이기적인 모습과 처녀 시절 행동을 너무 분방하게 하
는 것에 대해 한두 마디 싫은 소리를 한 적은 있어도(이것도 아내가
자기가 말하면 듣지 않으니 형부가 좀 따끔하게 말하라고 해서) 이렇게

단호한 표정으로 따지듯 묻거나 말한 적이 없었다. 박인수는 여기서 한마디라도 솔직한 대답을 듣자면 틈을 주지 않아야 한다고 생각했다.

"그 사람 미진이 엄마하고는 어떤 사이고, 처제하고는 또 어떤 사이야?"

"어떤…… 사이는요……."

"이렇게 보자고 할 때는 그냥 온 게 아니라 알아볼 만큼 알아보고 온 거야. 누구냐니까?"

"예전…… 학교 선생님이었어요……."

"여강 학교 말이지?"

"예……."

"그 사람 최근에 누구에게 살해당한 것도 알지?"

"예……."

박인수는 다른 쪽 주머니에 넣어온 아내의 핸드폰을 꺼내 탁자 위에 올려놓았다.

"미진이 엄마 죽던 날, 물론 다른 사람들과도 통화했겠지만, 죽기 전에 임명호 그 사람과 통화했어. 통화한 다음에 여기에 있는 그 사람의 연락처 정보와 통화 기록을 다 지우고 떠났어. 그런데 미진이 엄마가 떠난 다음 임명호가 다시 전화를 걸었고, 우리가 장례식장에 있던 날과 장례 날에도 임명호가 전화했어."

"몰라요, 저는…… 그런 거……."

"당연히 모른다고 하겠지만, 처제가 모를 리가 없지."

"몰라요……."

"잘 봐. 지금 이 전화기엔 임명호가 장례 전날과 장례 날 전화를 걸었던 기록이 남아 있지 않아. 그래서 모른다고 하는데, 그건 처제가 미진이 엄마 장례 날 강가에서 나한테 이 핸드폰을 돌려줄 때 임명호가 보낸 발신 흔적과 문자를 모두 지우고 주었기 때문이지. 미진이 엄마가 그 사람 연락처 정보를 지워 임명호라는 이름 없이 010-5782-26XX라는 번호만 떴는데도 그게 임명호의 전화라는 걸 알고 지웠던 거지."

"저는 모른다니까요⋯⋯."

"이 핸드폰에는 지워졌지만, 미진이 엄마가 죽던 날과 그다음 날과 장례 날에 임명호가 전화를 걸었다는 걸 경찰이 말해줬어. 그 전화 때문에 경찰이 나까지 찾아왔던 거라고. 여기에 기록이 없는 건 그때 핸드폰을 가지고 있던 처제가 지웠기 때문이지. 내가 처제로부터 이 핸드폰을 돌려받자마자 걸려온 전화가 바로 이거야."

3월 26일 오후 4시 3분
부재중 전화 010-5782-26XX

"자, 봐. 내 말이 틀렸는지."

박인수는 임명호의 부재중 전화 기록을 처제의 눈앞에 디밀었다. 본인은 모른다고 했지만, 아내의 핸드폰에 찍혀 있는 번호까지 보여주자 처제의 얼굴이 더욱 하얘졌다. 박인수는 그게 목적이 아니었다. 처제를 추궁하는 게 목적이 아니라 임명호와 아내가 어떤 사이며, 그것이 아내의 죽음에 어떤 영향을 미쳤는지, 아내가 마지막 사용했던 임신 테스트기가 혹시 임명호와 관련된 것은 아닌지 알고 싶었다. 아내도 임명호도 이미 이 세상 사람이 아닌 지금 그걸로 무얼 어떻게 할 수 있는 것은 없었다. 그래도 아내가 무엇 때문에 그런 선택을 했는지, 누구의 이름을 보호하기 위해 자신의 목숨까지 내놓았던 것인지는 알아야 했다. 밀어붙이기만 할 게 아니라 대답을 끌어내야 했다.

"처제."

"예⋯⋯."

"내 말 잘 들어. 솔직히 예전부터 처제가 자유분방한 사람인 것은 알지만 임명호와 어떤 사이인지 그건 나한테 중요하지 않아. 거기에 대해서는 따로 듣고 싶지도 않고."

일단 퇴로를 열어주고 다시 고삐를 쥐었다.

"내가 알고 싶은 것은 처제가 아니라 언니와 임명호가 어떤 사이냐는 거야. 두 사람이 어떤 사이길래 마지막 날 죽기 직전에 통화하고, 이후에 전화를 받지 않으니 어떤 사인처럼 '수인 수정'하고 자매 이름을 나란히 문자로 보내냐는 거야."

처제의 눈빛이 확실히 흔들렸다. 임명호 얘기가 나오기 전만 해도 한쪽 무릎에 다른 쪽 다리를 올려 까딱이던 샌들도 아래로 내려 바닥에 두 발을 디뎠다. 처제는 빨대를 이용해 커피 한 모금을 빨아 마신 다음 한참 만에야 무언가 체념한 얼굴로 입을 열었다.

"얘기할게요, 형부. 들어보세요. 언니랑 제가 살아온 얘기예요."

◇

경기도 여주시 북내면 한배미들.

형부도 잘 알겠지만 그곳이 우리 3남매가 태어나고 자란 고향이에요. 북내면 전체에 골프장이 네 개 있어요. 그중 36홀로 가장 큰 스카이밸리CC 아래쪽이 한배미들이에요. 제가 거기 골프장을 잘 아는 건 고향도 고향이지만 고등학교를 졸업하고 스카이밸리에서 사무직으로 오래 일했기 때문이에요. 우리가 어릴 때만 해도 거기는 산이었고, 산골짜기에 작은 다랑논이 층층이 있었어요. 그 아래에 제법 너른 들판이 있는데, 한배미들이라는 이름도 넓은 논배미라는 뜻이에요.

우리 집 논밭은 아니에요. 아버지는 그곳에서 나고 살았는데도 자기 농토 없이 남의 집 논밭을 빌려 농사를 지었어요. 어떻게 보면 무능하다고 볼 수도 있겠지만, 아버지는 참 이상하게 하는 일마다 잘 안 됐어요. 우리 기억에 양파를 심으면 그해 어김없이 양팟값이 폭락하고, 고추를 심으면 전에 없던 병이 돌아 빨갛게 익어야 할 고추가 밭고랑 사이에 허옇게 떨어졌어요. 그걸 한 움큼 쥐고 울상을 짓던 아버지의 모습을 지금도 잊을 수가 없어요. 어떤 일을 해도 운이 없던 아버지는 죽음조차 그랬어요. 정미소 일꾼으로 들어가 늦은 저녁 벼를 정미소로 나르다가 경운기 앞머리가 핑그르르 돌며 냇가로 떨어졌어요. 사람들은 앞서가던 트럭에서 떨어진 이불이 경운기 바퀴를 감았다고 했어요. 언니가 중학교 1학년, 제가 초등학교 5학년, 수종이가 1학년이던 해 가을의 일이었어요.

정미소와 악연이 있는 건지 정미소 일로 아버지를 잃고, 엄마마저 정미소 일로 헤어졌어요. 아버지가 돌아가신 다음 엄마가 대신 정미소 일을 나갔어요. 그 시절 여주 이천 쌀이 좋다니까 한밤중에 다른 지역의 벼가 트럭으로 들어와 밤새 도정을 해 나가던 때였어요. 거기에서 일하는 2년 반 사이 엄마는 정미소의 일을 돕는 정미소 주인의 동생과 바람이 났어요. 이 세상에서 가장 힘든 일 중 하나가 우리가 나서서 어떻게 할 수 없는 소문을 견디는 일이라는 걸 그때 알았어요. 소문이 우리 귀에까지 들려올 땐 더 퍼져나갈 데가 없을 때였어요. 지금 와서 보면 엄마도 이해 못 할 건 아니에요. 아버지가 돌아가시고 동네 정미소에 나가 일하는 엄마의 벌이만으로 무얼 할 수 있고, 무슨 희망이 있었겠어요? 우리를 버리고 떠난 걸 원망하고 미워하면서도 이해는 해요. 지금도 만나지는 않아요. 찾으려면 찾을 수 있겠지만, 우리도 찾지 않고 엄마도 일절 연락이 없었어요. 이제는 아주 남남이라는 얘기죠.

이런 얘기는 어떤지 모르겠어요. 언니와 저 사이를 설명하는 말이니 그냥 가려서 들으세요. 끼니도 겨우 이을 정도였으니 언니도 그랬지만, 특히나 저는 몸의 성장이 무척 느렸어요. 지금은 작은 몸이 아닌데, 몸의 성장도 그렇고 마음의 성장도 그랬어요. 아마 아버지가 돌아가신 다음 마을을 휘감고 돌던 엄마의 소문과 우리 힘으로 해결할 수 없는, 하루 세끼 밥 먹는 것조차 쉽지 않은 가난이 내 성장판을 붙잡고 있었던 것인지도 몰라요. 첫 생리를 중학교 2학년 봄, 엄마의 가출이라고 해야 하나, 그게 이제 우리 남매들에게 움직일 수 없는 사실로 알려지던 날 저녁에 했어요. 지금도 나는 생리를 하면 그때 일이 생각나요. 생각하지 않으려 해도 저절로 떠올라요. 하필이면 그날 그것이 난생처음 경험하는 불안과 불쾌감과 두려움 속에 빼빼 마른 나를 찾아왔는데 언니가 도와줬어요. 도움을 받으며 언니에게 물어봤어요.

"언니는 언제 했어?"

"중학교 1학년 때."

"나는 늦은 거네."

"빨라서 좋은 것도 없어. 너는 아마 참고 참았다가 오늘 하는 건지 모르겠다."

처음에는 그 말이 무슨 뜻인지 몰랐어요. 언니는 아버지가 돌아가시던 날 저녁에 그게 아버지의 죽음을 미리 알려주는 슬픔처럼 찾아왔다고 했어요. 어쩌면 이것도 그 시절부터 우리 자매가 다른 자매들보다 서로 마음을 더 잘 알고, 이해하고, 가깝게 느끼게 하는 계기가 된 것인지 몰라요. 아버지가 사고로 돌아가시던 날과 엄마가 우리를 버리고 떠나던 날, 자매가 그렇게 첫 생리를 하고, 우리에게 이제 엄마마저 없음을 현실로 받아들였죠. 그런 다음 내 몸도 이제까지 나를 가두고 있던 사슬을 끊듯 빠르게 자라기 시작했어요. 벌써 그해 여름에 빠르게 가슴이 부풀어 올랐어요. 언니는 고등학교 1학년이니 더 그랬겠죠.

언니가 임명호 선생님을 처음 만난 건 고등학교에 입학하면서였지만, 엄마가 떠난 다음 학교에서도 그런 학생 관리가 필요하게 되었던 거죠. 임명호 선생님이 언니의 1, 2학년 담임선생이었어요. 담당 과목은 언니도 나도 잘 할 줄 모르는 수학이었어요. 배운 공부는 기억나지 않는데 선생님이 해준 얘기 하나는 기억나요. 기하학 시간에 누가 "너무 어려워요" 하니까 선생님이 말했어요.

"여강이 여기 여주의 젖줄이지. 여강에 홍수가 나면 여주의 농작물이 물에 잠기고 농토가 쓸려나가듯 이집트의 나일강이 그렇다. 해마다 나일강의 홍수로 먼저 있던 농토가 사라지고 새 농토가 생기고 하는데, 땅을 잃지 않으려면 물길을 잘 관리해야겠지. 이걸 관리하고 측량하는 게 기하학이다. 우리나라 왕이 나라를 잘 다스리기 위해 공자와 맹자 말씀을 공부하듯 이집트 왕은 기하학을 기본으로 공부해야 하는데 어느 날 왕이 너희처럼 물었지. '이걸 좀 쉽게 배울 수는 없소?' 그러자 선생이 아주 명대답을 했지. '대왕, 기하학에는 왕도가 없습니다.' 이 말이 너희가 아는 학문에는 왕도가 없다는 유클리드의 말이다."

그래서 별명도 여강의 유클리드였어요. 아이들에게 무섭지 않고, 어느 면 자상하고 너그러운 선생님이었어요. 다른 사람에게는 모르겠는데 학교 다닐 때 우리 기억엔 그랬어요.

언니는 학교를 근로 장학생으로 다녔어요. 중학교와 고등학교가 한 울타리 안에 같은 운동장을 쓰니 언니의 학교생활이 다 보이는 거죠. 다른 사람들 0교시 자습할 때 선생님 자리마다 물컵을 놓아주고 복사 심부름도 하고, 점심시간이면 교내 매점에 나가서 빵을 팔고, 때로는 은행 심부름도 하고, 야간자율학습시간에도 내일 수업 준비물 복사와 잔심부름을 하고, 그런 일을 하는 거였어요. 나는 언니가 자기가 돈을 벌어 학비를 댈 테니 그것만은 절대 하지 못하게 했지만, 근로 장학생이라는 게 자기가 하기 싫다고 안 할 수 있는 것도 아니에요. 학교에 특별한 1등이 있듯 근로 장학생도 아예 입학 때부터 이번 학년은 누구라고 딱 정해져 있는 거죠. 암튼 근로 장학생은 학교 안팎으로 해야 할 자질구레한 일이 많았어요.

이런 얘기는 해도 언니와 임명호 선생님에 대해 길게 얘기하기는 참 어렵네요. 제가 모르는 부분도 많고요. 이건 형부가 알아서 듣고 짐작하세요. 임명호 선생님은 부인이 서울에 직장이 있어서 혼자 여주에 와 있었어요. 언니의 심부름이 다른 선생님보다 더 많은 부분도 있었을 거예요. 그렇지만 그런 걸로 학교에서나 동네에서 소문난 일은 없었어요.

선생님과 학생 사이의 이상한 소문은 다른 선생님과 다른 언니에게 있었어요. 소문 끝에 그 선생님은 다른 학교로 가고, 그 언니도 다른 학교로 전학 갔어요. 그 선생님 말고는 선생님에 대한 나쁜 소문은 오히려 어떤 여자 선생님에게 있었어). 수업할 때 말고는 교무실에 정말 몸종이 하나 필요한 선생님이었어요. 아기가 있는 선생님이었는데 아기용품 좀 사 오라고, 그거 사 오는 김에 두루마리 휴지 한 묶음 같이 사 오라고, 그걸 학교로 가져오면 다른 선생님이 보니까 학교로 가져오지 말고 자기 집으로 가져오라던 선생님이 있었어요. 두 뭉치니까 저하고 언니하고 같이 들고 가다가 다른 선생님 눈에 띄면 왜 눈에 띄었냐고 조심성이 없다고 야단치기도 했어요.

언니가 저에게 나중에 너는 근로 장학생 같은 거 하지 말라고 했던 것도 아마 그 선생님에 대한 나쁜 기억 때문일 거예요. 지금 언니를 편들어 얘기해서가 아니라 임명호 선생님하고 언니는 꽤 많은 심부름을 하고, 학급 일을 돕고 하면서도 그런 게 없었어요. 작은 동네와 학교에서 그런 소문이 나면 앞서 말했던 경우처럼 선생님이 떠나거나 학생이 다른 데로 전학 가거나 해야 하는데, 언니는 그래서 학교를 그만둔 게 아니었거든요.

언니는 2학년 1학기까지 근로 장학생으로 학교에 다녔지만 그걸로는 생활이 부족하죠. 예전에 엄마가 우리하고 같이 살 때 돈을 벌어야 했던 것처럼 큰돈이든 적은 돈이든 우리 3남매 살림에도 누군가 돈을 벌어야 했어요. 그러잖으면 살 수 없으니까요. 근로 장학생은 학비 면제뿐이거든요.

생각이야 전부터 있었겠지만 언니가 소녀 가장으로 어느 날 갑자기 학교를 그만두고 돈을 벌어야겠다고 결정한 건 저 때문인 것도 있어요. 그때 저는 중학교 3학년이었어요. 학교에서 고등학교 진학 상담을 하던 때인데 제가 고등학교에 안 가겠다고 하니까 수종이까지 보는 앞에서 언니가 내 뺨을 불이 번쩍 나게 때렸어요. 돈을 벌어도 중학교에 다니는 네가 버는 게 아니라 언니가 벌어야 하지 않겠느냐고, 그래야 너도 가르치고 수종이도 나중에 가르치지 않겠냐고 하면서요. 그날 수종이까지 셋이 서로 붙잡고 참 많이 울었어요. 울면서 제가 엄마를 원망하니까 언니가 엄마가 있었으면 더 방법이 없었을 거라고, 엄마가 우리를 먼저 떠나준 것을 다행으로 여기라고 했어요. 제 뺨을 때린 것도 그랬지만, 처음 언니의 그런 면을 보았어요. 형부한테는 어땠는지 모르지만 우리에게는 언니나 누나로서 그렇게 단호한 면을 보였어요. 저는 지난봄에 형부가 언니가 잘못된 것 같다고 전화를 했을 때 제일 먼저 떠오르던 것이 제 뺨을 때리던 언니의 모습이었어요. 이유는 모르지만 언니가 단호한 결정을 내렸구나, 생각했던 거예요.

아마 학교를 그만둘 때와 서울로 떠날 때도 임명호 선생님과 상담했던 걸로 알아요. 처음엔 선생님도 말렸겠죠. 그렇지만 선생님이 언니와 저, 우리 두 사람 학비와 3남매 생활비까지 대줄 수 있는게 아니니까 어쩔 수 없이 언니 뜻대로 하게 한 거죠. 언니는 한 번도 거기에 대해서 말하지 않았지만, 선생님과 언니가 가까워졌다면 언니가 서울로 간 다음일 거예요. 언니는 서울 가서도 고생을 많이했어요. 제 고등학교 학비는 장학금 형식으로 감면됐지만, 저와 수종이가 사는 집의 집세하고(시골집이라 집세가 많지는 않았지만요) 생활비는 언니가 어떻게든 만들어 보내주었어요. 언니가 일하는 데를 옮기거나 옮기는 곳을 미처 구하지 못했을 때 임명호 선생님의 신세를 진 적도 있었겠지만, 그런 적도 한두 번 정도였을 거예요.

그렇게 3년이 지난 다음 제가 고등학교를 졸업하면서 골프장의 사무직으로 들어가니까 그때부터는 제가 벌었죠. 제가 졸업과 동시에 골프장에 취업이 되었던 것은 학교 힘도 있고, 지역민 채용을 위한 북내면 면장님 힘도 있고 그랬을 거예요. 그다음부터는 제가 수종이 고등학교 졸업할 때까지 보호했죠. 이후에도 진우 아빠와 결혼할 때까지요. 언니가 형부를 만난 것도 제가 학교를 졸업한 다음 골프장에 다닐 때였어요. 그때는 언니가 수종이에 대해서 자랄 때 옆에 함께 있어 주지 못한 것에 대해 안타까움은 있어도 생활은 저에게 맡긴 다음이라 큰 부담은 없을 때였어요.

이게 우리가 여강에서 자랐을 때의 얘기예요. 언니도 나도 어쩌면 사춘기라는 말이 사치와도 같은 환경 속에서 자랐는지 몰라요.

그런데도 언니는 아버지 엄마와 헤어진 다음 3남매의 맏이로 감당해야 할 부담도 크고, 가난도 지긋지긋했을 텐데 어른이 되어서도 우리의 제일 아름다웠던 시절이 여강에 있었다고 얘기해요. 그게 너무 어렵고 힘들어 학교까지 그만두었는데도요. 언니는 어른이 된 다음 일을 다녀도 차가 없으니까 어쩌다 쉬는 날 기분이 울적하면 "수정아, 우리 여강 갈래?"라고 말했어요. "거기에 뭐가 있다고?" 제가 물으면 언니는 "네 거 내 거, 우리 수종이 거, 다 있지", 그렇게 말했어요. 저도 사실 언니 때문에 여강이 뒤늦게 좋아졌는지 몰라요.

아, 그러고 보니 한 가지 더 얘기할 게 있네요. 형부가 수종이의 지난번 일 같은 거 좀 더 이해할 수 있는 부분도 되고요. 언니에 대해 수종이가 사랑에 목말라한달까 집착한달까 그런 게 있었어요. 언니가 서울에서 일할 때인데 우리를 보러 왔다가 우리하고 있지 못하고 다른 데서 온 연락을 받고 나갔다가 한밤중에 온 적이 있어요. 그때 선생님이 언니를 집 앞까지 데려다주는 걸 수종이가 봤어요. 그 시간 화장실에 가려고 밖에 나갔다가 언니가 선생님 차에서 딱 내리는 모습을 봤는데 별 건 아니었어요. 여주 시내에서 고등학교 동창 몇이 선생님과 같이 만나는 자리로 언니를 불러냈던 건데 수종이는 선생님이 언니를 불러낸 걸로 오해한 거죠. 이때가 수종이 중학생 때인데 이때부터 수종이가 언니 여강에 오면 괜히 불안해하면서 언니를 어떻게 하지는 못하고 언니가 어딜 가면 어디 가느냐고 꼬치꼬치 묻고 감시하듯 했어요. 이건 제가 골프장에 근무할 때도 그랬어요. 조금만 늦어도 언제 들어오느냐고 난리가 났어요. 어려도 자기가 누나를 보호해줘야 하는데 그럴 힘이 안 되니 그게 그런 식으로 나타나곤 했던 거죠.

고등학교에 들어간 다음 임명호 선생님에 대해서도 반감이 컸어요. 거기는 사립이라 선생님들이 한 학교에 오래 있거든요. 선생님은 어릴 때부터 봐와서 하나라도 챙겨주려고 하면 수종이가 오히려 팩팩거리고 했던 거죠. 그게 선생님에게만이 아니에요. 우리가 보면 수종이가 형부도 그렇게 대하는 부분이 있고, 진우 아빠에 대해서도 그러는 게 있어요. 언니는 그게 수종이가 아버지와 엄마와 헤어진 게, 특히나 엄마와 그런 식으로 헤어진 게 우리보다 어릴 때 겪은 상처 때문인지 모르겠다고 했어요. 언니가 잘못된 다음 혼자 언니네 이사한 데를 가보거나 형부 작업실 가보고 한 것도 아마 그래서일 거예요. 형부 작업실에 오는 여자 얘기도 일부러 나쁘게 생각한 게 아니라 저절로 그렇게 생각되는 부분이 있어서일 거예요.

◊

처제가 다 말하지 않은 부분도 있을 것이다. 특히나 자신의 얘기는 빼놓거나 다르게 말한 부분도 있을 것이다. 한 가지만은 분명했다. 그 시절 힘들고 가난하게 살았어도 아내는 여강 한배미들에서 동생들과 함께 지낼 때가 인생에서 가장 꽃 같고 아름다웠다고 말한 부분이었다. 남편인 자신에게도 그렇게 말했다. 예전에는 들어도 잘 이해하지 못했는데, 혼자였다면 그렇게 말하지 않았을 것이다. 함께 흔들리며 핀 꽃들로 거친 들판이 아름답고 그걸 견뎌낸 시간이 아름다웠을 것이다.

244

"언니가 세상 뜨기 전 그 사람과 통화한 것은 무엇 때문이었을까. 그건 두 사람 다 잘못되었으니 알 수 없다 하더라도 임명호 그 사람이 언니가 죽은 다음 다시 전화를 걸고 처제가 그걸 누가 볼까 봐, 아니 누가가 아니지, 내가 볼까 봐 지운 것은 무엇 때문이야?"

"언니하고 선생님하고 그날 전화를 왜 했는지는 저도 알 수가 없죠. 그걸 제가 어떻게 알겠어요? 저 모르는 두 사람의 일도 있겠죠."

"그럼 통화 기록을 지운 건?"

"아까는 겁이 나서 모른다고 했지만, 제가 선생님의 전화를 지운 건 언니가 죽었는데 언니 핸드폰으로 선생님이 전화를 거니까 그게 형부한테 엉뚱한 오해를 사게 될까 그랬던 거예요."

처제는 피할 건 피하고, 빠져나갈 건 그물에 비늘 하나 다치지 않고 빠져나갔다. 박인수는 한 번 더 그물을 조였다.

"그래서 나보고 언니 핸드폰 얼른 해지하라고 하고, 나중에 내가 임명호에게 언니 핸드폰으로 문자를 보냈을 때 그게 언니 남편이 보내는 거라고 알려줬던 거야?"

"그러지 않으면 두 사람 사이에서 무슨 일이 날지 겁이 났어요."

"무슨 일이라면 지금 임명호에게 벌어진 일 같은 거 말인가?"

"아뇨…… 그런 일까지는 아니라도……."

"그 사람에게 언니의 죽음을 알린 사람도 처제가 맞지?"

"예……. 장례식장에 있던 날과 장례 날에는 옆에 진우 아빠도 있고 형부 눈치도 보이고 해서 통화는 못 하고 통화 기록만 지우고…… 다음 날과 그다음 날에는 너무 정신이 없어 잊고 있다가 이틀인가 지나서 언니가 잘못됐다고 알려줬어요."

"언니가 잘못된 것을 알리면서 언니가 죽기 전에 무슨 말을 했는지도 물었을 거 아냐?"

"전할 말만 하느라 길게 통화는 못 했는데, 그냥 힘들다고 했대요. 마음이 많이 힘들다고⋯⋯"

"그래서 죽는다고?"

"그런 얘기는 없었대요. 죽는다는 걸 알면 죽는다고 한 사람에게 자기가 나중에 전화를 걸 수 있겠느냐고⋯⋯"

"그래, 하나만 더 묻지. 학교 다닐 때는 가정환경 때문에 그 선생과 가까웠다고 해. 그때부터 지금까지 인연이 죽 이어진 것은 아닐 테고, 어른이 된 다음 다시 만나기 시작한 건 언제부터야? 미진이 엄마든 처제든."

"언니가 학교를 제대로 다녔으면 작년이 졸업 20주년이거든요. 졸업을 하지 않았으니까 기념행사에 나가지 않았어요. 그래도 같이 학교를 다닌 인연으로 연락처를 받았는데 거기에 학년별 담임선생님 전화번호가 있었대요."

본인들은 이미 세상을 뜬 다음이고, 아내와 임명호 사이에 대해서 물어도 처제의 태도로 보아 더 나을 대답도 없어 보였다.

"형부."

처제는 아까와는 달리 평정을 찾은 얼굴로 박인수를 불렀다.

"말해."

"누구도 언니가 왜 죽었는지 몰라요. 유서에도 말을 하지 않아 나나 수종이도 모르고, 아이들도 전날 엄마 아빠가 무슨 얘긴지 큰소리도 내지 않고 밤새 싸웠다는 얘기만 해요. 그 일로 엄마가 그랬던 것 같다고. 아는 사람은 형부뿐이에요. 정말 언니가 왜 그랬던 거예요? 이제 좀 말해봐요."

박인수도 최근 거기에 대해 생각이 많아졌다. 처제가 뭔가 말을 하지 않고 속이는 부분도 있겠지만, 아내의 죽음에 대해 가장 확실하게 아는 사람은 자신이었다. 장례를 치르는 동안 처제가 수시로 다가와 언니의 죽음에 대해 물을 때 그는 처제도 거기에 대해 뭔가 알고 있거나 짐작하고 있는 게 있어서 자신의 대답과 맞춰보려고 그러는 게 아닐까 생각했다.

아이들도 끊임없이 엄마가 왜 죽었는지 저희끼리 이런저런 생각을 하다가 이모가 전한 사파리 여자의 일로 이제 더 참기 어려운 지점까지 왔다. 어떤 대답이든 납득할 수준으로 이해되지 않으면 그것은 전적으로 아빠가 저지르거나 아빠가 엄마를 죽음 속으로 밀어넣은 일이 되는 것이었다. 어제저녁의 일만 보더라도 이제 아빠가 직접 대답하거나, 납득시켜야 할 시간이 다가온 것이었다. 그러나 아무리 생각해도 엄마가 사용한 임신 테스트기를 아빠가 아이들에게 직접 말할 수는 없는 노릇이었다.

"처제."

"예."

박인수는 처제에게 어제 아이들과 있었던 일을 얘기했다.

"애들도 그렇게 생각하지 않겠어요? 수종이도 형부가 언니를 어떻게 한 게 아니냐고 말하는데."

"그래서 얘긴데……. 이건 처제라면 누구에게도 옮기지 못할 얘기라서 말하는 건데……."

박인수는 처제에게 지난봄 물개 박제품을 수리한 것을 싣고 경기도 학생과학관에 다녀오던 날의 얘기를 했다.

"내가 화장실에서 그 물건을 보지 않았다면 아무 일도 없었던 것일까. 아니, 아무 일도 일어나지 않았을까. 나는 지금도 내가 그걸 왜 봤던 것일까. 그날 어쩌다 그걸 발견하게 된 게 그렇게 후회될 수 없어. 내가 후회할 일이든 아니든 저절로 후회가 될 정도야. 그것과 관련해 의심스러운 전화가 두 개 있었어. 한 사람은 이삿짐을 쌀 때 처제가 발견한 통장에 다른 날도 아니고 미진이 엄마가 죽던 날 돈 1천만 원을 입금한 사람이고, 또 한 사람은 그 무렵 자주 전화했던 임명호 그 사람이고."

"그렇지만 선생님은 아니에요."

"저쪽 사람은 더 아니야. 그 사람은 내가 직접 만나보고 왔어."

"그럼 다른 사람이지 선생님은 아니에요."

거듭 처제가 말했다.

"어떻게 아니라고 단정적으로 말할 수 있지?"

"그건……"

그가 강하게 반발하듯 말해서인지 처제는 잠시 멈칫하다가 다시 말했다.

"아닌 건 아닌 거예요. 그 사람이……."

"그래. 그건 앞으로 더 밝혀져야 할 일이니까 여기까지 하고, 내 얘기는 언젠가 아이들에게 이 얘기를 하게 될 날이 오게 될지도 모른다는 거지. 어제 같은 날이 다시 온다면, 아니, 이미 다가오고 있어. 그럴 때 아이들에게 엄마가 사용한 물건을 아버지인 내가 입에

올릴 수가 없잖아. 그게 가장 명백한 사실이어도 그 물건에 대한 설명 없이 엄마의 죽음을 이해할 수 있는 것도 아니고."

"형부는 하지 마세요. 그런 얘기가 필요하면 제가 아이들을 이해시킬게요. 아빠가 얘기하는 것보다 그래도 엄마 동생인 이모가 그때 엄마에게 이런 일이 있었다 하고 얘기하는 게 낫겠죠. 듣는 것도 그렇고요."

그날 처제와의 얘기는 거기까지였다. 임명호에 대해 모르던 얘기를 들었음에도 처제는 여전히 무언가를 제대로 얘기하지 않고 있는 듯한 느낌이었다. 처제는 두 번이나 아니라고 했지만 덕수궁에 나가 김철환 씨를 만나고 들어올 때처럼 마음으로 이해되는 게 하나도 없었다.

◊

절기로는 가을로 들어선다는 입추여도 8월 무더위가 조금도 수그러들지 않고 사람 진을 뺐다. 여자에게 미리 얘기는 했다. 경주마 박제의 몸체를 이루는 마네킹 작업을 주말까지 끝내고, 다음 주부터는 전체 작업 공정 중 가장 중요한 가죽 씌우기 작업을 하니 일주일 동안 다른 일정을 잡지 말라고.

"걱정 마세요. 제가 얼마나 기다리고 있는데요."

사파리의 여자도 한껏 기대감을 드러냈다. 전체 공정 중에 중요하지 않은 부분이 없지만, 마지막으로 마네킹에 가죽을 씌우는 작업이야말로 이제까지 앞서서 한 모든 공정이 이 작업의 결과물로 평

가받는다.

마신이라는 표기 그대로 꼬리를 빼고도 몸길이 2.4미터, 몸통 높이 1.6미터의 경주마였다. 작업의 첫 순서로 가죽 안쪽에는 기름을 바르고, 마네킹에는 접착제를 발랐다. 일단 오일을 바르고 접착제를 바르면 박피 작업을 할 때처럼 시간을 다투지는 않더라도 빠른 시간 안에 마무리 봉합까지 끝내는 게 좋다. 그게 두 사람이 하루 열 시간씩 앞으로 일주일 동안 매달려야 할 일이었다. 틈틈이 휴식하며 작업해도 다하고 나면 집 한 채 짓고 난 것처럼 온몸이 뭉치고 살이 내린다. 박제사의 영단어인 Taxidermist의 어원 그대로 마네킹에 가죽을 올려놓고 이리저리 움직여가며 칼로 그었던 자리를 봉합하고 탈골된 뼈마디를 맞추듯 가죽의 원래 자리를 찾아주는 작업이었다. 노교수는 그 작업을 두고 "뼈든 피부든 정복술*이 의학에만 있는 게 아니라 박제 과정에도 있는 거지"라고 말했다.

모든 동물이 다 그렇듯 말도 눈과 코와 입이 가장 중요하다. 사람 얼굴과 몸도 부위마다 특징이 있듯 동물 박제도 살아 있을 때처럼 윤기가 흘러야 할 곳은 윤기 있게, 입과 코 주변은 들숨 날숨으로 촉촉하게 젖은 듯 표현해주어야 한다. 박피할 때 떼어놓았던 발굽 네 개를 금방이라도 경주로를 박차고 달려나가는 살아 있는 말의 것처럼 손질해 제 자리에 다시 단단하게 붙여놓는 것도 이 과정 중에 박제사가 보여야 할 솜씨 중의 하나였다. 허벅지와 정강이, 아킬레스건과 발굽 부위의 아슬아슬할 만큼 잘록한 굴곡과 뼈마디를

---

* 整復術. 골절, 탈구, 탈출증 등이 발생하였을 때 수술을 하거나 손으로 맞추어 원래의 상태로 되돌리는 기술

되살려내는 작업도 만만치 않다.

마네킹 작업 때 몸체도 인상적으로 깎아야 하지만, 그 위에 가죽도 바늘 하나 들어갈 틈 없이 잘 감싸 바르듯 해야 경주마 특유의 날렵함이 살아난다. 말과 같이 털이 짧고 반지르르한 동물일수록 더욱 그렇다. 얼굴 작업과 함께 그런 디테일한 곳에 세세하게 공을 들이는 박제사의 솜씨가 죽은 말을 다시 살아 있을 때의 모습으로 생명을 얻게 한다. 눈은 미국의 박제용품 회사에서 원래 이 말의 눈과 같은 짙은 갈색의 반사되지 않는 의안으로 구입했다. 사자나 호랑이 같은 맹수라면 어둠 속에서 플래시 불빛에 함께 빛으로 반응하는 반사 의안을 선택했을 것이다. 경주마인 만큼 발굽 아래에 평소 이 말이 썼던 말굽도 달기로 했다. 두께 0.5센티미터의 U자형 쇠에 불과하지만, 이 쇠붙이 하나로도 정지 중에 감추어진 속도감이나 경주마로서의 날렵함과 긴장감을 함께 표현할 수 있었다. 그건 트랙에서 몸을 굽히고 출발 신호를 기다리는 육상선수가 신고 있는 날렵한 모습의 운동화와 같았다.

마네킹을 깎을 때 작업 진도가 늦어도 여자가 말의 몸체 앞부분을 거의 도맡아 작업했다. 정면에서 보았을 때 경주마의 당당함을 살려주는 가슴과 앞다리가 합쳐지는 부분의 근육 작업도 여자가 하루에 몇 번씩 가죽을 씌웠다 벗겼다 하면서 조금씩 욕심을 깎아내며 자기 방식으로 표현했다. 그러나 마지막 단계인 가죽을 완전하게 씌우는 정복 작업에서는 여자가 박인수와 함께 담요를 펴들듯 가죽을 들어주고 당겨주고 받쳐주는 것 말고는 작업 자체로 거들 일은 많지 않았다. 실제 바느질이 필요한 봉합 작업도 직접 하고 싶다고 해서 할 수 있는 일이 아니었다. 죽은 말의 얼굴을 살아 있는 말처럼 표정을 잡아 나가는 작업도 한 발 옆으로 물러나 박인수의 손놀림을 그저 경이롭게 지켜보기만 했다.

보통 두 사람이 함께 작업하면 보다 능숙한 사람이 얼굴과 발굽 등 디테일한 작업을 하는 동안 조수가 말총을 가지런하게 하여 꼬리에서부터 다리, 배의 순서로 봉합 작업을 맡아주었다. 아마 김대호가 조수로 와서 작업을 도왔다면 그 몫을 충분히 했을 것이다. 그 사람은 박제 중에서도 바느질 작업이 가장 미세하고 까다로운 어류박제 전문가였다. 배꼽을 따라 가른 복부 절개선을 봉합할 때는 네 다리와 배가 천장 쪽으로 향하게 마네킹을 뒤집어 놓고 바느질했다. 말을 바로 세워놓았을 때는 보이지 않는 곳의 바느질이지만 자칫 바느질 자리가 울면 옆구리 쪽 가죽이 어느 쪽이든 한쪽이 미세하게 뒤틀린다. 이때에도 여자는 바느질을 직접 하지 못하고 등 쪽으로 자꾸 처지는 가죽을 배 쪽으로 바싹 끌어올려 당겨주는 시중을 들었다.

나흘째 계속된 작업에 박인수는 어깨와 목 주변의 근육이 뭉치는 걸 느낄 수 있었다. 박인수가 그럴 정도면 여자는 이미 그 전에 근육이 뭉쳤을 것이다. 오후 휴식 시간, 목 뒤로 손을 올려 어깨 주변을 꾹꾹 눌러 어루만지며 여자가 말했다.

"기대를 많이 했는데 이 작업도 제가 제대로 도울 게 없군요."

"옆에서 가죽을 잡아주는 것도 아무나 도울 일이 아닙니다. 내일부터는 말이 지금보다 더 살아 있는 것처럼 보이게 얼굴도 그렇고, 전체적으로 성형 작업과 채색 작업을 해야 합니다. 그러면 마주님이 솜씨를 보일 부분이 많이 있을 겁니다."

"선생님."

하고, 여자가 박인수를 부르면 조금 민망하거나 긴장하고 들어야 할 부분이 있었다.

"제가 여기 와서 자주 느끼는 건데 선생님은 말씀 한마디를 하셔도 듣는 사람 위로가 되게 참 너그럽게 하세요."

이번엔 민망함 쪽이었다.

"제가요?"

"예. 선생님은 그걸 잘 모르시지만요."

"그렇다면 그러지 않을 도리가 없어서가 아닐까요."

"왜요?"

"보세요. 무보수로 작업하시는 데다 돈이 나오는 전주이자 마주 시잖습니까?"

이제는 그런 민망함도 농담으로 자연스럽게 희석하며 얘기를 주고받을 수 있었다. 여자가 작업실에 나온 지도 제법 되었다. 함께 말의 몸체를 깎는 동안 매일 한 차례, 일과가 시작되거나 마무리될 때 가죽의 상태와 유연성을 검사했다. 담요보다 길고 어느 부분은 더 넓은 말가죽의 양 끝을 허공에서 마주 잡아 펄럭이며 공기 마찰로 탄력과 유연성과 가죽의 전체 상태를 살펴보았다. 둘 다 적당히 힘을 쓰면서도 어느 한쪽으로 끌려가지도 않고 끌려오지도 않게 팽팽하게 균형을 맞추어 가죽의 파도를 만들 때면 마치 같은 음악을 이어폰 하나로 나누어 듣는 것 같은 교감과 긴장이 상대의 손끝에서 이쪽 손끝으로 전달되었다.

다음으로는 그것을 마네킹 위에 올리고 이리저리 움직이며 당연히 있어야 할 자리에 그 부위가 놓이게 한 사람이 바느질하고, 한 사람은 닿을 듯 말 듯 머리를 맞대고 봉합선으로 가죽을 끌어당겨 잡아주었다. 그럴 때면 돗바늘로 한 땀 한 땀 실을 꿰어 조이는 손과 가죽을 팽팽하게 끌어당겨 주는 손끝에 저마다 힘을 주고 있는 상대의 숨소리까지 심장의 신호처럼 들려왔다. 어떤 일에 서로 호흡을 맞춘다는 게 어쩌면 이런 것을 말하는 것인지도 모르겠다는 생각이 저절로 들 정도로 자신의 숨소리와 겹쳐지는 상대의 숨소리를 듣는 것이다. 그럴 때 민망한 것은 가쁜 숨소리가 아니라 작업 중에 어쩌다 동시에 고개를 들어 마주치게 되는 눈길이었다. 그럴 때에도 시선을 돌려 피하는 사람은 여자가 아닌 박인수였다.

"선생님. 그렇다고 눈을 돌리면 더 어색하죠."

"허허…… 그런가요."

"제가 오늘은 전주로 말씀드려요. 내일모레 성형과 채색 작업이 다 끝나고 나서 해도 되겠지만, 오늘은 작업 끝나고 저하고 술 한잔하고 자동차를 놓고 가세요. 저도 그렇게 합니다."

원래 하고 싶은 말은 하는 사람이지만, 여자는 어색한 분위기에서도 그런 말을 스스럼없이 자연스럽게 했다. 계기가 있다면 아마도 형사들의 느닷없는 방문이었을 것이다. 그때 여자는 누군가 와서 강제로 뚜껑을 열어젖힌 박인수가 지닌 우물 밑바닥의 비밀을 보았다. 어색할 수도 있지만 여자는 그 부분을 위로하고 싶었는지도 모른다.

벽에 걸려 있는 시계가 3시 37분을 가리켰다. 그렇다면 정확한 시간은 3시 32분이고, 1분만 있으면 3시 33분이 된다. 여강에서 아내의 뼈를 뿌린 시간이었다. 박인수는 시계에 눈을 고정하고 38분이 되기를 기다렸다.

"왜요, 뭐가 있나요?"

"아뇨, 아닙니다. 아무것도……."

강 하류에서 연한 바람이 불어오고 미처 수면에 닿지 못한 뼛가루가 기운 햇살 속에 상류로 하얗게 날렸다.

"가끔 보면 그러세요. 시계를 보고 멍하니……."

"저 시간에 예전에는 어디에서 무얼 했나, 생각할 때가 있거든요. 지금은 이 시간에 나일론 실을 꿴 돗바늘로 말 박제 봉합 작업을 하고 있고요."

"이러니 같은 시간 같은 장소에서 작업해도 확실히 먼 시간 먼 곳에 있는 분처럼 느껴질 때가 많아요."

"또 일하죠. 오후 3시 34분, 35분이군요."

◊

함께 저녁과 술을 먹고 마실 수 있는 일본풍 식당에서 사파리 여자는 가락국수가 든 어묵탕과 일본식 소주를 시켰다.

"두 달이 되어가는데 이런 자리 처음 갖네요. 석 달이 지난다 해도 선생님은 이런 자리 만들지 않을 분이고, 작업은 거의 끝나가고, 목이 마른 제가 우물을 파지요."

그러고 보니 박인수도 누구와 함께 마시는 술자리를 가져본 게 언제였는지 잘 기억이 나지 않았다. 김대호가 이따금 작업을 도와주러 왔다면 그와 몇 번 술자리를 했을 것이다. 아내가 떠난 다음엔 집에서 멸치 몇 마리로 거의 혼자 대화하듯 마셨고, 서너 계절쯤 전에는 처남과 이따금 술을 했다. 동서는 술을 좋아해도 워낙 말이 없는 사람이라 함께 앉아도 혼자 마시는 기분이어서 서로 자리를 같이하지 않았다. 서울에 올라와 사는 중학교 고등학교 동창들이 있지만, 그 모임에도 자주 나가지 않았다. 잠시 장례지도사 일을 배우던 때에 상조회사에서 일을 배우며 술을 했던 것이 인생에서도 가장 자주, 또 왕성하게 술을 마셨던 시절 같았다. 지금도 여전히 불안하지만 삶이 불안하던 시절이었다.

"작업실에서도 그럴 때가 있지만, 지금 술을 같이 마셔도 선생님은 생각이 지금 이곳에 있지 않고 다른 곳에 다른 사람과 있는 것 같아요."

"그럴 리가요."

"먼 곳에 계시는 분을 붙잡고 얘기하는 것 같긴 한데요, 작업실에서 선생님과 함께 일하면서 선생님 말씀에 크게 감동과 위로를 받은 적이 있어요. 그 일이 제 일이 아닌데도 제 일처럼 말이죠."

"저는 그런 거 준 적 없는데요. 줄 수 있는 사람도 아니고."

"있어요, 선생님. 오늘 자리도 그 말씀 드리려고 함께 저녁을 하자고 했어요."

"그러니 더 그런 적이 없는 것 같은데요. 다른 말도 아니고 감동과 위로라니……."

"형사들이 왔다 간 다음 날이었어요. 온 날 말고 다음 날요. 그날 선생님이 부인에 대해 이렇게 말했어요. 부인은 태어나면서부터 운명처럼 깊은 슬픔 속에서 자랐던 사람 같고, 선생님은 그런 부인이 한 번이나 슬픔에서 놓여나 행복했던 적이 있는지, 그게 가장 마음 아프다고, 부인이 마음 아플 때 선생님은 그런 위로를 한 번이나 주었는지, 그것이 떠난 부인에게 한없이 미안하고 죄송하고 아프다고 했어요."

"그건 제 얘기고 우리 얘기지 마주님께 위로가 될 얘기는 아닌 것 같은데요."

박인수는 거듭 '같은데요'라고 말했다.

"예. 제 얘기는 아니지만, 제게도 그것과 비슷한 상황에 그런 위로가 필요한 사람이 있었거든요. 그런데 그 사람에게는 그런 위로를 하지 못하고, 그날 선생님으로부터 제가 하지 못한 위로를 받았던 거예요. 길게 얘기하면 신파가 될 것 같고, 그냥 짧게 얘기하면 저에게도 제가 많이 사랑하는 사람이 있었는데 우리가 사랑하는 일로 그 사람이 목숨을 끊은 것이 아니라, 그 사람이 저 말고 다른 사람을 많이 사랑하는 일로 목숨을 끊었는데, 그 사람이 그런 아픈 사랑을 했다는 게 제게도 그 사람에게도 너무 가슴이 아파서 이 땅을 떠나려고 유학을 갔던 거였어요. 결국 5년 만에 아버지가 돌아가셔서 다시 돌아오게 되었지만, 지금 많은 시간이 흐른 다음인데도 그런 위로를 그 사람에게 그때 마음으로도 하지 못하고 저 혼자 아파하기만 했는데 그날 선생님이 제가 그 사람에게 해야 할 위로를 대신해주는 것 같았어요."

"저는 그런 말 잘 모릅니다. 어려운 말도 잘 모르고, 깊이 생각해야 하는 말도 잘 모르고, 마주님과 그 사람의 사랑도 어떤 것인지 짐작이 가지 않아 잘 모릅니다."

"그건 모르셔도 돼요. 누구에게나 있는 신파라 알 것도 없고요. 그냥 그날 선생님의 말씀으로 제가 제 생에 숙제와도 같은 위로를 받았다는 게 중요하니까요."

"내일 성형 작업은 아무래도 제가 해야 할 것 같고, 전체적으로 채색 작업은 마주님이 하십시오."

"선생님."

다시 여자가 그를 불렀다.

"예."

"저, 일 얘기하려고 오늘 선생님 초대한 것 아니에요. 그 사람은 그때 떠났어도, 떠난 사람에게지만 제가 13년 동안이나 아무 위로를 주지도 못하고, 저 자신도 위로하지 못했던 것을 그날 선생님의 그 말씀으로 제 안에 있던 마음의 상처가 많이 위로되고, 또 그 말을 듣는 것만으로도 그 사람에게도 제 마음의 무언가로 위로한 기분이었어요. 그래서 감사하다고 그 말씀을 드리는 거예요."

그러면서 여자는 눈가에 촉촉하게 물기를 비쳤다. 그걸 보면서도 박인수는 여전히 생각이 이곳에 있지 않고 다른 곳에 있는 사람처럼 여자의 말뜻을 아는 듯 모르는 듯 듣기만 했다.

"선생님은 박제사니까 가죽을 움직이는 사람이죠. 그리고 가죽보다 넓게 사람 마음을 움직이는 사람이기도 하죠. 앞서 말한 그날만이 아니라 제가 여기에 와서 함께 일하는 동안 늘 느끼는 마음이 그거였어요."

"박제사 얘기는 맞는데 다음 얘기는 마주님이 사람을 잘못 보고 하는 얘기입니다. 그게 아니어도 오늘 제 아내 얘기는 그만했으면 좋겠습니다. 이 자리가 아니어도 언제나 미안하고, 죄송하고 그렇지요. 앞으로 제가 살아가는 동안 마음은 늘 그렇겠지요. 오늘 마주님이 가죽 얘기를 하고 마음 얘기를 하니 그동안 먹고 사느라 가죽만 열심히 움직였지 아내의 마음은 한 번도 움직여 본 적이 없는 것 같아서, 또 그런 생각도 해본 적이 없는 것 같아서 그게 또 참 후회가 되고, 마음이 아프고 그러네요."

"두 분이 어떻게 만나셨는데요?"

"대형 마트는 아니고, 동네 작은 마트였어요. 아내가 거기에서 계산원으로 일했는데, 계산이 잘못된 것도 아닌데 어떤 사람이 카트 안의 물건을 계산원에게 던지며 소리 지르고 행패를 부렸어요. 손님이 많았다면 제가 나서기 전에 다른 사람이 나섰을 텐데 그때 사람이 많지 않아 제가 나서서 수습했어요."

"그러니 사람 마음을 움직이신 거죠."

"제가 아니라 다른 사람이 움직였다면 그 사람 인생이 달라지고 더 좋아졌을지 몰라요. 지나고 나면 이런 일도 다 안타깝고 후회되고 그러죠."

양으로는 제법 마셨지만, 전혀 취기가 올라오지 않는 날이었다. 밖으로 나오자 거리의 습기가 얼굴보다 팔뚝에 먼저 감겨왔다. 어디 가까운 곳에 겨울 삼나무숲이 있어 뼛속까지 시리게 하는 냉기가 몰려왔으면 좋겠다는 생각이 들었다.

"조심해서 들어가세요."

그는 택시를 타는 여자에게 인사를 하고 집까지 두 시간을 걸어서 들어왔다. 공기는 끈적여도 아무도 쳐다보지 않는 하늘에 옅은 구름이 끼어 달무리까지 신비로운 밤이었다.

◇

지난번에 배이지색 남방을 입고 왔던 형사가 푸른색 남방을 입고 다시 찾아온 것은 성형 작업과 1차 채색 작업을 한창 하고 있을 때였다. 경주마여서 모래판 위에 체중을 실어 달리느라 관절엔 부상이 있어도 겉모습은 아주 멀쩡했다. 여자가 지어준 이름 '나비지르'를 상징하는 N자와 작은 왕관 문신 말고는 어느 한 곳 긁힌 데도 없이 깨끗했다. 목덜미와 꼬리의 말총도 총채 서너 개는 만들어도 좋을 만큼 수가 풍부했다. 양쪽 입술 깊숙이 재갈을 물렸던 자리만 흔적이 없도록 손질하면 될 듯했다. 그래도 가죽을 떼어내 준비하는 동안 버석하게 마른 코와 입술을 언제나 콧김과 입김이 드나드는 것처럼 촉촉해 보이게 할 필요가 있었다. 그것은 가죽 씌우기 작업이 모두 끝난 다음 한 달이나 두 달 정도 충분한 건조 뒤에 2차 채색 작업 때 다시 한번 손을 보아야 할 부분이었다.

형사가 온 것은 박인수가 그게 그거 같은 발굽 네 개를 원래 위치에 다시 붙이기 전에 거친 부분을 갈고 다듬을 때였다. 형사들은 어떤 경우에도 두 사람이 함께 움직인다는데 이날 나이 든 형사는 거의 보름 만에 혼자 표본제작소를 찾아왔다. 반가운 방문자는 아니지만, 임명호의 뒷얘기를 포함해 궁금한 방문자이기는 했다.

"엄청나군요. 말이."

안내를 받아 작업실로 들어오며 형사가 말했다. 박인수는 여자에게 들은 대로 이 말의 수상 경력에 대해 간단하게 말했다. 지난번에도 그랬듯 이번에도 나이 든 형사는 아닌 것처럼 하면서도 연신 박인수의 얼굴을 살폈다.

"아직 저한테 끝나지 않은 볼일이 있습니까?"

"아닙니다. 요 아래 병원을 지나다가 이왕 여기까지 온 김에 그때 2주 후면 말의 모습을 제대로 볼 수 있을 거라고 해서 일부러 한번 들렀습니다. 우리 서에서도 여긴 멀지 않으니까요."

그것도 방문을 위한 핑계로 그냥 하는 말일 것이다.

"오늘은 저 있어도 되죠?"

이번엔 여자가 그 말 한마디로 자기 신경 쓰지 말고 편하게 대화하라는 뜻을 전했다. 여자는 전체적으로 흑갈색이 나는 말의 몸에서 부분적으로 더 연하거나 진하게 얼룩이 져 보이는 곳에 에어브러시 작업을 했다. 1차 채색 작업은 박제가 제대로 되었는지 안 되었는지를 살피기 위한 점검과도 같았다.

"범죄 영화나 드라마 같은 데서 보면 수건에 뭘 묻혀서 입과 코를 틀어막으면 바로 정신을 잃고 쓰러지잖아요."

말에서 눈을 떼고 형사가 말했다.

"그런 거야 저보다 형사님이 더 잘 아시는 일이겠지요."

"물론 그렇죠. 예전에는 그런 장면이 나오면 우리는 다 거짓말이라고 했거든요. 실제로 그 자리에서 바로 정신을 잃게 하는 약물도 없고."

"그런가요?"

"그게 지금은 아주 뻥은 아니라는 거지요. 몇 년 전 북한의 김정남이 말레이시아 공항에서 그런 식으로 살해당했잖습니까. 그걸 맨손에 묻혀서 김정남 얼굴에 댄 여자들은 손도 호흡기도 멀쩡하고요. 그런 약이 있다는 게 이상하지 않은가요? 손은 괜찮고 호흡기엔 치명적이고."

"그렇기는 하지만, 그 얘기를 왜 여기 와서 하는 건지요? 저하고 그 사건하고 연결된 다른 일이 있습니까?"

"아뇨, 그런 건 아니고 여기도 방부용 약과 가죽 약을 많이 쓰지 않나요? 저 어릴 때 중랑천 위쪽 가죽공장에 가면 냄새가 지독했거든요."

"쓰긴 하지만, 용도와 분량, 구매처를 다 기록하지요. 그거 조사하려고 오신 건가요?"

"아닙니다. 뭘 조사하러 온 건 아니고, 얘기하지요. 이게 이유 같지 않은 이유이기도 한데, 내가 뭐 궁금한 게 있으면 참지 못하고 잠도 못 자는 성격이에요. 그래서 경찰에 들어와 사건 수사를 하는지는 모르지만, 지금 거의 보름 넘게 그랬거든요. 전에 여기 왔을 때 박 선생을 내가 어디서 분명 본 것 같은데 그게 기억나지 않았어요. 일을 하며 잊어버렸다가도 언뜻 떠오르고 그랬는데, 임명호 씨의 몸에서 근육이완제와 동물용 신경작용제 성분이 검출되었다는 최종 분석결과를 보고 바로 여기가 떠올랐어요."

"하고 많은 곳 중에 여기가 말인가요?"

다시 반발하듯 박인수가 말했다.

"아, 그게 아니라, 동물용 약 얘기에 그동안 생각날 듯 말 듯 하면서 생각나지 않던 박제사님 얼굴이 떠올랐다는 거지요. 혹시 군 복무를 강원도 천도리라는 곳에서 하지 않았는지요?"

"어, 인제 원통 지나서 거기 37연대……."

"그럼 내 눈이 정확하군요."

형사는 자신이 그때 입대 초기로 연대장실의 당번병으로 근무했는데, 예하 부대 중대장이 그것을 만든 사병과 함께 꿩 박제품을 가져와 연대장실에 놓아두었다고 했다. 그러나 그것은 중대장실에 있던 것을 연대장이 약탈하듯 가져간 것이었다. 덕분에 박인수는 일주일 포상 휴가를 다녀왔다. 그 휴가증을 자신이 전달했고, 꿩 박제품은 자신이 제대할 무렵 사단장 집무실인지 숙소인지로 옮겨졌다고 했다.

"이렇게 만나네요. 그때 부대에서 어떻게 저런 걸 다 만들까, 신기했거든요. 중대장과 함께 꿩 박제를 들고 온 사병 얼굴이 참 선하기도 하고 인상적이었는데, 그래서 더 기억에 남았을 겁니다. 20년도 전인데."

"그거 사단장실 갈 때까지 멀쩡했습니까? 의무대와 화학대에서 약을 구해 나름대로 방부 처리는 했었는데."

"사단장이 1호차 뒷자리에 엽총 따로 싣고 다닐 만큼 사냥을 좋아했대요. 거기는 노루며 멧돼지, 꿩 같은 동물이 수시로 출몰하는데니까요. 그런 사람이 연대 시찰 나왔다가 연대장실에서 그거 보자마자 시찰이고 뭐고 저보고 그거 자기 앞으로 가져와 보라고 했던 거죠."

작업실에서 믹스커피 한 잔 나누어 마시는 동안 형사는 인생의 퍼즐 하나를 푼 듯한 얼굴을 했다. 언덕 아래 지하철역 옆 병원에 같은 경찰서 근무하는 사람이 입원 중이어서 겸사겸사 나온 것이라고 했다.

"거기가 왜 천도리냐면 사병이 처음 거기에 자대배치를 받으면 군용 트럭을 타고 천 굽이를 돌아 울며 들어가고, 제대해 나올 때 천 번을 돌아보며 나온다고 해서 천도리랍니다. 제대 후 거기서 군대 생활한 사람은 봐도 같은 때 얼굴이라도 알고 근무한 사람은 처음 만나거든요. 그러니 더 반갑지요."

박인수도 그때 꿩 박제를 도와주었던 선임에 대해 얘기했다. 그 사람 때문에 이것이 직업이 되고 지금 이 자리가 직장이 되었다. 저 형사를 보니 한때 서운한 게 있었지만 선임과도 이제 풀 때가 되었다고 생각했다. 인생에서 길 위의 스승은 언제 어디서나 이렇게 만나는 법이었다. 명함까지 건네며 형사는 이곳과 의정부가 멀지 않으니 언제 옛 전우끼리 소주 한잔하자고 했다. 박인수도 얼마 전 김철환 씨를 만나러 나갈 때 만들었다가 써먹지 않은 '한국 동물 표본연구소' 명함을 작업대 서랍에서 꺼내 형사에게 내밀었다.

◊

형사는 이곳에 온 목적이 마치 완성되어 가는 말 박제품을 보기 위해서인 것처럼 아직 손질이 다 끝나지 않은 말을 이리저리 한 번 더 세밀하게 살펴보고는 작업실을 나갔다. 박인수가 자동차가 있는 곳까지 배웅하듯 따라 나갔다.

"참, 지난번에 임명호 핸드폰으로 들어온 문자나 통화 자료 중에 채수정이라는 이름이 없더냐고, 처제분 번호 알려주셨지요?"

"예. 아내가 죽을 당시 이런저런 일이 궁금해서요."

"엊그제 문득 여기가 떠올라 같이 왔던 형사한테 자료를 받아봤더니 박 선생 부인과 임명호 사이엔 통화가 많지 않고, 처제와 임명호 사이에 통화가 많았어요. 자료를 좀 더 보니까 3월 전에는 박 선생 부인과 임명호 사이엔 통화가 전혀 없고, 처제와 임명호 사이에 1년가량 통화가 수시로 있었는데 박 선생 부인이 돌아가신 다음에는 그것도 확 줄어들어 딱 세 건의 통화만 있어요. 사실 이런 건 개인 정보라 알려주면 안 되지만, 시간도 많이 지났고 사건과도 별 관계가 없는 일이라 그냥 얘기하는 겁니다. 뭐 참고할 일도 없겠지만."

"그렇군요. 저는 임명호란 사람이 왜 죽었는지는 관심이 없고, 아내가 죽은 다음 그 사람에게서 아내와 처제의 이름을 같이 쓴 문자가 와서 이 사람이 혹시 아내의 죽음과 어떤 관계가 있지 않나 싶어 그때 아내의 핸드폰으로 문자를 보냈던 거였습니다."

"알죠. 그래서 우리가 여기에 왔던 거니까요. 이제 부인 번호도 해지하십시오. 그런 건 가지고 있으면 있을수록 무얼 새롭게 알게 되는 게 아니라 점점 사람만 이상해집니다. 우리가 여기에 온 것도 그것 때문이었고."

"해지했습니다, 며칠 전에……."

어쨌거나 형사가 알려준 것은 박인수가 몰랐던 아내와 처제와 임명호에 대한 새로운 정보였다. 참 알 수 없는 사람이 처제였다. 지난번에 만났을 때 처제는 방금 형사가 한 말과는 다르게 자신과 임명호는 예전에 학교 다닐 때 말고는 이후 아무 연락도 상관도 없고, 언니와 임명호가 졸업 20주년을 계기로 다시 만나기 시작해 자신은 단지 언니의 죽음만 그에게 알려주었던 것처럼 말했다. 그러면서도 그가 대단한 인격자라도 되는 것처럼 자신이 화장실에서 보았던 임신 테스트기에 대해서 말하자 그 사람은 절대 아닐 거라고 편을 들어 말했다.

◊

박인수는 다시 작업실 안으로 들어가기 전 알 수 없는 무언가에 이끌리듯 지난 3월 아내의 장례식 후 처음으로 처남에게 전화를 걸었다. 갑자기 전화를 걸면 처남도 이상하게 여길 것이다. 통화가 되면 처남이 와서 보고 갔던 사파리의 여자에 대해 말할 생각이었다. 처남은 전화를 받지 않았다. 그때나 지금이나 그냥 전화를 받지 않으면 좋은데 이게 누나의 죽음과 관련하여 그의 마음속에 겨자씨만 하게 자리하고 있는 어떤 불안과 연결되어 받지 않는 것이라면 전체적으로 심각한 상황이 될 수 있었다. 그는 내처 처제에게도 전화를 걸었다. 처제는 기다리기라도 했다는 듯 바로 받았다. 처남과도 어제 통화했다고 말했다.

"내 전화는 안 받는군."

―형부한테는 낯이 안 서서 그럴 거예요. 내가 사파리에서 오는 여자에 대해서도 얘기했거든요. 그러니 더 미안한 거죠.

"그냥 그래서라면 다행이겠지만."

—다행이 아닌 일도 있나요?

그냥 빈정거림이지 이쪽의 마음을 읽고 하는 소리는 아니었다.

"아니, 그런 것도 없지."

박인수도 행여 그런 것은 티끌만치도 없다는 듯 가볍게 말했다. 예전 부대의 동료였던 형사가 와서 얘기해준 것에 대해서는 입을 열지 않았다. 그 겨자씨는 지난번에 처제를 만나러 송추에 갔다 왔을 때 거기에서 묻어온 것이었다. 처음엔 그런 씨앗이 묻어왔는지, 아니 그런 씨앗이 있기나 한 것인지도 몰랐다. 그러다 하루 이틀 시간이 지나고 아내의 핸드폰을 해지하고 돌아서던 길에 홀가분함보다는 어떤 미련 같은 아쉬움에 처제가 말하던 처남의 얘기가 겨자씨처럼 자신의 심중에 이미 들어와 있는 것을 발견했다. 처남이 학교 다닐 때부터 누나들의 외출과 사적인 만남을 간섭하고 선생에 대해서도 반감을 가졌다는 것이 이 사건과 혹 관계가 있는 것은 아닐까 하는 한 조각 새털 같은 그림자가 그의 마음을 지나갔다. 처음엔 단지 자신이 과민한 것일 거라고 여겼다. 그 이상 아무것도 아니었던 것이 잠시 전 방문한 형사의 말로 어느새 씨앗의 껍질을 벗고 발아하기 시작한 것이었다.

그러나 아닐 것이다. 처남이 아니라 아내를 위해서도 그것은 아니어야 하는 일이었다. 답답한 것은 박인수 스스로 무엇을 더 주도적으로 알아볼 수 있는 게 없다는 것이었다.

◇

가죽 씌우기 작업을 끝내고 1차 성형 작업과 채색 작업을 해도 아직은 말 박제품이 사람에 비유하면 목욕을 하고 난 다음 화장하지 않은 맨얼굴처럼 어딘가 분명해야 할 곳이 분명하지 않은 듯한 느낌이었다. 여자도 그게 못내 아쉬운 얼굴이었다. 심정이야 충분히 짐작하지만 그냥 지켜보기만 하다가 여자가 붓을 내리자 박인수가 말했다.

"지금 1차 채색 작업을 해도 가죽이 완전히 건조된 다음 눈, 코, 입, 귀, 발굽을 다시 다듬고 색칠해야 합니다."

"그러면 지금 보이는 것과 다를까요?"

"당연히 선명하지요. 무대 앞으로 나서기 전 마무리 화장과 같은 거니까요."

"작업이 끝나면 후련할 줄 알았는데, 후련하지는 않네요."

박인수도 여자의 기분을 충분히 알고 있었다.

"지난겨울에 박제한 소는 박피에서 이 과정까지 40일 정도에 다 마쳤습니다. 주문한 곳에서 하루라도 빨리 영업에 필요하다며 서두르기도 했지요. 이 경주마는 마주님이 나오셔서 함께 작업했는데도 마네킹 작업만도 그보다 시간이 더 걸렸습니다. 1차 성형 작업만으로도 어디에 전시해도 큰 무리는 없을 겁니다. 그렇지만 앞으로 한 달이나 두 달, 가을이 될 때까지 기다려 박제품에 남은 수분이 완전히 빠진 다음 2차 성형과 2차 채색 작업을 한 다음 전시했으면 좋겠습니다."

전체 작업을 품평하고 정리하듯 박인수가 말했다.

"그동안은 어디에 보관하죠?"

여전히 조금은 미진한 얼굴로 여자가 물었다.

"여기에 보관해도 되고, 오래 기다렸는데 사파리에 가져가서 보관해도 되겠지만 제가 매일 점검할 수 있는 데서 보관하는 게 좋겠지요."

"건조 기간 동안 다르게 할 일이 있나요?"

"매일 꼼꼼하게 살펴봐야 합니다. 지금보다 수분이 더 빠지면 가죽의 변형이 오거든요. 호랑이나 곰처럼 털이 좀 부숭한 동물은 눈치채기 어렵지만 소나 말처럼 털이 짧고 반지르르한 동물은 건조 상태에 따라 가죽이 울면 표가 납니다. 그래서 미리 여러 군데 핀을 꽂아 뒤틀리지 않게 고정시켜두었습니다. 상태를 봐가며 더 꽂아야 할 데가 생길 거예요. 완성품 같다 하더라도 건조기 동안 보내지 않고 여기에 두었으면 하는 거지요."

"그건 그렇게 하겠습니다. 선생님 곁에 두고 제가 지금처럼 이따금 와서 보는 게 낫겠지요. 이제 남은 작업이 있나요?"

"지난번 소도 그랬는데 말도 초식동물이라 그런지 수염이 많지 않고 길지도 않군요. 길고 굵은 것은 모두 갈기와 꼬리로 가는 모양입니다. 콧구멍과 입 주변, 턱밑에 제법 뻣뻣한 수염이 있어서 박피한 다음 따로 뽑아 보관하고 있습니다. 간도질할 때 수염이 있는 채로 같이 작업하면 거의 없어져 버릴 것 같아서요."

"아, 어쩐지……."

여자는 무얼 몰랐다가 새로 깨달았다는 듯한 얼굴을 했다.

"채색 작업을 하면서도 얼굴에 뭔가 빠진 게 있는 것 같은데 그게 뭔지는 떠오르지 않고 어딘지 덜 익숙하다는 생각이 들었거든요. 얼굴에 늘 쓰고 있던 마구를 벗겨놓아 그런가 했는데 평소엔 잘 보이지 않던 수염이 있었네요."

"말총처럼 굵지도 않고 많지도 않지만, 그걸 지금이 아니라 가죽이 완전히 건조된 다음 2차 성형 때 붙이려고 합니다. 그거 붙이고 입과 코 주변에 2차 성형과 채색을 하면 처음 살아 있을 때의 모습과 똑같아질 겁니다. 거기에 대해서는 조금도 걱정하지 않으셔도 됩니다."

여자의 얼굴이 한결 밝아졌다.

"사자나 호랑이 같은 맹수들에게만 수염이 중요한 게 아니라 말도 수염에 감각을 가지고 있어요. 국제승마연맹도 최근에 새로 정한 경기규칙에 감각을 가진 털(수염)을 자르거나, 면도하거나 제거한 말은 경기에 출전할 수 없게 했거든요."

"그것도 제게는 새로운 공부네요. 저는 이번에 기회가 되어 말 한 마리를 박제했지만, 아직 말 등에 앉아본 적이 없습니다. 제가 만들어놓고 봐도 이 말이 어디에서 온 건지 좀 신기합니다."

그게 박인수의 솔직한 마음이었다.

"이제 건의를 하나 드리면 이걸 어디에 놓을지는 마주님이 결정하시겠지만, 현관 입구나 전시관에 그냥 이 박제품만 달랑 놓아두지 마시고, 경마장을 배경으로든 목장이나 초원을 배경으로든 이 말이 딛고 선 바닥도 잘 생각해서 디오라마*를 멋지게 꾸미고 설치

---

* diorama. 어떤 설치물의 배경이나 풍경을 실감나게 표현한 입체 모형의 장치

했으면 좋겠습니다."

여자는 경마장을 배경으로 하기보다는 초원을 배경으로 만들면 좋겠다며 말이 땅을 딛고 선 설치대 바닥과 몸통 배경의 디오라마도 박인수에게 의뢰했다. 그 작업도 발포 우레탄폼으로 먼저 바닥 배경 작업을 하고 그 위에 초지와 같은 효과 작업을 하면 될 터였다.

"그리고 선생님."

하고 여자가 그를 불렀다. 이러면 조금은 조심하고 긴장하며 들어야 했다.

"말씀하십시오."

"제가 선생님께 감사한 게 이 말을 박제해주셔서만이 아니에요. 처음엔 말만이었지만, 제가 지난 두 달 여기에 나와 작업을 돕는 동안 제가 정말 하고 싶은 것이 무엇인지를 알게 되었습니다."

"그게 무언가요?"

"일은 선생님을 도와 말 마네킹을 만드는 것이었지만, 그걸 하는 동안 다시 조각을 하고 싶다는 생각을 하게 되었어요. 처음엔 그냥 나오다가 나중에는 하루도 빠지지 않고 아침부터 저녁까지 일을 하며 점점 그런 마음이 되어갔습니다."

"예, 열심히 하셨지요."

"그걸 제가 언제 확실하게 알았냐면 말의 상체 작업을 하면서였어요. 가슴과 앞다리가 합쳐지는 부위에 가죽을 대보고 살을 깎아내면서 애가 살았을 때도 속상한 적은 있었지만 화를 내지는 않았는데 마네킹 작업을 하면서 죽은 말에게 너는 여기가 왜 이렇게 작냐고, 근육이 원래 이것밖에 안 되었던 거냐고 막 화를 냈어요."

271

여자가 마네킹 작업이 마음 같지 않아 속상해 눈물지을 때였다. 그때 박인수는 여자에게 말의 살을 깎아내지 말고 마주님의 욕심을 깎아내라고 했다. 여자는 뭐라고 대답은 하지 못하고 갑자기 서러움이 밀려들 듯 왈칵 눈물을 쏟아냈다.

"그때 마네킹과 조각이 다르구나, 나는 지금도 내 말의 마네킹 작업을 하러 와서 마네킹이 아니라 여전히 조각을 하고 있구나, 하는 걸 알았어요."

거기에 대해 박인수는 뭐라고 딱히 할 말이 없었다.

"이 작업이 끝나면 선생님은 또 무얼 하시죠?"

"저야 하던 일을 계속해야죠. 새도 박제하고, 야생동물도 의뢰가 들어오면 박제하고……"

"그러시겠죠……"

여자는 더 말을 할 듯하다가 거기에서 멈추었다.

"아, 오늘은 그냥 여기까지만 얘기할게요."

"아니, 하셔도 괜찮습니다."

"아니에요, 여기까지만……. 나중 얘기는 제 마음이 좀 더 굳어지면 할게요."

여자는 더 말하지 않겠다는 얼굴로 입을 다물었다.

건조와 2차 성형과 채색 작업을 남겨두긴 했지만, 실질적 박제 작업은 모두 끝났다. 여자도 박인수도 자신들의 인생에서 다시 경험하기 쉽지 않은 큰 작업이 끝났는데도 기쁘다거나 홀가분한 느낌은 없었다. 그렇다고 미진한 것도 아니었다. 그냥 알 수 없는 고요의 빈자리가 갑자기 몰려와 그들이 작업을 끝낸 말을 감싸고 두 사람 사이를 감싸는 듯했다. 그런 작업실의 분위기와는 다르게 창밖은 오후 네 시가 넘었는데도 8월의 폭양이 여전히 마당에 깔려 있는 자갈들을 모두 뒤집어놓기라도 하듯 희고도 강한 빛을 내리부어 쏟고 있었다.

"오늘은 여기서 끝내죠."

"저는 이제 언제 오나요?"

어색한 분위기를 털어내듯 박인수가 말하고 여자가 물었다.

"당분간 안 오셔도 됩니다."

"선생님은 늘 그렇게 말씀하세요. 서늘하고 매정하게."

"그런가요? 궁금하면 언제든 오셔도 됩니다."

다시 박인수가 말했다.

"내일부터 다시 디오라마 작업을 하러 올 거예요. 그것도 제가 끝까지 하고 가야지요. 선생님이 박제 작업을 하시는 동안 제가 이 작업의 디오라마였는데……."

여자가 말했다.

어쩌면 그랬을지도 몰랐다.

◊

8월 중순으로 넘어가는데도 날은 여전히 무더웠다. 이틀에 한 번 낮에 대지의 얼굴을 씻기듯 소나기가 지나갔다. 처제가 숨넘어갈 듯 전화를 한 것은 말 박제를 고정시켜놓을 가로 1.8미터, 세로 3미터의 제주 말 목장의 초원 느낌이 나는 디오라마 제작이 거의 끝나갈

273

때였다. 이때에도 여자는 매일 표본제작소로 나왔다.

여자는 디오라마를 제작해나가던 중 박인수에게 한 가지 뜻밖의 제안을 했다. 형식은 그동안 작업 조수로서 사수에게 상담하고 의견을 구하는 방식이었지만, 앞으로 박인수의 삶이 변화될 수도 있는 제안이었다.

"제가 여기에 일을 하러 나오는 동안 선생님은 말 작업만 하시고 거의 다른 일을 하지 않으셨어요. 이 일 때문에 새로운 일을 맡지 않으신 것도 있겠지만 새로운 일의 의뢰도 거의 없는 것 같았고, 당진 조류연구소에 오는 의뢰가 몇 건 있었지만 그건 선생님이 이 일 끝난 다음으로 미루셨지요. 제가 와서 느낀 건 작업실은 넓은데, 선생님은 열심히 일하시고 또 일하고 싶어 하시는데 전체적으로 일거리가 많지 않다는 거였어요."

여자가 작업장의 실상을 정확하게 본 것이었다.

"그래서 선생님만을 생각한 것이 아니라……."

여자는 자신은 여기 나오는 동안 조각을 다시 하기로 마음을 굳혔고, 그렇다면 일을 할 작업장을 가져야 하는데 이곳이 넓으니까 이곳에서 박인수는 박인수대로 박제 일을 하고, 자신은 또 자신대로 이곳을 작업장으로 쓸 수도 있겠다는 생각이 들었다고 했다. 조각과 박제가 생판 다른 일 같지만 이업종 교류처럼 서로 충분히 도울 수 있는 일이어서 박제 일이 비는 동안 박인수가 자신의 작업을 도와주면 어떻겠냐고 물었다. 여자는 그렇게 해도 될지 그 의견을 먼저 박인수에게 묻고, 박인수가 가능하다고 하면 이제 활동을 거의 하지 않는 고모부인 노교수에게 이 작업장을 임대 형식으로든 매입 형식으로든 계약을 맺어 동물 표본 제작 작업도 계속하고 자신이 조각 작업을 새로 시작할 수 있는 종합 작업장으로 운영하고 싶다고 말했다.

"이게 지난번 가죽 씌우기 작업이 끝나던 날 제가 선생님께 드리려다가 드리지 못한 얘기예요."

박인수로서는 뜻밖의 제안이었다.

"만약 제가 어렵다고 하면 그다음은 어떻게 어떤 결정을 하시려는데요."

"저 말 때문이었기는 하지만, 제가 여기에 와서 선생님의 마네킹 작업을 돕는 동안 저도 모르게 조각에 대한 제 꿈을, 찾았다는 말은 이상하고, 다시 갖게 되었다는 게 맞을 거예요. 파리에서 돌아와 사파리를 맡은 다음엔 마음에는 미련이 남아도 의식적으로 늘 외면했거든요. 선생님께서 어렵다고 하시면 그때는 제가 다른 곳에, 아마도 여기보다 사파리 가까운 곳에 새로운 작업장을 알아봐야겠지요. 그렇지만 여기에서 선생님 같은 든든한 작업 후원자가 계시는 곳에서 시작하는 것과 저 혼자 마음만 새롭게 시작하는 것은 여건이 많이 다르겠지요. 시작과 함께 다시 위축되어 주저앉을 수도 있어 힘들게 선생님께 도움을 요청하는 거예요."

여자가 사뭇 진지하게 말했다. 박인수는 아주 오래전에 보았던 영화 〈까미유 끌로델〉*을 떠올렸다. 거기에 카미유 클로델을 포함하여 로댕의 조각 작업을 돕는 조수들이 나왔다. (박인수는) 영화를

* 〈Camille Claudel〉, 브루노 누이땅, 1989, 프랑스

보며 조각 작업은 혼자 할 수도 있고, 조수의 도움을 받아가며 할 수도 있구나, 하는 것을 알았다.

"마주님."

이번에는 박인수가 정색하고 여자를 불렀다.

"예."

여자도 정색하고 대답했다.

"전에 마주님이 저한테 박제 폼을 만드는 일에 조수로 써달라고 했을 때 저는 이런 생각을 했습니다. 조각에 대해서는 잘 모르지만, 조각을 했던 사람이라면 그걸 응용해서라도 박제 폼을 다른 사람보다 더 잘 만들 수 있겠다고 생각했고, 실제로 마주님이 그러셨지요. 반대로 저는 그동안 박제 몸체 작업을 하며 이것이 조각과 비슷할 거라는 생각을 한 번도 해보지 않았습니다. 제가 하는 일에 조각 작업을 떠올려본 적도 없습니다."

"선생님. 제가 그냥 드리는 말씀이 아니에요. 제가 선생님을 이곳에서 두 달 동안 보았고, 이런 작업 후원자가 있다면 제 꿈을 다시 실천해나가는 데 도움이 되겠다고 생각하고 드린 말씀이에요."

박인수도 진지했지만, 이야기를 꺼낸 여자도 진지했다. 할 수 있다면 도울 수도 있겠지만, 박인수로서는 금방 대답하기 어려웠다.

"며칠 시간을 주시겠습니까?"

"예. 그렇게 하겠습니다."

"이게 제가 대답을 하기 전 제 선생님과 먼저 의논드려야 할 일인지요?"

"그건 이 작업장의 사용과 소유에 대한 권리가 오고 가는 일이라

제가 선생님의 대답을 들은 다음 고모부께 직접 말씀을 드리는 게 좋을 것 같습니다. 선생님은 지금처럼 박제 작업도 계속하시고, 일이 많지 않을 때는 저를 도와주시는 것으로요. 이쪽 방면으로 선생님의 실력은 제가 이미 봤으니까요."

사용과 소유와 권리에 대해 선을 그어 말하는 것을 보면 여자는 확실히 박인수 자신과는 다르게 사업가인 것이 틀림없었다. 함께 얘기하고 난 다음 이 결정을 어떻게 내려야 하나 조금은 심란한 마음으로 휴식을 취하고 있을 때 처제에게서 전화가 왔다.

—형부. 지금 저한테 와 줄 수 있어요?

처제는 거의 울먹이는 목소리로 말했다.

"무슨 일인데?"

—전화로는 얘기하기 어려워요. 제가 지금 손발이 떨려 움직일 수가 없어요.

"그래도 어떤 일인지는 알아야지."

—수종이와…… 진우 아빠 일이에요.

"처남이 왜?"

—그냥 와서 좀 들어줘요. 수종이가 와서 여기를 싹 다 뒤집어 놓고…….

거의 울 듯한 목소리에 다급함이 그대로 전달되었다. 박인수는 그러잖아도 지난번 형사가 말하고 갔던 것에 대해 기회가 된다면 새롭게 묻거나 확인할 부분도 있어 그러겠다고 말했다.

"전에 그 카페 말이지?"

—아뇨. 거기보다 집으로, 얼른요.

박인수는 여자에게 작업실을 맡기고 밖으로 나와 자갈밭에 서 있는 트럭의 시동을 걸었다.

◊

바깥 주차장에 차를 세워두고 얼른 엘리베이터를 타고 처제가 사는 아파트의 13층으로 올라갔다. 처제가 현관 앞에 기다렸다가 초인종 소리와 함께 문을 열어주었다. 처제는 통화를 했을 때보다 는 조금 나은 모습으로 그를 기다리고 있었다.

"대체 무슨 일이야?"

"엊그제 수종이가…… 오후에 진우 아빠 직장에 찾아가서……"

"축산센터에?"

"거기 와서 직원들 다 있는 데서 행패를 부려서…… 진우 아빠 얼굴도 주먹으로 쳐서 얼굴이 붓고 상처가 나고……"

"동서를?"

"낮에 술 먹고 와서 그랬대요."

"왜 그랬는데?"

"모르죠. 오후에 와서 그랬대요. 엊그제……"

처제는 다시 엊그제라고 말했다. 박인수가 표본제작소에서 박제 된 말이 딛고 설 목장 초지 형태의 디오라마 작업을 하던 날이었다. 이틀이 지난 일을 그때가 아닌 지금에야 전화로 숨넘어갈 듯 알리 는 건 무슨 뜻일까, 하는 생각이 절로 어떤 의문처럼 들었다.

"이유가 뭔데?"

"그러니 제가 답답하죠. 진우 아빠도 말을 안 하고…… 거기 물건도 부서지고 그랬다는데……. 유리도 다 깨지고……."

"진우 아빠는 뭐라고 해?"

"수종이가 행패를 부리니 다른 데 피했다가 한밤에 얼굴이 부어서 들어왔는데, 처남하고 그랬으니 창피스러워 말도 안 하고……."

"그럼 처남이 온 건 어떻게 알았어?"

"회사 직원이 집으로 전화했어요. 동생이 술 먹고 와서 축산 기사님한테 행패 부리면서 사무실을 들었다 놓았다고……. 전화를 하니 진우 아빠도 안 받고, 수종이는 아예 꺼놓고……. 밤에 진우 아빠가 그 모습을 하고도 술을 마시고 들어왔길래 무슨 일이냐고 물어도 아무 말 없이 누웠다가 아침에 그냥 나갔는데……."

"처남은 계속 연락이 안 되고?"

"안 돼요. 대체 무슨 일인지……."

이미 이틀 전에 벌어져 절반은 수습되어 끝나고, 절반은 계속 진행되고 있는 일이었다. 주변에 아무리 의논할 사람이 없어도 그렇지 박인수는 처제가 지난번 일로 별로 반갑지도 않고 다정할 것도 없는 자신을 불렀다는 게 이상했다. 와서 보니 처제도 막상 그를 부르기는 했지만 무슨 얘기를 더 할지 말지 망설이고 있는 게 분명했다. 통화를 할 때는 다급했어도 얼굴을 보자 마음이 바뀔 수도 있었다.

"이틀이 지나 이걸로 사람을 부른 건 아닐 테고, 할 얘기 있으면 제대로 해봐. 무슨 일인지 알아야 돕든 말든 하지."

"더 급한 건……."

그제야 처제가 다시 망설이듯 입을 열기 시작했다.

279

"어제 아침에 그 난리를 치고 출근했는데, 낮에 경찰이 축산센터에 왔대요."

"경찰이?"

"예. 어제 낮에……. 직원이 그러는데 와서 조사할 게 있다고 진우 아빠를 데리고 갔대요."

"처남은?"

"수종이까지는 모르고 경찰이 와서 데려갔다니 당연히 그 일인 줄 알았죠. 직원 말로 사무실이 뒤집혔을 정도라고 했으니까……. 그런데 진우 아빠가 밤에 집으로 돌아오지 않았어요. 오늘 점심때까지도 전화를 안 받고…… 연락이 없어 내가 축산센터로 전화하니 직원이 자기들도 잘 모른다고…… 진우 아빠를 데리고 간 경찰이 여기 양주 경찰도 아니고…… 의정부 경찰이라고 했어요."

"의정부?"

"예……."

의정부 경찰이라는 말에 박인수로서는 얼른 떠오르는 게 임명호와 지난번에 찾아왔던 형사들이었다.

"의정부 경찰이 왜?"

"그러니까요."

처제는 거기에 대해서는 아무것도 모르는 얼굴을 했다. 박인수로서는 의정부 경찰이라는 말만으로도 바로 짚이는 게 있었다. 임명호의 시신이 발견된 곳이 서울시와 의정부 경계의 폐방앗간이라고 했다. 그래서 사건을 의정부경찰서가 맡고 있는데 여기 오기 전부터 처제에게 임명호에 대해 꼭 묻고 싶은 것이 있었다.

지난번에 다시 왔던 의정부경찰서 형사도 3월 이전에는 아내와 임명호 사이엔 통화가 전혀 없었고, 처제와 임명호 사이에 1년쯤 수시로 통화가 있었다고 했다. 그러다가 무슨 이유인지 처제와 임명호 사이에도 연락이 끊겼다가 아내가 세상을 떠난 다음 그 둘 사이에 세 번의 통화가 있었다고 했다. 한 번은 아내의 죽음을 임명호에게 알리는 전화였을 테고, 나머지 두 번은 누가 먼저 걸었든 박인수가 아내의 핸드폰으로 임명호에게 보낸 문자에 대해 애기했을 것이다.

　처제는 아내가 졸업 20주년 기념행사에 나가지 않았지만, 친구들의 연락처를 받았는데 거기에 학년별 담임선생 전화번호가 있었다고 말했다. 또 자신은 언니를 통해 임명호의 전화번호를 안 것처럼 말했지만 처음부터 임명호와 연락을 주고받은 것은 처제였다. 열흘쯤 전에 온 형사가 말해준 바에 의하면 아내는 올 3월에야 임명호와 연락이 닿았고, 곧 목숨을 끊었다. 아니, 끊을 일이 발생한 것이었다.

　박인수는 동서가 어제 경찰서에 가서 아직 돌아오지 않고 있는 상황에서 그걸 묻는 것이 가혹할 수도 있겠다고 생각했지만, 지금이 아니면 기회가 없었다. 경찰이 어떤 수사와 어떤 절차를 거쳐 동서를 데려갔는지는 모르지만, 지금 동서가 의정부경찰서에 가 있는 것이 확실하다면 그런 상황으로의 연결고리는 임명호밖에 없었다. 또 그 말이 나와야 위로를 하든 뭘 하든 다음 대화를 이어갈 수 있었다.

　"처제."

　박인수는 낮고 무겁게 처제를 불렀다.

"예……."

"지금 동서가 의정부경찰서에 가 있는 거라면 먼저 있었던 처남의 행패나 폭행 때문이 아니라 임명호 때문인 거 아니야?"

"예……?"

그 말 한마디로 처제는 다시 얼굴이 하얗게 질렸다.

"형, 형부가 어떻게…… 그런 식으로 말할 수 있어요? 진우 아빠한테……."

"처제. 임명호와 관계된 사람 누구나 조사를 받을 수 있어. 나도 지난달 의정부경찰서 형사들이 작업실로 찾아왔어. 이후에도 한 번 더 찾아왔고."

"그렇지만 진우 아빠는…… 그 일과 상관이 없잖아요."

"그건 우리 생각이고 경찰이 보면 다르게 생각할 수도 있지. 자, 봐. 미진이 엄마가 목숨을 끊기 전 임명호와 몇 번 통화했어. 그래서 내가 미진이 엄마 핸드폰으로 이 사람이 어떤 사람인지 알아보려고 문자를 몇 번 보냈어. 임명호는 그때 이미 처제가 말해줘서 미진이 엄마가 잘못된 걸 아니까 답을 하지 않았는데, 임명호가 누구에게 살해되자 경찰이 그 문자 때문에 나를 찾아왔어. 한 번도 아니고 두 번씩이나."

"……."

"처제가 나한테 말한 대로라면 미진이 엄마가 고등학교 동기들의 연락처를 받은 게 지난해지. 거기에 학년별 담임선생의 전화번호도 있었고. 그래서 언니가 임명호에게 연락했을 거라고 했지?"

"예……."

"내게는 그렇게 말했지만 아니지. 실제 그 사람과 어떻게 연락이 닿았는지 모르지만 임명호와 1년 동안 수시로 연락하고 만난 사람은 언니가 아니라 처제였지."

"……"

그 대목에서 처제는 어떻게 그것까지 알고 있느냐는 듯 다시 놀란 얼굴을 했다.

"미진이 엄마는 죽기 얼마 전에야 이 사람과 연락이 되었던 거고. 아닌가?"

"……"

"나는 지금에야 알았지만, 처제와 임명호가 만나는 걸 동서는 전혀 몰랐을까. 알았으면 알고도 기만 있었을까. 지난번에 내가 왔을 때 처제가 나 만나는 것까지 동서한테 전화로 알리며 그랬지. 사람을 어디 나다니지 못하게 한다고. 그게 그냥 나온 말은 아니겠지. 그 일로 집에서 두 사람 사이에 어떤 일이 있었는지 모르지만, 동서가 아무리 조용한 사람이라도 처제가 임명호를 만나고 그랬던 것까지 없는 일로 그냥 넘어가지는 않았겠지."

"……"

"동서가 처제한테만 그런 게 아니라 임명호 그 사람한테도 뭐라고 하지 않았을까? 내가 지난번에 여기 왔을 때 처제는 언니를 끌어들이면서 자기 얘기는 싹 감추었지. 그런데 동서가 나처럼 그 사람에게 문자를 보내거나 전화하거나 직접 만나기라도 했다면, 처제의 결백 문제는 두 번째이고, 사건 후 경찰이 나를 찾아와 조사했던 것처럼 동서도 충분히 조사할 수 있는 거지. 조사한다고 다 혐의가 있는 것은 아니니까 관계가 없으면 오늘이라도 나오겠지. 예전에 〈경찰청 사람들〉이라는 프로그램을 보니까 어떤 사건을 경찰이 조사하는 건 그 사건과 관계된 모든 대상과 모든 가능성이라고 해. 경찰이 생각하는 가능성 안에 나도 있고, 동서도 있는 거니까."

"……."

"처제."

"예……."

"아무 일 없으면 동서는 곧 돌아올 테니까 거기에 대해서는 불안할 게 없어. 처남 일은 왜 그랬는지 모르지만, 시간이 지나면 그것도 처남 매부 사이이니까 서로 화해하며 가는 거고."

"정말 아무 일 없겠죠?"

"없어야지. 동서 자신을 위해서도 진우를 위해서도 없어야 하는 일이고."

"불안해서 형부한테 연락했어요. 시댁 쪽으로는 알릴 수도 없고, 이쪽으로는 언니가 떠난 다음이어도 형부밖에 없고요."

박인수는 그 마음도 충분히 이해할 수 있었다.

"진우 아빠는 지금 경찰서에 가 있고, 처제는 불안한 마음에 나를 불렀겠지. 그렇지만 이 상황에 도움과 위로는 도움과 위로가 될 어떤 말이 아니라 진우 아빠가 아무 일 없이 돌아오는 것이겠지. 거기에 대해서는 나도 당연히 진우 아빠를 믿어. 늘 말이 없는 사람이고 사려 깊은 사람이지, 처제와 두 사람 사이에서는 어땠는지 모르지만, 처남이 와서 행패를 부려도 일일이 말하지 않는 것처럼 마음에 어떤 불만이 있어도 화를 내거나 행동으로 잘 표현하지 않는 사람이고. 곧 진우가 돌아올 텐데, 처제도 세수하고 편안하게 아이를 맞이해."

그 말에 처제의 얼굴이 조금은 나아지는 듯했다.

"처제."

"예, 형부……."

"지금 여기 와 보니 여기는 여기대로 이런 일이 있고, 내 마음에도 숙제 같은 게 남아 있어서 묻는 건데 대답하기 어려우면 대답하지 않아도 괜찮아. 이제는 모두 지나간 일이고, 당사자들도 이미 세상을 떠나 어떻게 할 수 있는 것도 없지만, 임명호에게 미진이 엄마 연락처를 주고 만나게 했던 사람이 처제였던 거야?"

"죄송해요. 그런 마음으로 그랬던 건 아니고……."

"그게 맞고 아니고는 내게 이제 조금도 중요하지 않아. 지난번에 내가 처제에게 아이들 얘기하며 언니가 사용한 이상한 물건에 대해 말했어. 내가 방금 물은 건 그 물건의 당사자가 누구냐고 묻는 게 아니야. 내가 그걸 정말 궁금하게 여겼던 것은 그가 누구길래, 아니 미진이 엄마 인생에서 얼마나 소중한 사람이길래 자기 목숨까지 내놓고 그 사람의 이름을 보호하고 갔을까, 하는 것이었어."

"……."

"처제는 말하지 않아도 임명호가 그런 사람이었네, 미진이 엄마에게……. 이제 와서 그게 화가 나서 그러는 건 아니야. 그런 사람이 그런 식으로 떠났다니 그것도 참 허망하다는 생각이 들고 그런 거지……."

"형부……."

"말해. 괜찮아."

"제가 지금 거기에 대해 말하지 못하는 것도, 언니가 아무 말도 하지 못하고 떠난 것도 형부가 이해해주세요."

처제도 그 말을 할 때 눈물을 떨구었다.

"그래. 이제 더 궁금한 게 있어도 오늘 지난 다음부터는 그 일에 대해 다시 묻지 않기로 하지. 이제는 정말 허탈하게 궁금한 것도 다 없어지고 말았으니까. 곧 돌아오는 사람 잘 맞이하고, 아이도 잘 맞이해. 나는 이만 갈게."

"그래요, 형부…… 아이들에게는 제가 나중에라도 잘 설명할 게요."

"그것도 억지로 할 건 없고……."

표본제작소로 돌아오자 사파리의 여자가 문을 닫고 돌아간 다음이었다. 있었다면 박인수가 처음으로 술 한잔 하자고 말했을 것이다. 날은 여전히 무덥고, 여름이 더디 지나가듯 하루의 저녁도 더디게 다가왔다.

◇

사파리의 여자는 여름 막바지에 작업실을 고모부인 노교수로부터 아예 매입하기로 했다. 그날 노교수도 디오라마까지 갖추어 박제한 경주마를 일부러 나와서 보았다. 경주마 박제품 역시 잘 건조되어 가고 있었다. 그날 자신이 설립한 동물표본제작소를 조카에게 넘기는 조건에 노교수는 이 작업실이 조카의 조각 작업실로 운영되더라도 당진의 조류연구소가 연중 의뢰하는 조류 박제품을 끝까지 성실하게 제작한다는 조항을 달았다. 그걸 노교수는 단 세 음절로 '선의로'라고 말했다.

"이 세상에 어떤 계약과 약속도 선의를 이길 조항은 없다. 이제 내가 나이가 들어 이 표본제작소를 선의로 넘기니 은영이 너도 이 표본제작소를 선의로 받고, 여기서 일하는 사람과도 선의로 협력해 다오."

박인수에 대해서도 한마디 하는 것을 잊지 않았다.

"박 군도 나하고 일할 때 선의로 일했듯 앞으로 이 사람과도 선의로 일해다오. 박 군은 선의로 이 사람의 작업을 돕고 정은영이 너도 선의로 이 사람의 작업과 생활을 살펴야 한다. 내가 보건대 그것이 두 사람 사이에 협업과 함께 지켜야 할 선의다."

살아가며 박인수가 어른 복 하나만은 받고 온 셈이었다.

늘 말이 없던 박인수의 동서가 살인사건 피의자로 구속되었다는 뉴스가 동서의 이름과 함께 연이틀 신문과 방송에 나왔다. 텔레비전에 나온 동서는 아직 여름과 다름없이 더운 날씨에 긴 팔에 모자까지 달린 점퍼를 뒤집어쓰듯 입고 운동모자까지 깊숙이 눌러쓴 모습이었다.

―시청자 여러분, 지난 7월 서울과 의정부를 잇는 국도변 폐방앗간에서 발생한 살인사건을 기억하십니까. 동물용 근육이완제와 독

극물인 신경작용제를 혼합한 약물로 사람을 죽인 사건이었는데요, 오늘 범인과 범행 전모가 밝혀졌습니다. 피해자는 올해 정년 퇴임한 고등학교 교장이었고, 범인은 피해자가 오래전 가르쳤던 제자의 남편인 것으로 드러났습니다. 의정부경찰서에 나가 있는 기자를 연결하겠습니다.

사건의 이름도 누가 그렇게 붙였는지 조금은 엽기적 느낌이 드는 '의정부 폐방앗간 살인사건'이었다. 아이들도 텔레비전으로 그 광경을 보았다고 했다. 어찌 된 일이냐고 묻는 아이들에게 박인수는 시간이 좀 더 지나면 이 일과 엄마의 죽음에 대해서도 함께 얘기하겠다고 말했다.

"저 이모부가 나보고 살아 있으니 먹는 거라고 했어."

아들이 말했다. 그건 아내의 장례 날 여강에서 돌아와 헤어지기 전 식당에서 함께 밥을 먹는 동안 숟가락을 뜨는 둥 마는 둥 하는 아이에게 동서가 한 말이었다. 뒤늦게 생각하면 어떤 의미를 가진 듯도 보이지만 특별한 뜻을 가지고 한 말은 아니었을 것이다.

박인수는 지난번에 송추 아파트에 찾아가 만난 이후 처제를 다시 보지 못했다. 처제한테서도 전화가 오지 않았고, 박인수도 아직은 처제가 이 일을 스스로 받아들이고 정리해야 할 시간이라고 여겨 일부러 연락하지 않았다. 정말 최악의 상황처럼 일은 벌어지고 표면적으로 그렇게 매듭지어졌다.

그 사건에 대해 세상 사람들이 모르는 비밀 하나는 거기에 두 자매의 삶과 죽음이 얽혀있다는 것이었다. 예전 아내의 표현대로 인생의 가장 꽃다운 시절로부터 시작해 얼마 전 그 시절의 선생을 다시 만나게 된 다음까지 두 자매 인생에 그 사람이 참 깊이도 관계하고 깊이도 지배했구나, 하는 생각이 절로 들었다.

어쩌면 박인수 자신은 임명호가 누군지 어떤 사람인지 몰라 나서지 못했고, 그걸 먼저 알았던 동서가 극단적인 방법으로 나섰던 것인지 몰랐다. 어떤 동기와 이유로든 무서우면서도 쓸쓸하고 허망한 결말이었다. 그게 과연 아내에게 아이들까지 뒤로 하고 목숨을 바쳐 지켜야 할 일과 이름이었는지를 생각하면 더욱 그런 생각이 들었다.

◊

동서 곽진묵이 구속되고 2주 후, 의정부경찰서의 최 형사가 자기도 사건의 손을 털었고, 박인수도 일의 매듭이 지어지기는 마찬가지일 테니 허심탄회하게 술이나 한잔하자고 했다. 최 형사는 박인수가 일을 끝낼 시간에 이쪽으로 오겠다고 했다.

박인수는 전에 사파리의 여자와 함께 갔던 일본풍의 식당을 예약했다. 술도 식사도 안주도 그때와 똑같이 시켰다. 식당 예약도 음식과 술 주문도 박인수가 했지만, 술자리의 성격은 자기 손으로 구속한 피의자가 박인수의 동서인 것을 잘 아는 최 형사가 박인수를 위로하는 자리였다. 보통 이런 경우 어떻게 수사했으며, 어디서 결정적 증거와 단서를 잡았는지 무용담으로라도 한마디 나올 만한데 최 형사는 거기에 대해 입을 다물고 있었다. 둘 다 묵묵히 술잔만 비워냈다.

"예전에 우리 젊은 시절, 잔을 주고받으며 마실 때 둘이 마시든 셋이 마시든 그 시절 술자리에서 제일 무서운 상대가 어떤 사람인지 아십니까?"

최 형사가 물었다.

"글쎄요."

"지금 글쎄요, 하는 사람처럼 말 위에 앉아 술을 마시는 사람이거든요."

"그런 것도 있습니까?"

반문하며 박인수는 자신의 말 박제와 관계된 것인가 여겼지만 전혀 다른 얘기였다.

"마상주라고 해서 말을 타고 안장 위에서 마시면 잔을 내려놓을 데가 없잖아요. 술을 주면 술잔을 탁자에 내려놓지 않고 받은 그대로 단숨에 비우고 바로 잔을 돌려주는 거지요. 이게 한두 잔은 괜찮은데 두세 시간 마시는 자리에서 받은 잔마다 바로 비워버리고 돌려주면 나중에는 이 사람에게 술잔을 주기가 무서워지는 거지요."

"내가 지금 그러고 있습니까?"

"기분은 알지만 좀 천천히 마시자는 얘기예요."

"얼른 취해야 할 말이 생각날 것 같은데, 이게 취해야 말이지요."

"하고 싶은 얘기가 뭔데 그래요?"

"지금도 다 알면서 말하지 않으니 내가 덜 취해도 물을 수밖에요. 그 사람인지는 처음에 어떻게 알았던 겁니까?"

박인수는 받은 잔을 비우고 도로 내밀며 물었다.

"이런 얘기 하려고 보자고 한 건 아니지만, 처음 작업실로 갔을 때 같이 갔던 장 형사가 오늘 내가 박 선생 만나러 간다니까 대신 고맙다고 인사를 전해달랍니다."

"내게 말입니까?"

"그때 박 선생이 임명호와 이런 사람의 통화는 없더냐고 좀 알아봐 달라고 처제 이름과 전화번호를 알려줬잖아요."

"아내의 죽음에 비밀이 많은데 그 사람이 아내와 처제 이름을 함께 문자로 보내서요."

"그전까지 사건이 오리무중이었는데 그때 준 이름과 전화번호로 사건의 관계 암호가 풀렸던 거지요. 내가 푼 것은 아니고 장 형사가 푼 건데 풀고 나면 쉬워 보여도 푸는 과정이 쉽지 않은 게 이런 거예요. 죽은 사람은 퇴임 교장으로 예전에 여주의 어느 고등학교 선생이었고, 그때 제자였던 자매가 20년이 지나 이 사람과 긴밀한 관계를 맺고 있는 것 같은데 어느 날 언니가 스스로 목숨을 끊고, 언니의 남편은 죽은 아내의 핸드폰으로 이 사람과 연락을 시도하고, 동생도 언니가 죽기 전까지 1년 가까이 이 사람과 연락하여 만나고, 거기에 동생 남편의 번호까지 등장하고, 남동생의 번호도 등장하니 퍼즐을 풀고 말고 할 것도 없이 그냥 사건 지형도가 그려졌던 거지요. 이게 열쇠 없이 개별 인물로는 절대 그림이 그려지지 않거든요. 집에서 나와 사체로 발견되기까지 CCTV 같은 것에도 전혀 드러나지 않아 그게 아니었다면 미결 사건으로까지는 가지 않았겠지만 밝혀내는 데 꽤 오래 걸렸겠지요."

"그랬었군요."

"사건은 그런 식으로 해결됐는데, 이 사건에 아직도 누명을 쓰고 있는 사람이 있어요."

"누명이라니 누가 말입니까?"

"박 선생 부인이요."

"제 아내가 왜요?"

"우리가 처음 찾아갔을 때 박 선생이 임명호에게 왜 부인의 핸드폰으로 연락했는지 설명하며 부인이 사용한 테스트기 얘기를 했잖아요. 그게 임명호가 아닌가 의심해서 그랬다고……."

"예. 아닌가요?"

"우리는 수사를 할 때는 피해자에 대해서든 용의자에 대해서든 모든 가능성을 다 열어놓고 정말 세세하게 살펴봐요. 이건 임신 테스트기 얘기가 나와서 살펴본 건데 피살된 임명호 씨는 젊을 때 정관수술을 해서 설사 관계가 있다 해도 테스트기에 양성반응이 나올 수 없는 사람이거든요. 박 선생이 그날 화장실에서 본 게 분명 양성반응이었다면 임명호가 아닌 다른 사람이었다는 거지요."

순간 박인수는 뭔가 육중한 둔기로 머리를 맞은 것 같은 충격을 받았다. 거기에 임명호 말고 또 다른 사람이 끼어 있다니. 송추 스타벅스에서 만났을 때 처제도 그 사람은 절대 아닐 거라고, 만약 임신 테스트기에 그런 결과가 나온 거라면 그것은 다른 사람이지 그 사람이 아닐 거라고, 자신이 왜 그렇게 말하는지는 밝히지 않고 아닌 것은 아니라고 말했다. 그게 지금 최 형사가 하는 얘기와 같은 뉘앙스의 말이었던 것일까. 그렇다면 지금 최 형사가 하는 말을 그때 처제도 알고 있었다는 뜻이어서 박인수로서는 거듭 놀라지 않을 수 없었다.

"그럼 누군가요?"

"통화 내역을 보면 부인은 세상을 떠나기 15일 전까지 임명호와 아무 연락이 없었어요. 전화를 했던 것도 임명호가 부인에게 했던 게 아니라 부인이 임명호에게 했던 것으로 나와요. 정확한 내용이야 알 수 없지만, 정황으로 볼 때 동생 문제로 연락했던 게 아닌가 싶어요. 목숨을 끊던 날 임명호에게 마지막으로 전화를 했던 것도 그렇고요."

"그럼 임명호가 아니면 누군가요?"

박인수는 저절로 피가 끓어오름을 느꼈다.

"처제가 자기 남편, 곽진묵에게 거짓말을 했던 겁니다."

"예?"

"남편이 자신과 임명호 사이를 알게 되자 본인 말로는 엉겁결에 언니 핑계를 댔다고 해요."

"제 처제도 만났습니까?"

"예. 곽진묵의 범행 동기를 확인하는 과정에서요. 처제가 남편한 테 궁지에 몰리니 언니가 선생을 만나게 해줘서 만났다는 식으로 말한 거예요. 그러니까 곽진묵이 왜 동생에게 그런 사람을 만나게 해줬느냐고, 당신도 어디 똑같이 당해보라고 애먼 언니에게 몹쓸 행패를 부렸던 겁니다. 언니가 아니면 자기 아내에게 아무 일도 일어나지 않았을 거라고 생각하는 사람인 거지요."

"행패라면……"

"박 선생도 몸이 좋지만, 곽진묵도 몸이 좋고 단단해 보이던데 그런 사람이 마음먹고 준비해 계획적으로 덤벼드는 걸 부인이 당할

293

수가 없었던 거지요. 본인은 사용하지 않았다고 하지만, 이상한 약물까지 준비해서 말이에요."

"으음……."

박인수의 입에서 절로 신음이 나왔다.

"그게 부인이 극단적인 선택을 하기 16일 전의 일이에요. 핸드폰으로 찾아보면 3월 8일 그날 부인은 박 선생에게 동생을 만나 늦게 들어갈 거라고 문자를 보냈을 겁니다. 곽진묵도 부인에게 동생과 함께 만나는 것처럼 유인해서 그러고……."

"지금 이게 다 사실입니까?"

"믿어지지 않겠지만, 내가 이 자리에서 사실이 아닌 얘기를 할 수는 없지요. 이제 박 선생이 판단해보세요. 이게 부인의 마음이 움직여 부인의 의지로 생긴 일인가요?"

"……."

"박 선생은 상황이 이런데도 부인이 왜 목숨까지 내놓으면서 끝까지 말하지 않았다고 생각합니까?"

"말하기 어려웠던 거겠지요. 말하면 누군지 드러나 본인도 이상해지고, 그 사람에게도 영향이 미치니까……."

"영향을 미치는 게 임명호인가요?"

"……."

"아니면 동생의 남편 곽진묵인가요?"

"……."

"결과적으로는 그런 모습이 됐지만, 둘 다 아니지요."

박인수는 잠시 전에 받은 충격에 지금 최 형사가 하는 말이 뭐가 뭔지 모를 정도로 정신이 아득해지는 기분이었다. 상대가 다른 사람이 아닌 동서 곽진묵이라니 더욱 그랬다.

"차라리 상대가 임명호라면 부인이 적극적으로 나서서 만났다 하더라도 말할 수 있었겠지요. 그런데 완력으로 강제로 당한 일인데도 상대가 동생 남편이다 보니 방금 박 선생 말대로 말하면 본인까지 이상해져 쉽게 말할 수 없었던 거 아닐까요."

"그게…… 어떻게……."

여전히 혼란스러운 박인수의 머리에 아내의 장례 날 동서의 모습 몇 개가 겹쳐 떠올랐다. 아내를 화장하는 일을 남편이 직접 나서서 처리하는 게 이상해 대신 접수를 부탁했을 때 동서는 평소 과묵하던 모습과는 다르게 당황스러운 얼굴로 그것만은 자신이 못하겠다고 했다. 그런 사람이 전날엔 언니가 죽은 자리에 다시 가기 무섭다는 처제를 억지로 끌고 가서 청소를 말끔히 해놓고 왔다. 아내가 세상을 떠나며 혹시 자기와 관련해 남긴 흔적 같은 게 없는지 제 눈으로 직접 살피고 싶었던 것은 아닌지. 골분을 뿌리러 여강으로 갈 때도 그랬다. 처제가 박인수에게 운전석 옆에 앉으라고 권하자 박인수도 그 자리가 싫었지만, 동서도 박인수와 함께 앉아 가는 걸 불편하게 여겨 처제에게 "여기는 당신 앉아"라고 말했다. 장례식장과 강가에서 처제가 박인수에게 언니의 죽음에 대해 자꾸 물을 때에도 짐짓 외면하거나 그걸 불편하게 여겨 가로막기도 했다. 당시로써는 눈치채기 어려웠지만, 지나고 나면 바둑의 복기처럼 되짚어지는 부분이었다. 여강에서 서울로 돌아와 헤어지기 전 저녁을 먹을 때 아이에게 한 말도 그랬다.

"오늘 나올 때 장 형사의 인사도 인사지만 사실 부인 얘기 때문에 박 선생을 보자고 했어요. 그렇게 가신 부인도 누명을 벗어야겠지만, 박 선생도 다른 건 다 몰라도 이건 바로 알아야 할 것 같아서요. 부인이 무엇 때문에 말을 못 하고 떠났는지."

"……"

"상대가 다른 사람도 아니고 동생의 남편이지 않습니까. 부인이 받았을 충격이 어떠했을 거라는 것도 충분히 짐작이 가는 일이죠. 그리고 이건 우리 서 여형사 얘기인데, 임신이 되면 어쩌나 하는 두려움에 아무도 모르게 사용한 임신 테스트기를 다른 사람도 아니고 바로 남편이 봐버린 거잖아요. 그러면 뭘 설명하거나 변명할 여지조차 빼앗겨버린 듯해서 체념하게 된다는 거지요. 그게 그런 식으로 발견되지 않고 혹시나 임신한 것을 비밀리 처리할 수 있었다면 다른 선택을 할 수도 있었겠지요."

"……"

"그렇다고 지금 그걸 본 박 선생을 뭐라는 게 아니라…… 우리야말로 수사하다 보니 별별 성폭행 사건을 다 보잖아요. 가해자는 별 뉘우침 없이 감옥에 가는 걸로 자기 죗값을 치렀다는 식이고, 아무 죄 없는 피해자들이 오히려 극단적인 선택을 하거나 정상 생활이 불가능할 정도로 정신이 황폐해지는 경우를 많이 봐요. 수사가 종료되면 더 이상 뒷얘기가 보도되지 않아 그렇지 그런 범죄의 뒤쪽 그늘이 깊어요. 현실이 또 그렇고……"

박인수는 최 형사의 입을 떠나 자신의 귀에 들어오는 말과 소리가 동굴 안을 가득 채우고 있는 안개와도 같게 느껴졌다. 그것이 전적인 원인은 아니겠지만, 뭐가 뭔지 알 수 없을 정도로 자욱한 안개 저편에 있는 아내의 죽음에도 그런 이유들과 마음이 작용하지 않았을까. 박인수는 하필이면 자신이 그날 아침 그 순간에 집에 들어와 보아서는 안 되는 물건을 보아버린 것이라고 생각했다. 작업실의 벽시계처럼 5분이 빠르거나 단 3분이라도 늦었다면 그런 상황을 피할 수 있었을 것이라는 생각이 다시 안개처럼 자욱하게 그의 머릿속을 채워왔다.

"곽진묵 본인은 아니라고 부인했는데, 처형에게 그런 범행을 저지른 다음 이제 막 나가는 심정과 입장에서 이걸 자신의 아내나 남편에게 알리면 그다음엔 가족을, 특히 자식을 어떻게 하겠다, 하는 식의 협박이 뒤따랐을 수도 있고요."

"아무리 그래도 그렇지 어떻게……."

"우리가 수사를 하다 보면 범죄도 그런 식으로 에스컬레이트되는 경우가 많아요. 곽진묵이 임명호를 어떻게 하고 싶은 마음이야 진작부터 품었다 하더라도 이게 누구를 죽이고 싶은 증오에서부터 시작해 실행 단계로 옮겨지는 데는 중간에 처형에 대한 범죄와 죽음 같은 게 단계적으로 행동 증감 수단이랄까 이유가 될 수도 있다는 거지요."

박인수는 말 위에서 거푸 술잔을 비웠다.

정말 많이 마신 날이었다. 계산도 최 형사가 했다. 말과 생각이 안개처럼 자욱하고 뿌연 밤이었다. 박인수는 어떻게 집에 들어왔는지도 기억나지 않았다. 아이들이 아빠를 부축해 안방에 누울 자리를 마련해준 것만 어렴풋하게 기억났다.

말은 거의 완벽한 모습으로 파주 사파리에 인도되었다.

박인수 본인도 앞으로 그만큼 큰 동물은 다시 만날 기회가 없을 것 같았다.

조금은 허망한 모습과 허망한 심정으로 가을이 오고 있었다. 작업실에 오래 머물렀던 말이 가고 새 계절이 왔다.

처제에게서는 전화가 오지 않았고 박인수도 하지 않았다. 처남은 여전히 연락이 되지 않았다. 박인수로서는 처남에게 궁금한 것 한 가지가 더 늘어난 셈이었다. 누나의 장례식에는 왜 참석하지 않았는지와 작은 매형인 곽진묵을 찾아가 행패를 부릴 때 이 사건을 어느 정도 알고 있었는지 하는 것이었다. 관계없는 행패였다면 그것은 어떤 연유에서 생긴 일인지도 궁금하긴 했지만 그건 이제 중요한 문제는 아니었다.

처제 역시 자신의 거짓말이 어떤 결과를 만들었는지, 그럼에도 죽는 순간까지 목숨을 내려놓으며 언니가 했을 고민과 절망의 무게를 짐작이나 하고 있는지 모를 일이었다. 애초 언니를 끌어들여서는 안 되는 일에 언니를 핑계 대고 끌어들인 것이었다. 누구의 것이든 희생은 값져야 하는데 두 동생에게는 그러지 못했다. 박인수의 마음에 가을이 빈 들판처럼 유독 허망한 모습으로 다가오는 것도 그래서였다.

◇

아침에 출근해 마당에 트럭을 세우고 내리자 매일 보던 풍경인데 전혀 새로운 풍경 하나가 박인수의 눈길을 잡았다. 일부러 가꾸려고 심은 것은 아닌데, 주차장으로 쓰는 마당 한쪽 담벼락에 저절로 나고 자란 수세미 줄기가 말라가자 잎이 무성할 때는 보이지 않던 수세미 열매 두 개가 이것이 가을이라는 걸 보여주듯 길게 얼굴을 아래로 늘어뜨리고 있었다. 전혀 신경 쓰지 못한 동안의 일이었다.

"안 들어가시고 무얼 하세요?"

뒤이어 마당으로 들어온 여자가 물었다.

"저거 신기하지 않습니까?"

박인수가 수세미 자루를 가리켰다.

"어, 가을의 아이들이네요."

함께 마당가에 서서 사파리의 여자가 말했다.

"선생님이 심으신 건가요?"

"아뇨. 저는 그럴 정신이 아니었죠. 봄부터."

"그러네요. 그래도 혼자 나고, 혼자 자랑스럽게 자랐네요."

"식물도 누가 씨를 뿌리지 않고 혼자 나서 자란 것들이 사람이 심어 가꾼 것보다 뿌리가 단단해요."

그는 여자에게 어린 시절 동네 제방 둑에 혼자 나서 꽃을 피우고 열매를 맺은 호박 얘기를 했다.

"중학교 때였어요. 여름 막바지에 태풍이 불어올 때인데 비도 엄청 오고 바람도 엄청 불고, 강물이 빠른 속도로 불어나 성난 모습으로 내달렸지요. 학교 가는 길에 제방 둑에 혼자 나고 자란 호박이 줄기 끝에 매달려 있는 핸드볼 공보다 조금 작은 열매를 이리저리 요동치는 강물에 떨어뜨릴 듯 떨어뜨릴 듯하면서도 떨어뜨리지 않고 끝까지 꼭 붙잡고 있는 거예요. 그 모습을 한참 구경하다가 학교 가느라 잊어버렸는데, 가을이 오고 어느 날 강둑에 나갔더니 바로 그 자리에 그 호박이 조금 더 자란 모습으로 노랗게 익어가고 있는 거예요."

"어머나……."

"사람 몸보다 굵은 나무도 파여나가고 쓰러지고 하는 태풍에 말이죠."

"정말 대단하네요. 그걸 발견한 소년도 대단하고요."

"미안하지만 그 녀석은 대단할 게 없어요. 함께 손잡고 자란 형제가 없어서인지 그런 걸 보며 자랐는데도 어른이 돼서도 그 시절이 아름답다고 느끼지 못했거든요. 얘기를 들으면 마주님도 동기간에 우애가 대단한 것 같고, 제 옆에 또 한 사람 혼자 그런 사람이 있었지요."

"부인 말씀인가요?"

"예. 남은 사람들은 그러지 못했지만, 그 사람은 사람이 소중하게 지켜야 할 게 무언지 어린 시절부터 가슴속에 간직하고 있었던 것 같아요."

"그게 무어죠?"

"사람마다 다르겠지만, 그 사람에게는 여강에서 동생들과 함께 자랐던 시절, 인생에서 가장 아름답고 꽃다운 시간이 아니었나 싶어요. 그런 게 때를 타고 훼손되면 안 되는데 동생들이 언니나 누나처럼 소중하게 여기지 못했던 것도 있고, 저도 옆에서 잘 지켜주지 못했던 것 같고, 돌아보면 그런 부분은 많이 아쉽죠."

"선생님."

"예?"

"뒤에 남은 사람들이 그걸 알든 모르든 귀한 것은 그런 것과 상관없이 귀한 거예요."

"그래도 알아야 할 사람들은 알아야지요."

"그러면 좋겠지만, 저는 그냥 한 사람만 깊이 알아도 된다고 생각해요."

"그러니 그게 또 미안하고 안타까운 거죠. 떠난 다음에야 알게 되는 것도 그렇지요."

"선생님이 알면 세상 사람이 다 아는 것보다 큰 거죠."

"지키기도 어렵고……."

"그럼에도 간직하고 살아내는 거예요. 13년 전 제가 그랬어요. 여기서 정면으로 견디지 못하고 도망은 쳤지만……. 선생님은 여기서 잘 지켜내실 것 같아요."

"……."

"저는 선생님이 한 말씀 중에 이 말이 가장 기억에 남고 좋았어요. 여기는 목숨을 잃고 들어온 동물을 그것이 살아 가장 아름다웠던 시절의 모습으로 되살리는 곳이라고 한 말이요."

"갑자기 그 말은 왜요?"

"동물만이 아니라 선생님 부인에 대해서도요."

그렇다면 그것은 시간과 기억에 대한 박제인가 하는 생각으로 박인수는 다시 저쪽 담벼락의 수세미를 바라보았다. 볼수록 그게 언제 거기를 지키고 있었나 싶게 진기한 모습이었다.

"저는 오늘 옛날에 쓰던 장비 몇 개를 이리로 옮겨오려고 해요."

"이런, 귀한 도구들이 들어오는데 돕지를 못하네요."

"선생님은 무얼 하실 건데요?"

"당진에 노랑부리백로 두 마리를 가지러 가야 합니다. 보내준다고 하는 걸 오랜만에 거기 연구소장님 얼굴도 보고, 제가 가지러 가겠다고 했어요."

여자가 묻고 박인수가 대답했다.

"그러고 보면 호박과 수세미 줄기만 질긴 게 아니라 대한민국 남자분들의 군대 인연도 참 질긴 데가 있어요."

"그런가요?"

다시 여자가 말하고 박인수가 반문했다.

◊

빈 가을이었다.

그 하늘로 새로운 새들이 올 것이다.

부록

애도와 복원

박제와 추리는 죽음에 맞선다.《박제사의 사랑》은 박제사인 남편
이 아내의 죽음에 얽힌 수수께끼를 풀어가는 추리소설이다. '의문
의 제시-해결 과정-의외의 해결'이란 추리소설의 공식에 발맞춰 긴
장감 있게 흘러간다. 죽음을 에워싼 안개는 좀처럼 걷히지 않고 수
수께끼는 연이어 등장한다. 미스터리 요소의 적절한 배치는 이 소설
을 흥미진진하게 이어지도록 만드는 징검돌이 된다.

이 작품은 죽음을 다루지만, 피비린내를 풍기지 않는다. 작가의
전작《압구정동에는 비상구가 없다》가 사회파 추리소설로, 진실을
추적하며 사회 곳곳의 그늘을 밝힌다면,《박제사의 사랑》은 짙은
서정성을 바탕에 깔고 있다. 저물녘의 강물처럼 쓸쓸하게 빛난다.

어느 봄날, 아내가 스스로 목숨을 끊었다.

범인은 이미 밝혀졌다. 희생자와 살인자가 동일하기에 자살은 사
건성 없이 종결된다. 하지만 남겨진 가족들에게 아내의 자살은 출
발점이 된다. '왜' 죽었는가. 아이들과 처제는 아내의 느닷없는 자살
을 두고 이유를 묻는다. 남편 박인수는 그 까닭을 알고 있으나 아내

를 위해 숨긴다. 자신이 모든 걸 감싸 안고 가는 게 아내의 영혼을 편안하게 하는 길이라는 생각에 속사정을 털어놓지 못한다. 하지만 비밀을 끌어안은 박인수는 자신이 아내의 죽음에 일조했다는 죄책감에 시달린다. 잊으려고 애쓰지만 잊히지 않는다. 아내의 죽음을 숨기는 일은, 망가진 나귀 박제를 임시방편으로 땜질하는 일에 빗대진다. 금세라도 내용물을 쏟아낼 듯 참혹한 모양새인 나귀 박제는 아내의 죽음을 품고 있는 박인수의 모습과 겹친다. 언제 슬픔으로 터져버릴지 모른다. 그 죽음을 품고는 온전히 살아갈 수 없다. "죽으면 다 없어지고 덮어지는 것일까. 아내에게는 끝인지 모르지만 살아 있는 사람에게는 끝이 아니라 새로운 시작일 수 있었다."(61쪽) 죽음 뒤에 남은 삶을 위해, 박인수는 아내의 죽음에 얽힌 수수께끼를 풀려 한다. 아내의 자살 뒤에는 누군가 숨어 있다. '누가' 아내를 죽음으로 몰아넣었는가. 아내의 죽음, 그 그늘 뒤에 숨은 얼굴과 마주하려 한다.

채수인……
당신과 함께했던 날들을 잊지 않을 것이다.
당신을 이렇게 만든 사람을 나는 꼭 찾아낼 것이다.
찾아내 오늘의 일을 돌려줄 것이다. (17쪽)

추리소설이 궁극적으로 맞서는 적은 '죽음'이다. 죽음을 수수께끼로 남겨두지 않으려는 탐정의 추적 경로가 추리소설의 골격을 이룬다. 남편 박인수는 죽은 아내의 죽음에 얽힌 비밀로 걸어 들어간

다. 아내는 진실을 밝히지 않은 채 숨졌다. 박인수는 아내가 남긴 것들을 세심하게 살피고 죽음이 숨긴 목소리에 귀를 기울인다. 탐정은 망자의 눈과 귀가 되어 죽음이 숨긴 것을 밝히려 한다.

• 박제와 추리

소설 속에서 추리 과정과 박제 작업은 맞물려 진행된다. 박인수는 아내의 죽음에 얽힌 비밀을 추적하며 경주마를 박제하는 작업을 수행한다. 박제와 추리는 닮은꼴이다. 죽음을 출발점으로 삼고 죽음 이전으로 거슬러 오른다. 추리소설은 과거에 일어난 '범죄 스토리'를 탐정의 추적과정인 '조사 스토리'로 밝혀내는 두 겹 서사로 이루어진다. 죽음 뒤에 이뤄지는 조사 과정을 통해 과거에 벌어진 범죄의 진상이 제 모습을 드러낸다. 박제는 죽은 동물을 살아 있을 때 가장 아름다웠던 모습으로 되살리는 작업이다.

죽음을 되돌릴 순 없다. 하지만 박제를 통해 죽음은 가장 아름답던 순간에서 응결되고, 추리를 통해 망자의 진실은 모습을 드러낸다. 죽음 뒤에, 삶은 복원된다. 박제 작업은 "죽은 말이 새로 태어나는 시간"(70쪽)이며, 죽음에 숨겨진 비밀을 밝히는 일은 아내를 비로소 이해해가는 과정이기도 하다. 박인수는 죽은 말과 사투하며 아내의 죽음과 씨름한다. 그는 동물 표본 박제사와 장례지도사를 겸했다. 표본 박제사는 목숨이 다한 주검을 수습하여 죽은 짐승에게 새 영혼을 불어넣고, 장례지도사는 죽은 사람의 영혼을 거두어 천도한다. 예우를 갖춰 절차에 따라 차분하게 죽음을 배웅한다.

말을 박제하려면 일단 말이란 동물의 몸을 속속들이 알아내야 한다. 다음으로 말의 가죽을 꼼꼼하게 벗겨낸다. 말이 가장 아름다웠던 모습을 발견하고 박제할 모양새를 정한다. 모형을 제작하고 스케치한 뒤 몸통을 만들고 속을 채워 넣는다. 어떤 과정도 소홀히 할 순 없다. 박인수는 아내의 죽음을 두고 시간이 약이라고 체념하거나 망각이란 때 이른 매장을 도모하지 않는다.

박제는 꼼꼼한 기록과 정교한 수작업으로 완성된다. 죽은 동물을 복원하려면 그것이 살아 있을 때의 모습을 알아야 한다. 생전의 모습을 알지 못하고 어림짐작으로 박제할 순 없다. 사자를 보지 못한 스웨덴 박제사는 교회 벽의 부조만 보고 박제 작업을 진행했다가 개를 닮은 사자란 흉물을 만들었다. 섣부른 추측이나 정해진 틀에 꿰맞춘 속단은 진실에서 멀어지게 만든다.

추리란 사실을 모아 진실을 찾아내는 일이다. 박인수는 감정에 휩싸이는 대신 자신이 할 수 있는 범위 내에서 아내가 남긴 '사실'을 면밀히 조사한다. 핸드폰에 남겨진 번호와 메시지, 통장 잔고 등이 실마리가 된다. 몇몇 인물들이 용의 선상에 떠오른다. 사실을 추적하는 과정은 사실이 아닌 것을 소거해나가는 작업이다. 의심스러운 것들은 확인 작업을 거쳐 용의 선상에서 사라진다. 한 인간의 진실은 쉽사리 모습을 드러내지 않는다. 탐정의 거듭된 실패 과정은 진실에 접근하는 수순이기도 하다. 사실이 아닌 것을 지워나가면 진실은 점차 그 뼈대를 드러낸다.

말을 박제하려면 살아 있을 때 말의 모습을 정확히 알아야만 한다. 아내의 죽음을 둘러싼 비밀의 진상에 접근하는 일은 아내의 지난 시간을 되짚어나가는 과정이기도 하다. 박인수는 아내의 죽음을 추적하면서 그동안 알지 못했던 아내의 모습과 마주한다. 가깝다고 여겼던 아내는 점점 낯선 사람으로 변모한다. 하지만 박인수는 아내의 죽음을 되짚어가며 그 어느 때보다 아내와 가까워진다. 아내가 살아온 세월과 아내의 내면에 오갔던 생각들을 헤아리게 된다. 죽은 아내를 속속들이 알아가면서, 박인수는 아내와 새롭게 만나게 된다.

추리란 낱낱의 퍼즐 조각을 맞춰 완성하는 작업이다. 연관성이 없어 보이는 단서들을 해석하고 이치에 맞게 연결해야 한다. 박인수는 만사를 아내의 죽음에 비추어 해석하게 된다. 무심결에 지나쳤던 것들이 생생한 의미를 지닌 채 다가온다. "가을에 이동하는 새는 모여서 날아간다. 깊은 소에 사는 물고기도 해 질 녘 떼를 지어 물 위로 뛰어오른다. 하나가 날고 하나가 뛰면 따라 날고 따라 뛴다. 어디 짐승들만 그런가. 어떤 일들은 전혀 상관없는 것처럼 보이는데도 연관성을 가지고 일어난다."(61쪽) 탐정은 무관해 보이는 것들이 지닌 연관성을 발견하고자 한다. 발자국, 머리카락, 비명, 필체, 혈흔, 수상한 그림자 등 흩어진 단서들은 엮임으로써 의미를 갖게 된다. 추리는 과거와 현재를 잇는 일이기도 하며 아내가 맺었던 관계를 발견하는 작업이기도 하다. 아내가 지나온 시간들과 오래전에 떠났던 장소들이 새삼스러워진다. 떠났지만 떠나지 못했던 고향과 흘려보냈지만 고여 있던 시간들이 각별한 의미를 지니며 되살아난다.

탐정의 곁에는 눈 밝고 귀 밝은 조수가 함께한다. 셜록 홈스가 자신의 기량을 충분히 펼칠 수 있었던 건, 왓슨이란 동반자를 두었기 때문이다. 조수는 탐정의 대화상대로 자리매김하고 추적과정을 지속시키는 버팀목이 되며, 탐정이 보지 못한 것을 질문으로 일깨운다. 이 소설에서는 박제사 김대호와 마주 정은영이 조수 노릇을 떠맡는다. "돼지 방역을 나갔다가 온 날엔 밤에 자리에 누우면 이게 꿈인지 생시인지도 모르게 하얀 짐승의 행렬이 흐르는 물처럼 머릿속에 흘러가는 거예요."(115쪽) 구제역 파동 때 소를 살처분한 김대호는 그때 본 암소와 송아지 이야기를 전한다. 박인수에게 그 절절한 사연은 충분히 애도하지 못한 아내의 죽음을 떠올리게 한다. 어머니의 죽음 뒤에 남겨진 아이들의 슬픔을 상기시킨다. 이는 박인수가 아내의 죽음에 얽힌 진실을 놓지 않게 하는 동력으로 작용한다.

정은영은 아끼던 존재를 잃었다는, 공통분모로 박인수와 공명한다. 정은영의 말 '나비지르'의 이름은 나폴레옹의 애마 '르 비지르'에서 따온 것이다. 19세기 초 유럽을 호령하던 황제와 함께 온갖 전쟁에 참여했던 말은 죽은 다음 가죽이 벗겨진 채 역사의 격랑에 따라 이곳저곳 떠돌아다녔다. 르 비지르가 겪은 세월은 박인수와 아내 채수인의 전사(前史)를 떠올리게 한다. 결혼식도 치르지 못하고 아이들을 낳고 힘겹게 살았던 아내는 박인수에게 나비지르와 같은 존재다. 정은영이 말에 대한 애정과 예우, 마주의 긍지로 나비지르를 박제하기로 결정했듯, 박인수는 불행하게 살았던 아내의 진실을 밝혀주려 한다. 삶이란 전투를 함께 치러낸 동지, 그 전우의 명예를 지켜주고 뜻을 살피려 한다. 사랑만이 그 지난한 애도를 가능케 한다.

• 서정적 추리소설

추리소설에 들러붙은 고정관념은 작품에 '에로 그로 난센스'한 요소들을 끌어들이라고 요구한다. 돈과 정욕, 복수와 질투란 끈적끈적한 살해 동기를 전면에 내세우고, 자극적인 요소들을 그러모아 서스펜스와 긴장감을 유지하는 데 사력을 다한다. 얼마나 기괴한 방법으로 살인을 저지르고, 추리 과정을 얼마나 비비 꼴 수 있는지를 관건으로 삼는다. 이를테면 한국에서 연쇄살인범은 열 손가락 안에 꼽을 만큼 희귀한데, 대중 서사물에서 연쇄살인마는 편의점처럼 흔하게 등장한다. 적어도 두 명이 넘는 희생자를 참혹하게 죽여야 이야기가 굴러간다는 식이다.

이런 자극 요소들은 흥분제 역할을 하여 땀샘을 자극하고 심박수를 올리며 소설을 끝까지 읽게 만드는 미끼로 작용한다. 독자는 파블로프의 개처럼, 자극 요소에 반응하며 페이지를 넘긴다. 소설은 문학작품이 아닌 콘텐츠를 실어나르는 컨베이어 벨트가 된다. 이런 소설의 미덕은 시간을 잘 '죽여준다'는 것이다. 마라 맛 소설은 단 하나의 목표지점, 범인 체포로 마무리된다. 악인 응징으로 모든 게 해결된다. 따라서 끝까지 읽은 추리소설을 다시 펴드는 일은 드물다. 문제를 다 풀어낸 수학 문제집은 버려진다. 하지만 수준 높은 추리소설은 미스터리 요소와 더불어 남다른 가치를 지닌다. 좋은 소설이 그러하듯 미스터리의 '해법'뿐만 아니라 삶의 '진실'을 담아낸다.

《박제사의 사랑》은 제목에서 박제와 사랑을 한데 묶는다. 추리

소설이란 장르와 박제, 사랑이 만나면 기괴한 풍경들을 떠올리기 쉽다. 앨프리드 히치콕의 영화 〈싸이코〉에서 아들은 집착으로 죽은 어머니를 박제했다. 〈양들의 침묵〉의 주인공은 다른 사람이 되고 싶다는 욕망으로 피해자들의 살갗을 벗겨냈다. 이 소설에 나오는 게임(《헤비 레인 크로니클》) 속에서 박제사는 연쇄살인마로 출몰한다. 죽음을 잘 다룬다는 이유로 박제사는 범죄자의 이미지로 소모되기 일쑤였다. 하지만 이 작품은 이런 자동반사적인 연상과 거리를 둔다. 박인수는 자신의 작업장을 두고 "이곳은 목숨을 잃고 들어온 동물을 그 동물이 살아 가장 아름다웠던 시절의 모습으로 되살리는 곳"(138쪽)이라고 소개한다. 박제사로서 그는 살의가 아니라 사랑으로 죽음과 마주한다.

탐정 박인수는 슬픔을 넋두리하거나 분노를 표출하지 않는다. 분노와 슬픔보다는 분석과 성찰을 도모한다. 하드보일드 소설의 탐정처럼 어떤 일도 담담하게 받아들인다. 이 점잖고 말수 적은 탐정은 속내를 숨긴 채 자기 앞에 놓인 일을 묵묵히 수행한다. 창졸간에 아내를 잃은 남편이기에 사나운 마음이 솟아오르기도 한다. 크레인에 걸린 남자의 몸뚱이가 불현듯 떠오른다. 박인수는 그 생각을 털어내려 애쓴다. "아무리 험한 일을 겪고 울분을 품게 되어도 그런 생각을 하면 안 되는 것이었다."(73쪽) 그는 감정을 누르고 자기가 할 수 있는 한도 내에서 죽음의 뒤를 쫓는다. 담담하지만 냉담하지는 않다. 작가는 아내를 잃은 박인수의 내면을 오가는 분노, 안타까움, 연민 등 온갖 감정들을 섬세하게 담아낸다. 죽음이 사람의 마음에 불러일으키는 파장을 담아냄으로써, 죽음을 치러내는 사람의 속내를 절절히 드러낸다.

추리소설답게 사건의 발생과 해결이라는 수순을 밟지만, 미스터리와 해결이라는 단선적인 구성방식을 따르진 않는다. 수원지에서 바다의 초입까지, 강물의 흐름을 따라가면서 그 물이 그리는 무늬까지 담아낸다. 눌러 담은 마음과 무심해서 아름다운 자연을 비춰낸다. 죽음을 복원하려는 사람은 삶에 민감하다. 이 소설은 자연에 대한 묘사로 풍성하다. 갖은 동물들의 생태와 식물, 자연 풍경이 유려한 문장에 담겨 흘러간다. 소설의 중심엔 죽음이 똬리를 틀고 있지만 이를 둘러싼 풍경은 살아서 웅성거린다. 박제사는 죽음을 다루지만, 생명에 해박하다. 살아 있을 때의 모습을 속속들이 알아야만 박제가 가능하다. 죽은 동물을 가장 아름답게 복원하려면, 그 동물의 생명력을 충분히 살려주어야 한다. 경주마의 질주 본능과 운동성을 끌어내야만 그 말은 자기답게 되살아난다.

좋은 추리소설은 그림자인 죽음을 따라가며 그 몸통인 삶을 그려낸다. 죽은 사람의 삶을 복원하며 남은 사람들의 살아갈 길을 찾는다. 죽음의 진실을 밝히는 작업은 자신을 추스르는 일이기도 하다. 가까운 사람을 잃고 남겨진 사람은 상실과 회한에 사로잡힌다. 죽음이 남긴 구멍을 망자의 진실로 채워야만 살아남은 사람은 허물어지지 않을 수 있다. 아내의 죽음 이후 박인수는 3이란 숫자에 갇혔다. "발인에서 화장과 뼈를 뿌리는 일까지 장례의 모든 절차를 끝낸 시각이 오후 3시 33분이었다. 우연의 일치처럼 세 개의 숫자가 겹쳐진 이 시간을 박인수는 앞으로 자신의 일생에서 영원히 잊을 수 없을 것 같다고 생각했다."(16쪽) 아내의 죽음 앞에서, 박인수는 불빛을 보고 놀란 사슴처럼 얼어붙는다. 박인수의 시간은 죽음에 붙들렸다. 하지만 말을 박제하고 아내의 해원(解寃)에 나서며, 초침은 다시 움직이기 시작한다. 박제 작업이 막바지에 다다르자 죽은 말은 살아 있을 때의 모습에 다가간다. 공들인 작업으로 말의 표정은 생생하게 살아나고, 아내의 진실도 점차 모습을 드러내자, 박인수의 시간은 다시 흐르기 시작한다. "또 일하죠. 오후 3시 34분, 35분이군요."(255쪽)

• 빛나는 순간, 텅 빈 하늘

추리소설은 미스터리에 대한 해답으로 완결된다. 이 소설에서 박인수가 풀어야 할 수수께끼는 두 가지였다. 하나는 '누가' 아내의 죽음에 관여했는가? 첫 번째 질문은 범인이 밝혀짐으로써 해결된다. 그러나 보다 검질기게 박인수를 붙든 질문은, '아내에게 과연 행복했던 시절이 있었는가?'란 물음이었다.

미안하고 안타깝다. 아내는 어린 시절 아버지를 잃고 형제들과 가난하게 살았고 결혼해서 고달프게 생활을 꾸리다가 자살로 삶에 마침표를 찍었다. 이렇게만 요약되는 아내의 죽음은 그저 참혹하다. 그렇게 내버려 둬서는 안 된다. 애초에 박인수는 친구 집에서 발견한 죽은 꿩을 보고 박제에 발을 들여놓게 되었다. "이 아름다운 깃털을 가진 새가 그냥 버려진다는 것이 견딜 수 없었다. 형형색색의 보석처럼 빛나는 무늬를 가진 잔 깃털로 덮인 목덜미와 몸길이보다 길게 뒤로 빠진 자연의 선물과도 같은 긴 깃털이 버려지는 것이

아까웠다."(53쪽)

아내 인생의 아름다운 순간을 찾아주어야 한다. 추리 과정을 통해 박인수는 아내를 새삼스럽게 바라보게 된다. 아내는 자기 뜻을 내세울 줄 모르는 가엾은 여자인 줄만 알았다. 알고 보니 아내는 소중한 것을 지키기 위해 목숨까지 내놓을 정도로 단호한 사람이었다. 박인수는 아내가 내내 불행하게만 살았다고 생각했는데, 그 고달픈 시간이 아내에게는 행복한 시절이었다는 것을 깨닫는다.

죽음 앞에서 인간은 허망해지기 마련이다. 우리가 겪은 상실과 고통은 도대체 무슨 의미가 있었는가. 허무하고 허무하다. 죽음은 삶의 의미를 송두리째 걷어간다. 하지만 아름다운 시절을 발견함으로써 그 삶은 의미를 부여받게 된다. 별이 있기에 밤은 온통 컴컴하지 않다.

소설의 말미에서 등장인물들은 빛나는 시간을 되찾는다. 나비지르는 들판으로 달려나갈 기세로 생생하게 살아난다. 마주 정은영은 자신이 미뤄뒀던 꿈을 되찾는다. 박인수는 아내가 간직했던 소중한 시간을 발견한다.

그 시절 힘들고 가난하게 살았어도 아내는 여강 한배미들에서 동생들과 함께 지낼 때가 인생에서 가장 꽃 같고 아름다웠다고 말한 부분이었다. 남편인 자신에게도 그렇게 말했다. 예전에는 들어도 잘 이해하지 못했는데, 혼자였다면 그렇게 말하지 않았을 것이다. 함께 흔들리며 핀 꽃들로 거친 들판이 아름답고 그걸 견뎌낸 시간이 아름다웠을 것이다. (244쪽)

박제가 죽은 동물을 가장 아름다웠던 시절로 되살리는 일이듯, 추리를 통해 박인수는 아내의 가장 아름다운 시절과 마주한다. 빛나는 시절을 아내의 눈으로 바라본다. 채수인의 삶이 그렇게 캄캄하지만은 않았다. 사랑은 누군가의 가장 아름다운 모습을 기억하는 일이다. 아내의 죽음에서 밝혀낸 빛으로 박인수는 살아갈 힘을 얻는다. 산 자와 죽은 자는 사랑으로 연결된다. 박제와 추리, 기나긴 애도의 과정은 아름다운 풍경으로 완결을 맺는다.

텅 빈 하늘이 펼쳐진다. 허공에서 몸부림치던 새는, 비로소 자유로워진다. 박인수는 아내가 가장 머물고 싶었던 순간에 그녀를 풀어준다. 죽은 새가 하늘로 날아오른다. 마음의 새장에서 새를 풀어주는 순간, 새의 주인을 가둔 슬픔의 새장도 지워진다. 빈 하늘이 박인수를 맞아준다.

빈 가을이었다.

그 하늘로 새로운 새들이 올 것이다. (302쪽)

꼭 30년 전 《압구정동엔 비상구가 없다》라는 장편소설을 썼다. 경기도 화성에 다섯 번째인가 여섯 번째 연쇄살인 희생자가 발생하고, 서울 강남을 중심으로 '한국 천민자본주의'에 대한 얘기가 나오고 '압구정동 오렌지족'이라는 말이 시류를 타고 유행하던 때였다. 그때까지 아직 시골 모습이 남아 있던 화성에서 일어나고 있는 연쇄살인 사건이 서울 강남에서 누군가가 '한국 천민자본주의'에 대해 던지는 경고라는, 뚜렷한 메시지를 가지고 현재형으로 진행해나간다면 반응이 어떨까, 초점을 맞추어 쓴 작품이었다.

　문학적으로도 사회적으로도 많은 화제가 되었다. 강원도 대관령에서 올라온 한 신인 작가의 이름을 세상에 패기 있게 알린 작품이기도 했다. 그러나 그런 화제 속 어디에도 이 소설을 추리소설로 분류하는 말은 없었다. 나의 의도는 매우 잘 읽히는 사회성을 갖는 추리소설을 쓰자는 것이었다. 문학판의 반응은 추리소설을 추리소설이라고 말하지 못하는 것인지 아니면 안 하는 것인지는 모르겠으나, 어떤 기사나 문학평론애서는 그게 마치 작가와 작품을 보호하고 배려하는 방식인 것처럼 '추리 기법의 소설'이라고 말했다. 그 시절 한국 문단의 분류로 보면 나는 추리소설이 아닌 '추리 기법의 사회소설'을 썼던 것이다.

어쩌면 그런 분류가 아직 진행형일지 모르나 그때부터 혼자 마음속으로 '다시 멋진 추리소설 한 편을 써내자'고 생각했다. 그게 30년이 걸린 셈이었다. 쓸 때의 욕심은 추리와는 전혀 어울리지 않는 단어의 조합으로 멋진 '서정적 추리소설'을 통해, 그러니까 '서정적 추리 기법'을 통해 자연의 아름다움과 목숨을 잃은 동물에 영혼을 불어넣는 박제 작업의 아름다움, 그리고 세상살이의 순리와 배반에 대해 말하고 싶었다.

5년 전에 처음 구상한 글이었다. 시작만 하고 멈췄던 글에 연재 지면을 내주신 분들께 감사드린다. 매회 연재가 끝날 때마다 함께 읽어주고 고민해준 소설포럼 회원들과 도반께 감사드린다. 작품의 완성도와 박제술의 정확한 기술을 위해 직접 박제사 분들을 만나 모든 과정을 취재하고 싶었으나 소설 속 박제사의 자유로운 손길을 위해 자료로만 공부했다. 경주마 한 마리를 내 손으로 박제한 느낌이나 결국 자료 속 그분들의 가르침으로 작품이 완성되었다.

앞으로도 쓰는 일을 절대 게을리하지 않을 것이다.

2022년 깊은 가을, 이순원

박제사의 사랑

초판 1쇄 인쇄일 2022년 10월 24일
초판 1쇄 발행일 2022년 11월 1일

지은이 이순원

발행인 윤호권
사업총괄 정유한

편집 이원석 **디자인** 박지은 **마케팅** 윤아림
발행처 ㈜시공사 **주소** 서울시 성동구 상원1길 22, 6-8층(우편번호 04779)
대표전화 02-3486-6877 **팩스(주문)** 02-585-1755
홈페이지 www.sigongsa.com / www.sigongjunior.com

글 ⓒ 이순원, 2022

ISBN 979-11-6925-310-9 03810

*시공사는 시공간을 넘는 무한한 콘텐츠 세상을 만듭니다.
*시공사는 더 나은 내일을 함께 만들 여러분의 소중한 의견을 기다립니다.
*잘못 만들어진 책은 구입하신 곳에서 바꾸어 드립니다.